dtv

Ein Arzt wird des Mordes an einem jungen Mädchen verdächtigt. Die Indizien sprechen gegen ihn, reichen aber für die Erhebung einer Anklage nicht aus. Der junge Mann wird aus der Untersuchungshaft entlassen – und lebt mit dem Makel des Mörders behaftet weiter, obwohl er den wahren Täter kennt ... Der Kriminalfall, um den es hier geht, hat sich in den zwanziger Jahren in Böhmen tatsächlich ereignet. Gertrud Fussenegger gelingt es, über die Kriminalhandlung hinaus ein lebendiges Bild dieses Landes zu entwerfen, in dem sich zwei Kultursphären, die deutsche und die slawische, überschneiden.

Gertrud Fussenegger, geboren am 8. Mai 1912 in Pilsen, verlebte ihre Kindheits- und Jugendjahre in Galizien, Böhmen, Tirol und München. Sie studierte Geschichte und Philosophie und promovierte zum Dr. phil. Schon früh begann sie zu schreiben und wurde mit zahlreichen Preisen ausgezeichnet.

Gertrud Fussenegger

Das verschüttete Antlitz

Roman

Deutscher Taschenbuch Verlag

Von Gertrud Fussenegger
sind im Deutschen Taschenbuch Verlag erschienen:
Shakespeares Töchter (12695)
Die Pulvermühle (20541)
Das verwandelte Christkind (dtv großdruck 25209)

Ungekürzte Ausgabe
November 1999
2. Auflage Mai 2004

www.dtv.de
Erstveröffentlichung: Stuttgart 1957
Die vorliegende Ausgabe basiert auf
der von der Autorin bearbeiteten und mit einem Nachwort
versehenen Taschenbuchausgabe von 1962
Umschlagkonzept: Balk & Brumshagen
Umschlaggestaltung: Stephanie Weischer
unter Verwendung einer Fotografie von © Corbis/Buddy Mays
Satz: Kalle Giese Grafik GmbH, Overath
Gesetzt aus der Stempel Garamond (Berthold) 12/14·
Druck und Bindung: Druckerei C. H. Beck, Nördlingen
Gedruckt auf säurefreiem, chlorfrei gebleichtem Papier
Printed in Germany · ISBN 3-423-25215-4

Aber abseits, wer ist's?
Ins Gebüsch verliert sich sein Pfad,
Hinter ihm schlagen
Die Sträucher zusammen,
Das Gras steht wieder auf,
Die Öde verschlingt ihn.

Goethe, ›Harzreise im Winter‹

Inhalt

Erster Teil

Das Gefängnis

»Der ist es, der dort!«

Damals war es Abend und Herbst.

Öde und unwirtlich sind die Hochflächen des nordböhmischen Landes. Kahl sind sie, weil der Wind über sie hinfegt. Wo eine Straße läuft, stehen die dürren, schwarzberindeten Zwetschgenbäume in unabsehbaren Reihen. Die Bäche und Flüsse haben tiefe Täler ausgewaschen, dort drängt sich der Wald zu dichten Schöpfen zusammen, dort klappern Mühlen und rattern Sägen; dort werden in kleinen Fabriken baumwollene Strümpfe gewirkt und billiger Drell gewoben.

Auf steilen Kehren kriecht ein Omnibus zum Rand einer Schlucht empor. Er ist nicht groß, ein schwärzlicher Kasten, der auf plumpen Rädern rumpelt. Der Motor tuckert, die Gänge kreischen. Oben auf der Ebene gewinnt er an Fahrt.

Drinnen ist es dunkel. Der Wagen stößt und rüttelt, die Luft riecht süßlich nach Benzin, scharf und verdorben nach Atem und Kleiderdunst. Man ist schon eine Stunde unterwegs, irgendwo am Horizont schwimmen Lichter herauf, die Lampen einer größeren Ortschaft. Dort ist die Fahrt zu Ende. Aber zuvor hält der Wagen noch einmal an. Der Fahrer dreht das Licht auf. »Am Wrschek«, sagt er. »Da wollte wer aussteigen.«

Auf der letzten Bank sitzt, in das Eck gelehnt, ein Mann und schläft. Der Hut ist ihm ins Gesicht gerutscht. »Der ist es«, ruft ein Knabe. »Der dort!«

Jemand steht auf, stößt den Schlafenden an. »He – Sie!« Der Mann fährt empor. »Am Wrschek! Da sind wir, aussteigen!«

»Wird's bald?« murmelt der Fahrer ungeduldig. Jemand beginnt zu kichern. Es ist immer lächerlich, wenn ein Mensch aus dem Schlaf geweckt wird und nicht begreift, was man von ihm will. Auch dieser Mensch wirkt lächerlich, er stiert ein paar Sekunden ganz verloren vor sich hin, dann schnellt er empor, schnellt sich vorwärts; der Gang zwischen den Sitzen ist mit Gepäck verrammelt, der Mann stolpert, die Leute grinsen. Endlich ist er vorn, da ruft eine Frau: »Ihren Mantel, Sie haben ja Ihren Mantel vergessen.« – Ach ja. Der Mann kehrt um. Er muß zurück, den Mantel vom Haken nehmen und wieder nach vorne gehen. Der Fahrer läßt den Motor wütend aufbrüllen, der Wagen zittert und stampft, als wäre auch er ungeduldig über den torkelnden Fahrgast. Kaum ist der hinaus, ruckt der Wagen an. Die Tür wird von innen zugeschlagen.

Nun steht der Mann allein auf der Straße. Hier ist die Stelle, Wrschek oder der Hals genannt, der höchste Punkt eines flachen, kahlen Buckels. Der Himmel ist dunkel, die Luft rauh, sie strählt in langen Zügen mit einem gleichmäßig sausenden Ton durch die Büsche. An nackten Zweigen schwirrt da und dort noch ein dürres Blatt.

Von hier ist der Weg für den Mann nicht mehr weit: eine kahle Leite hinunter, an ein paar Keuschen vorbei, dahinter ein einstöckiges Haus: gelbliches Licht hinter drei vier Fenstern. Der Mann tritt ein.

Auch dieses Haus: nicht viel besser als eine Keusche. Die Schwelle ist krumm, der Boden abgetreten. Es riecht muffig nach gesottenem Kraut. Der Mann steigt die hölzerne Treppe hinauf. Der obere Flur dient, mit Brettern verschlagen, als Küche. Aber die Stube dahinter ist wohnlich eingerichtet; auf dem Boden liegen Teppiche, eine mit Leder bezogene Ampel gibt einen milden Schein. Er spiegelt sich in den Kristallglasscheiben eines Biedermeierschrankes. Doch die zartgliedrigen Stühle sind unordentlich durcheinander geschoben, auf dem Boden liegen Frauenkleider, dazwischen Spielzeug. Irgend etwas knirscht unter des Mannes Fuß, es ist ein rosa Pferdchen aus Zelluloid.

Er hebt es auf, legt das zerbrochene Ding auf den Tisch, wirft Hut und Mantel daneben. »He da!« ruft er. »Wo seid ihr?«

Da sich nichts rührt, geht er auf die Tür zu, die von der Stube in einen dritten Raum führt. Die Tür ist versperrt.

Der Mann runzelt die Brauen und schiebt die Unterlippe vor. Da nähern sich Schritte von außen, eine ältliche Frau erscheint. »Guten Abend, Herr Doktor! Daß Sie nur endlich da sind! Jetzt werden Sie Hunger haben. Moment, ich hab die Suppe schon aufgestellt.«

Der Mann gibt keine Antwort. Er hat sich mit hastigen Griffen eine Zigarette angezündet – so steht er noch immer vor der verschlossenen Tür. Zornig die Schultern emporgezogen, saugt er an seiner Zigarette.

Die Frau bringt einen Teller Suppe und Brot. »Niemand war hier. Nein, niemand hat nach Ihnen gefragt. Nur die alte Laun – wie gewöhnlich. Und da –«, sie nestelt einen Zettel aus der Schürzentasche, »– vom Krejci. Aber da können Sie heute doch nicht mehr hin.«

Der Doktor wirft einen Blick auf die Schrift! Die Suppe dampft, er beginnt zu essen. Dann, mit einem Nicken gegen die versperrte Tür: »Ist sie schon lange drinnen?«

Die Frau antwortet nicht sogleich.

»Und Arno – ist er bei dir droben?«

»Ja, Arno ist bei mir.«

Der Mann löffelte. Die Frau rückte einen Stuhl heran und setzte sich zu ihm. »Das war heut wieder –«, wispert sie. »Warum sind Sie auch so lange ausgeblieben? Sie war ganz wild, und ich verstehe es auch. Das zweitemal schon seit einer Woche und wieder eine Nacht. Das ist zuviel. Zuviel ist das, für jede Frau.«

»Ach was.« Der Mann stieß den Teller weg. »Ich habe andere Sorgen.«

»So sollten Sie nicht reden, Herr Doktor. Und Sie sollten das nicht wieder tun. Es schadet auch der Praxis, schadet mehr, als Sie glauben.«

Der Mann sah die Alte aus zusammengekniffenen Augen an, aber er wandte sich gleich wieder ab.

»Denken Sie an das Kind! Ich kann's nicht mehr mit ansehen. Sie hat es den ganzen Tag herumgepufft. Das arme Wurm, was kann es dafür. Und Geld ist auch keins mehr da.« Die Frau hatte begonnen abzuräumen, hinter der offenen Tür klapperte sie mit dem Geschirr. »Beim Bauern sind wir zweihundert Kronen schuldig. Auch der Dachdecker hat gemahnt und der Wirt.«

»Ruhe«, sagte der Mann. Er gab dem Stuhl neben sich einen Tritt.

»Und der Wirt will's zu Gericht bringen«, fuhr sie drüben fort. »Zu Gericht, wenn nicht bald ...«

»Zu Gericht«, schrie der Mann, verstummte aber plötzlich. Er fühlte den Schweiß aus seinen Poren brechen. Nach einer Weile kam er zu sich. Er ging hinaus, jenseits der Küche war die Ordination.

Dort begann er Schubladen aufzuziehen und nach Instrumenten und Drogen zu kramen. Wieder kam die Magd ihm nach. »Sie wollen heute noch weg?«

»Freilich.«

»Zum Krejci? Es sind zwei Stunden Weg.«

»Schweig Sie, und bring Sie mir andere Schuhe!«

»Die anderen sind hin.«

Der Mann stand noch immer über seine Tasche gebeugt.

»Und Sie machen sich auch noch hin«, sagte die Magd zornig.

Zeman hörte nicht auf sie, er bewegte wie zählend die Finger. Der alte Bauer, der ihn rufen ließ, litt an Asthma. Er wohnte in dem entlegensten Hof des Bezirkes. Er, der Doktor, hatte ihm schon vier Injektionen gegeben, noch zwei, dann mußte er aussetzen. Vier – besann er sich noch einmal: Ja, es stimmte.

Plötzlich hob der Mann den Kopf, hinten in der Stube war eine Tür gegangen, die Tür zu dem Zimmer seiner Frau. Gleich darauf erscholl von drüben ein dünnes, kläglich künstliches Weinen.

Zeman ließ die Dinge, die er in der Hand hielt, fallen, krümmte die Schultern und zog sie empor. »Schon wieder«, murmelte er verstört.

»Sie merkt, daß Sie fortgehen wollen«, flüsterte die Magd neben ihm.

»Ich muß doch.« Hastig fuhr er in seinen Handhabungen fort.

»Gehen Sie zu ihr hinein«, drang die Magd in ihn. »Reden Sie ihr doch gut zu!«

Er schüttelte den Kopf. Hastiger stopfte er Horchgerät und Flaschen in die ledernen Hülsen. »Den Hut, den Mantel, rasch!« murmelte der Mann. Die Magd ging hinüber, die Dinge zu holen. Da aber kam er ihr selbst nach. In der Stube auf dem Sofa lag eine kleine, zierliche, blondhaarige Frau. Sie lag auf dem Bauch, den Kopf zwischen den Kissen vergraben. Von den nackten Füßen waren ihr die roten Pantöffelchen abgefallen. Sie greinte leise vor sich hin.

Der Mann beugte sich zu ihr hinab. »Pussy«, sagte er. »Pussy, so höre doch!« Er berührte ihren Nacken mit den Fingern, ihr halblanges Haar fiel in matten, lockigen Strähnen auseinander. »Höre doch, Pussy, der alte Krejci –«

Sie schnellte empor und schlug nach seiner Hand. Ihr kleines, rundes Gesicht – das Gesicht eines verblühten Kindes – brannte vor Erbitterung. »Geh nur!« kreischte sie. »Geh dorthin, wo du gewesen bist. Was kommst du überhaupt wieder hierher? Wir brauchen dich nicht.«

Der Mann wich zurück. Jetzt wird sie sich gleich die Haare raufen, dachte er, wird sich auf den Boden werfen oder etwas zerschlagen. Aber nichts dergleichen geschah. Sie weinte, die Tränen waren jetzt echt, der Mann nahm es mit Erleichterung wahr.

»Pussy, ich kann nicht –«, kann diesmal nichts dafür, hatte er sagen wollen. Aber er brach mitten im Satz ab. Es hatte ausgesehen, als wollte er die Frau aufheben, sie an sich ziehen und streicheln. Doch auch diese Bewegung brachte er nicht zu Ende. Er richtete sich auf; zur Magd: »Die Tabletten«, sagte er hinter der vorgehaltenen Hand, »gib ihr gleich die Tabletten und bleib bei ihr, bis sie schläft, in drei Stunden bin ich wieder da.«

Er rannte die Treppe hinunter. Hinten im Hausflur lehnte sein Rad in einem Winkel. Er hängte seine Tasche an die Balance, probierte die Lampe. Den kleinen, zitternden Lichtkreis vor sich, trat er hinaus in den Hof. In den Reifen war wenig Luft. Trotzdem stieg er auf und fuhr los.

Es hatte gestern geregnet, und die Ackerstraße war aufgeweicht. Kleine schwarze Wasserlachen spritzten auf, in den Vertiefungen lag die Finsternis dick wie Suppe. Das kleine runde Lichtauge, das die Lampe auf den Weg malte, hüpfte wie irr vor ihm her. Der Wind blies und fuhr dem Mann unter den dünnen Rock. Er begann zu frieren. Nach einer Weile gab er es auf, sprang vom Rad und legte es an einer Stelle, die ihm sicher schien, ins Gebüsch. Nun war es ganz dunkel um ihn. Er nahm die Tasche, stieg einen Hügel hinan.

Zur Linken hob sich die schwarze Masse eines Hochwalds zum Himmel. Zur Rechten rauschte ein Wasser in einem Graben. Im Sommer war es hier schön zu gehen, eine Schneise voll blühender Büsche und seidigen Grases. Erst neulich, als er mit Pussy und Arno hier vorübergekommen war, hatte er gedacht, das sei ihm der liebste Weg in der Gegend.

Aber bald dachte er nicht mehr daran, wo er ging. Er eilte, keuchte dabei und redete halblaut mit sich selbst. »Ich kenne sie nicht«, sprach er gestikulierend vor sich hin. »Sie sollen es mir beweisen, daß ich sie kenne.«

Es war heute die zweite Nacht, daß er nicht zu Bett kam. Gestern war er in die Stadt gefahren; anders als sonst, wenn er sich wegstahl von zu Hause mit schlechtem Gewissen, weg von der Arbeit, seiner Frau und dem Kind. Dieses Mal hatte man ihn bestellt, ein Gendarm hatte ihm eine Vorladung gebracht. Das kam öfter vor, vielleicht verlangte man ein Gutachten von ihm, er hatte sich nichts dabei gedacht.

Er hätte nicht lügen, vielmehr, er hätte besser lügen sollen. Er war zu verwirrt, ihm kam die Nachricht zu plötzlich, ein niederschmetternder Schlag. (Dabei stand sie seit dem Morgen in allen Zeitungen.)

»Ich kenne sie nicht, Ihre Tote«, hatte er gesagt. »Kenne keine Helena Jacubowska.« (Und war's nicht auch so?) »Was soll ich mit ihr zu schaffen haben?«

Aber sie war es, konnte niemand anders sein. Es stand alles so elend genau in der Beschreibung: der grüne Sweater, der schwarze Rock, die Pelzjacke mit den kahlgescheuerten Knöpfen und dem abgestoßenen Saum. Arme, erniedrigte, vom Leben zerdrückte Kreatur! Und doch hatte sie sich gewehrt – in Zemans Herz glühte etwas auf wie Genugtuung. Sie hatte sich gewehrt, gegen das Äußerste, Letzte, Infamste; hatte sich gewehrt, verzweifelt, unter Einsatz des Lebens, um den Preis ihres Lebens.

Niemand brauchte zu wissen, wer sie war: das hatte sie sich verdient, wie sie dort lag. Er, Zeman, würde sie morgen sehen; sie hatten ihn noch einmal vorgeladen. Er wollte sich wappnen gegen diesen Anblick. Warum hatte er Angst davor? Es war ihm schon so viel Schlimmes unter die Augen gekommen, ihr Anblick würde das Ärgste nicht sein. Er würde sich nicht ergeben; würde wiederholen: Ich kenne sie nicht. Was wollten sie ihm beweisen, wenn er bei seiner Aussage blieb? Laut schrie er, gegen den Luftstrom keuchend: »Ich kenne sie nicht.«

Als er heimkam, lag das ganze Haus in Finsternis. Gleich darauf wurde es oben lebendig: Betty, die Magd, kam die Bodenleiter heruntergetappt. »Du mein Barmherziger – halb zwei, daß Sie so lange ausgewesen sind, Herr Doktor, und wie Sie aussehen – eine Schande!«

Der Mann saß erschöpft auf der Küchenbank.

»Aber kann's auch anders sein? Nicht geschlafen, nicht gegessen –«

»Auch getrunken habe ich nichts, Betty«, sagte der Mann schwach. Plötzlich bedeckte er das Gesicht, etwas wie ein Gelächter schüttelte ihn.

Die Magd beeilte sich. Im Herdrohr hatte sie einen Rest warmer Suppe aufbewahrt.

Während er aß, gewann sein Blick an Gegenwart. Er fragte: »Und, was war?« Sie verstand sogleich, wohin seine Frage zielte.

»Oh, nichts, sie hat die Tabletten genommen. Dann ist sie ruhig geworden. Jetzt schläft sie.«

Der Mann nickte. Er war fertig. Aber er stand noch nicht auf. Er hatte nichts für seine Frau als immer nur Tabletten, Tabletten und Tropfen – nichts sonst. Das ging schon Jahre so. – Betty schlurfte zum Tisch: »Wollen Sie noch etwas?« Er schüttelte den Kopf. Endlich gab er sich einen Ruck. Es schlug zwei. Die Magd löschte das Licht in der Küche, während er in der Stube seine Oberkleider abwarf. So leise er konnte, drückte er die Tür des Schlafzimmers auf und trat ein.

Ein paar Sekunden stand er still und lauschte. Hier war die Luft warm und dicht, es roch leicht nach Puder und Parfum. Der Mann streckte die Hand aus, er tastete sich am Bett seiner Frau vorbei und legte sich. Leise glitt er in die Laken, er hörte sie atmen, sie schlief ganz fest.

Er lag eine Weile und horchte nur. Dann schob er vorsichtig den Arm unter ihren Nacken. Er hatte – trotz allem – nichts als dieses arme Bündel Leben hier neben sich, das bißchen warme Fleisch, den kleinen Atem, die Handvoll weichen, schwach duftenden Haars, und alles zugedeckt und bewußtlos vergraben in Ahnungslosigkeit und Traum.

Sein Mund suchte ihr Ohr, aber als er sie zusammenzucken fühlte, hielt er inne. Er drehte sich weg. Mit weit offenen Augen starrte er in die Finsternis.

»Gut und schön, Sie haben sie nicht gekannt«, sagte der eine (sie saßen zu dritt vor ihm hinter dem Tisch, und in der Ecke saß noch ein Vierter, der Mann, der das Stenogramm führte). »Dann erklären Sie uns bitte, was dieses Ding bedeutet, und wir wollen zufrieden sein.«

Zeman blickte nicht mehr auf das, was jener »das Ding« genannt hatte. Seit drei Stunden lag es hier auf dem Tisch auf einer gläsernen Platte. Es war ein schmales Streifchen Rezeptpapier, das seinen, Zemans, Namen trug. Darunter die Verschreibung: »Chinin, grammata septem pro Helenu Jacubowskovou, Bezovsky dvur. Kukus, rijna 25.«

Zeman begann zu zittern. Obwohl er saß und die Beine aneinanderpreßte, konnte er ein krampfhaftes Schüttern seiner Knie nicht unterdrücken. Er zerquetschte die angebrannte Zigarette zwischen seinen Fingern. Der Becher auf dem Tisch war mit Kippen bis zum Rand angefüllt. Zeman lief der Schweiß aus den Achselhöhlen herunter.

Er war nun zum zweitenmal hier, und das Verhör hatte dieses Mal vier Stunden gedauert. Nun kannte er den kahlen Amtsraum schon auswendig, diesen schmalen Schluff zwischen den grüngestrichenen Wänden, den braungefirnißten Schrank mit den Aktenfächern, das abgestoßene Waschgestell aus Eisenrohr – auch den Tintenfleck auf dem gelben, zerschundenen Tisch. Der Tintenfleck hatte die Form eines springenden Hundes.

»Sie haben einen Grund zu schweigen«, sagte der zweite, ein dürrer Justizknecht, der im Dienst ergraut war. »Sie wollen den Schwierigen spielen – wozu denn bloß? Hätten Sie gleich gesagt, was zu sagen ist, hätten Sie sich nicht in diese Lage gebracht.«

Der springende Hund war ein Wolf, sein Rachen stand offen, er bleckte das Gebiß.

Zwischen den dreien hinter dem Tisch ging etwas vor. Der dritte in der Mitte, der fast nur geschwiegen, geraucht und mit seinem Stift Kreisel auf ein Stück Papier gemalt hatte, zog die Uhr. »Sie können gehen.«

Zeman schrak auf. »Gehen?«

»Ja. Oder: was haben Sie gedacht?«

»Nichts, nichts.« Zeman sprang auf. Er war taumelig. Das kam von dem stundenlangen Sitzen, der schlechten Luft, dem Gestank des Öls, mit welchem der Boden getränkt war. Er blickte haßerfüllt um sich. Sein Hemd klebte von Schweiß. Er schlüpfte in seinen Rock, den Mantel hatte man ihm abgenommen.

Sie verdächtigten ihn. Er hatte es nicht sogleich begriffen, daß sie ihn verdächtigten. Nicht der sieben Gramm Chinin wegen, die fielen in diesem Fall nicht ins Gewicht. Etwas anderes lag auf der Waage.

Etwas anderes: Es kam auf ihn zu. Er spürte es in allem. In dem halb scheuen, halb lüsternen Blick des Burschen, der das Stenogramm führte, in der abwartenden Kälte, mit der die anderen ihn maßen.

»Vielleicht liegt Ihnen daran, es zu wissen: heute um vier wird sie begraben.«

»Westfriedhof, siebtes Quadrat«, ergänzte der Schweigsame aus der Mitte.

In Zeman schoß die Wut empor. »Was geht mich das an?«

Draußen im Flur schauderte es ihn vor Kälte. Er fühlte sich überreizt und zerschlagen wie nach einer Ausschweifung. Er schlug den Rockkragen hoch, vergrub die Hände in den Taschen und eilte den Gang entlang. Wider Willen hob er die Augen zu dem großen Blatt der Uhr. Es war drei.

Ziellos lief er in der Stadt herum. Schließlich kehrte er in einem kleinen Gasthaus ein, bestellte Mokka und Schnaps. Ihn fror noch immer. Er war der einzige Gast, nur hinten im Spielsaal klackerten die Kugeln und Stäbe des Billards. »Padesat na padesat!« wiederholte eine monotone Stimme.

Zeman hob das Schnapsglas gegen das Licht, ehe er es kippte. Ich werde nicht zu dem Begräbnis gehen, sagte er zu sich selbst, ich werde nicht, nein, ich werde ihnen diesen Gefallen nicht tun. Plötzlich sprang er auf und bestellte ein Ferngespräch.

Das Ferngespräch lautete für einen Ort in der Nähe von Kukus, Klein-Pernau. »Maly-Pernov«, meldete der Wirt dem Fernsprechamt. »Es wird eine Zeitlang dauern«, sagte er. »Neulich mußte jemand zwei Stunden warten, ehe er die Verbindung bekam.«

»Schon gut«, sagte Zeman, »je länger, desto besser.«

In dieser Sekunde schrillte schon die Klingel. Der Wirt nahm ab. »Es ist Ihr Gespräch.«

»Wie? Schon?« Zeman lief hin, der Wirt gab ihm die Muschel in die Hand. Zeman hob sie ans Ohr.

»Hallo!« sagte eine weibliche Stimme dort. »Wer spricht?«

Zeman zögerte. Er schluckte, bevor er zu antworten vermochte, dann sagte er in ängstlichem, gleichsam verhehlenden Ton: »Viktorin.« Und dann: »Elisabeth. Du bist es selbst, das hätte ich kaum zu hoffen gewagt.«

Es blieb drüben still, im Draht knisterte es von unbestimmbaren Lauten.

»Hörst du mich, Elisabeth? Ich habe dir einen Brief geschrieben. – Bist du da? – Ich habe dich nicht anrufen wollen, doch vielleicht wäre der Brief noch schlechter gewesen. Hallo – hörst du mich? Kannst du nicht sprechen, Elisabeth?«

Drüben, in der Ferne, ein schwerer Atemzug. »Nein. Du hast mir doch versprochen, dich nicht mehr an mich zu wenden.«

»Ja – versprochen. Aber so war es auch wieder nicht gemeint. Höre – es ist da etwas – ich möchte mit dir sprechen. Es könnte sein – Elisabeth! Gib mir doch eine Antwort!«

»Nein«, sagte die Stimme noch einmal. »Nein. Bitte nicht.« Die letzten Worte waren hauchend leise gesprochen. Unmittelbar darauf knatterte die zerrissene Verbindung.

Zeman warf die Muschel mit einem Fluch aus der Hand. Er kehrte zu seinem Tisch zurück. Nach einer Minute rief er zum Zahlen. Als er aus dem Beisel trat, schlug die Turmuhr vier. Zwanzig Minuten später stand er vor dem Westfriedhof.

Das Begräbnis war schon vorüber, als er ankam. Er trat durch das schmiedeeiserne Tor in den Friedhof, viele Hügel waren schon für Allerseelen geschmückt. Es hatte ein wenig geschneit, das pralle Gelb der Chrysanthemen leuchtete aus dem wäßrigen Weiß, das auf den Wegen unter jedem Fußstapfen abschmolz und den braunen Lehm der Erde hervortreten ließ. Zeman ging den Spuren nach: waren alle die Leute, die hier gegangen waren, zu dem einen Begräbnis gekommen?

Die meisten Stapfen zerstreuten sich noch vor dem Feld sieben.

Dort, zwischen hölzernen Kreuzen dampfte ein frischer Erdhaufen, und ein alter Mann machte sich eben daran, die Grube zuzuwerfen. Zeman blieb stehen. Dann näherte er sich. Dreimal blickte er sich um, ehe er es wagte, eine Handvoll Erde in das Grab zu streuen.

Dann macht er hastig kehrt und eilt davon.

Doch ehe er das Tor erreicht, kommen Schritte hinter ihm her. Sie folgen ihm, sie holen ihn ein. Und im Augenblick, da er den Friedhof verläßt, sind sie neben ihm, und eine Hand legt sich auf seine Schulter.

Folgendes war geschehen:

Drei Tage zuvor hatte man in einem kleinen Park der Stadt, dem sogenannten Strelapark, die Leiche einer jungen Frauensperson gefunden. Spielende Kinder hatten sie im Gebüsch entdeckt. Ihre Unterwäsche war zerrissen, sie war mit einem grünen Georgetteshawl erwürgt worden.

Von einer Bank in der Nähe führten die Spuren des Kampfes zwischen dem Mörder und seinem Opfer an den Fundort. Der Boden war zerwühlt und zeigte die ineinandergestampften Abdrücke der Schuhe: die Löcher, die die Absätze der Frau gebohrt, daneben die großen groben Tritte riesiger Stiefel. Von diesen führte auch eine Fährte vom Tatort weg.

Die Frau war ausgeraubt. Später fand man an einem anderen Ort in demselben Park eine alte blaugefütterte Handtasche, eine Puderdose und eine leere Börse. Die schäbige Pelzjacke der Toten zeigte das Firmenschild eines Warschauer Geschäfts.

Sogleich suchte die Polizei nach Fremden aus Polen. Es zeigte sich, daß von einem drittklassigen Hotel eine Polin gemeldet worden war. Sie war seit sechsunddreißig Stunden nicht mehr in den Gasthof zurückgekehrt. Man öffnete ihr Zimmer und durchsuchte es, es fanden sich weder Papiere noch Geld unter ihren Sachen. Sie hieß, laut Eintragung in das Melderegister, Helena Jacubowska, gebürtig aus Radom.

Weder der Wirt noch das Personal wußten viel über die Fremde auszusagen. Sie sei ärmlich aufgetreten, habe angegeben, Arbeit zu suchen. Unter ihren schäbigen Habseligkeiten befand sich ein Fächer aus Postkarten mit Photographien von Filmschauspielern, etliche mit Autogramm. Nichts, was einen Hinweis geben konnte. Aber, kaum war in der Presse über den Fall berichtet worden, meldete sich ein Apotheker mit einem Rezeptschein.

Am Tage nach Viktorin Zemans Verhaftung kam ein Gendarm in das Haus, in dem der Doktor in Kukus wohnte. Der Mann kam langsam und schleppenden Schrittes, sein langer Säbel behinderte ihn ein wenig. Auch war ihm unbehaglich zumute. Er war ein gutmütiger Mensch und sollte eine üble Nachricht überbringen.

Im Flur begegnete er einem Kind, einem Knaben. Er saß auf der Treppe und ringelte Hobelspäne um seine Finger. Es mußte der Junge des Doktors sein. Dem Gendarmen wurde noch unbehaglicher zumute als vorher. Er räusperte sich und trat hart auf.

Oben hinter dem Treppengeländer erschien ein verweintes Frauengesicht. Sie weiß es schon, dachte der Gendarm erleichtert. Er salutierte und sagte: »Hab' die Ehre, Gnädige.« Dann aber verbesserte er sich, denn es fiel ihm ein, mit wem er sprach, und daß es nicht mehr schicklich sei, in diesem Hause höflich zu sein.

Die Frau blickte ihn mißtrauisch und erschrokken an. Nein, sie weiß es doch noch nicht, dachte der Gendarm, und es legte sich wieder das dumpfe Gefühl der Erregung auf seinen Magen. Er fragte, ob er eintreten dürfe.

Die Frau flüsterte: »Mein Mann? Ist meinem Mann etwas passiert? Er ist gestern in die Stadt gefahren und ist nicht zurückgekommen. Ein Unglück – ist ein Unglück geschehen?«

»Nein«, sagte der Gendarm, und er dachte dabei: was heißt hier Unglück? Es wäre viel besser, der Zug hätte ihn überfahren.

In der Stube nahm er Platz und legte den Säbel quer über die Knie. »Sie wissen nicht, wo Ihr Mann ist?«

Die Frau schüttelte den Kopf. In diesem Augenblick kam das Kind herein. Es blickte neugierig auf den fremden Mann. Der runzelte die Brauen und sagte: »Schicken Sie den Buben fort!«

»Geh hinaus, Arno«, sagte die Frau.

Das Kind stand wie angewurzelt. »Geh schon!« rief die Mutter, ihre Stimme klang grell. Dann – gegen den Gendarm gewendet – schrie sie: »So reden Sie schon! Was quälen Sie mich!«

Was er ihr zu sagen hatte, hörte sie schweigend an. Sie saß da, ihr Mund stand halb offen, mit ihren Händen riß sie an den Troddeln des Tischtuches. Das Kind drückte sich bei der Tür herum, es schaute noch immer auf den goldgestickten Kragen des fremden Mannes und auf die Waffe, die auf seinen Knien lag.

»Er ist verhaftet«, sagte der Gendarm. »Das heißt ja noch nicht, daß er es getan hat. Niemand wäre darauf gekommen, wenn er nicht gesagt hätte, daß er sie nicht kennt. Warum hat er geleugnet? Wir kennen uns nicht aus. Man glaubt es ja nicht gern, ein Doktor, ein Arzt, und dann – so etwas.«

Die Frau atmete schwer und riß an den Troddeln der Decke.

»Vielleicht hat er ein Alibi!« fuhr der Gendarm fort. »Aber warum fährt er so oft in die Stadt? Und warum schreibt er auch solche Rezepte? – Man kann's nicht verstehen –«

»Und sie? Wer war denn sie?«

»Ich weiß es nicht, eine Polin, scheint es. Sie war aber nicht ganz jung und so besonders hübsch auch nicht, glaube ich. Wahrscheinlich so ein armes Luder, wie es ihrer viele gibt, und im vierten Monat.«

Die Frau stieß einen kurzen japsenden Laut aus. Dann war sie wieder still und riß an den Fransen.

»Nun habe ich es Ihnen gesagt.« Der Gendarm stand auf. »Sie dürfen Ihrem Mann schreiben und besuchen dürfen Sie ihn auch. Sie werden vorgeladen werden, vielleicht morgen schon.« Er salutierte und ging. Er ging sehr schnell und stolperte dabei über die Schwelle. Er dachte nur das eine: das Kind, und sie reißt noch immer an den Fransen.

Die Magd war es, welche Pussy Zeman am nächsten Tag mit einem Paket Wäsche und Kleider in die Stadt hinunterschickte. Das Entsetzliche war schon bekanntgeworden. Nicht nur, daß die Gendarmen die Neuigkeit weitergetragen hatten; in den Abendnachrichten des Rundfunks wurde sie bestätigt. Am nächsten Tag wußte es schon jedermann.

Es war ein Nebelmorgen, an dem sich Pussy auf den Weg machte. Am Straßenrand wartete sie auf den Autobus. Als der Wagen aus dem Nebel tauchte, starrten hinter den Scheiben die Gesichter der Reisenden schon auf sie hin. Sie wäre am liebsten zurückgewichen, doch es war schon zu spät. Der Wagen hielt, die Tür sprang auf. Wohl oder übel mußte Pussy einsteigen. Sofort erhob sich jemand von der vordersten Sitzbank und suchte sich hinten einen Platz. Ein Getuschel und Gemurmel lief durch die Reihen. Irgend jemand mußte sie gleich erkannt haben. Pussy faßte ihr Bündel und setzte sich nieder.

Als sie ausstieg, schien die Sonne hoch vom Himmel. Der große, zwischen Türmen und alten Häusern gelegene Ringplatz war bunt von Leben. Es war Markttag. Pussy hatte das ganz vergessen. Sie nahm es mit Erleichterung wahr. Wenn der Wagen hielt, konnte sie gleich verschwinden, in der Menge untertauchen, in der sie niemand kannte. Das Bündel lag in ihrem Arm, das Einschlagpapier war grob und zerknittert, die Schnur dick, hänfern und häßlich verknotet, das Paket war unziemlich groß und beinahe wie ein mißgeborenes Kind. Pussy schämte sich seiner, und am Ende der Fahrt hatte sie das Gefühl, daß ihre ganze Schmach und ihr ganzes Unglück in dem häßlichen Balg da eingebündelt waren.

Sie sprang als erste aus dem Wagen und hastete vorwärts. Noch fühlte sie die Blicke der Mitreisenden im Rücken wie Operationsklammern in der nackten Haut. Doch dann war sie um eine Ecke gebogen, hielt inne und holte Atem, etwas wie ein Weinen stieg in ihr auf, Mitleid mit sich selbst, Zorn über Viktorin. Sie wollte sich des Bündels entledigen, das schien ihr die Hauptsache.

Unwillkürlich ging sie in der Richtung, wo sie die Straße mit dem Gerichtsgebäude wußte. Doch ehe sie sie erreicht hatte, kehrte sie um. Eine haarsträubende Scheu regte sich in ihr bei der Vorstellung, sie müßte dort an dem Tore läuten. Sie floh in eine Seitengasse. Eine Kirchentür stand offen, Pussy trat ein.

Die Kirche war leer, feierlich still, eine hohe Halle unter gotischen Gewölben. Pussy schlich leise nach vorn. Dort legte sie das schändliche Bündel in eine Bank und setzte sich zwei Bänke weiter nieder. Unwillkürlich faltete sie die Hände im Schoß, flocht die Finger ineinander und suchte nach einem Wort. Irgend etwas flüsterte ihr im tiefsten Innern zu, daß es gut für sie wäre, in dieser Stunde hier zu knien und zu weinen. Statt dessen stützte sie nur das Kinn in die Hände und gähnte. Sie hatte Hunger. Betty hatte sie so früh aus dem Hause getrieben. Sie müsse in die Stadt, hatte Betty gesagt, müsse versuchen, ihren Mann zu sehen, ihm Trost zuzusprechen. Müsse ihm auch das warme Zeug bringen, im Gefängnis sei es sicher kalt. Pussy ließ sich viel sagen von der Magd, doch jetzt übertrug sich der Zorn, den sie gegen ihren Mann hegte, auch auf den Auftrag, den jene gegeben hatte. Böse schielte sie nach dem Bündel, am liebsten wäre sie gegangen und hätte es liegengelassen. Das aber wagte sie denn doch nicht. Sie nahm es widerwillig an sich und verließ die Kirche.

Gleich neben der Kirche entdeckte sie eine Würstelstube. Sie trat ein, an einem kleinen Tischchen sitzend verzehrte sie eine Portion. Dann ging sie zu dem Fräulein, das an der Kasse saß.

»Dürfte ich das Paket hierlassen?« fragte sie. »Natürlich dürfen Sie. Wann holen Sie es ab?« – »Muß ich es denn bald wieder holen?« fragte Pussy. »Zu Mittag werde ich abgelöst«, antwortete das Mädchen. Es war zehn Uhr. »Es ist recht«, sagte Pussy und zahlte.

Jetzt fühlte sie sich leichter und beinahe befreit. Rasch schritt sie die Gasse entlang, ihre Hackenschuhe klopften einen munteren Takt auf dem Pflaster. Sie horchte auf das Geräusch, und irgend etwas daran stimmte sie heiter. Aus einem Spiegel kam ihr ihr Bild entgegen, sie sah hübsch aus, fand sie, in ihrem knappen Kostüm mit dem buschigen Rotfuchs. Pussy lächelte verstohlen.

Auf dem Markt zog es sie zu den Buden, wo man allerhand galanten Kram feilbot. Ein Mann wühlte in einem Berg seidener Wäsche: Billige Ware, beinah geschenkt. Pussy blieb stehen und hörte ihm zu. Sie wollte nichts kaufen, ganz gewiß nicht. Aber traumverloren starrte sie auf die zarten Gewebe. Der Ausrufer näherte sich ihr, er verstand in den Mienen seiner Kundschaft zu lesen. Pussy wich zurück, aber der Mann schmeichelte, hielt ihr die zierlichsten Stücke auf seinen gespreizten Händen entgegen: die groben Kuppen seiner Finger drückten sich durch das rosenfarbene Gewirk, als drückten sie sich zärtlich in rosiges Fleisch. »Das schönste Hemdchen der schönsten Dame!« Dem konnte Pussy nicht widerstehen. Sie kaufte. Er wickelte ihr das Päckchen ein und steckte es ihr noch in die Tasche. Es war billig gewesen, wirklich billig. Sie drückte das Ding an sich, ihr war, als trüge sie ein Stückchen wiedergewonnenen Lebensmut mit sich fort, eine kleine Verheißung auf Liebe und Glück, eine winzige Tröstung in ihrer Verlassenheit: ein rosa Hemdchen.

Später ging sie in eine Konditorei und verzehrte ein Stück Torte, dann kaufte sie sich eine Kinokarte. Das Paket fiel ihr ein; sie hätte es holen sollen, ehe die Ablösung kam. Ach was, beruhigte sie ihr Gewissen, ich werde es auch später noch bekommen.

Als sie in dem finsteren Kinoraum saß und das erste Bild erschien, ergriff es sie wie eine Verzauberung. Man gab ein Lustspiel. Zwei komische, dumme Männer gingen miteinander auf Reisen; wenn der eine in einen Zug stieg, stieg der andere aus. Wenn der eine eine Treppe erklomm, fiel ihm der andere mit einem Stoß Teller entgegen, und beide kugelten in die Scherben. Pussy begann zu lachen, sie lachte unbewußt mit einem hohen, klingenden Gelächter, das laut und perlend durch den ganzen Saal scholl. Sie lachte sich blind und schief, bis der Streifen zu Ende war, und die Lichter angingen. Da erschrak sie und erkannte, daß sie vergessen hatte, alles vergessen über den dummen Männern und ihren Possen.

Sie wäre am liebsten sitzen geblieben oder in ein zweites und drittes Kino gelaufen, doch sie hatte nicht mehr genug Geld in der Börse. Allmählich ging der Tag zu Ende.

Sie wollte nicht mit dem Autobus nach Hause fahren, da kannte sie beinahe jedermann. Auf dem Bahnhof, hoffte sie, würde sie niemanden treffen.

Das Paket hatte sie nicht mehr geholt. Im letzten Augenblick überkamen sie Gewissensbisse, sie wechselte das letzte Fünfkronenstück und rief das Geschäft an.

Als der Zug aus der Halle rollte, war es schon beinahe finster. Wie große, betaute Lichtblumen schwangen die Bogenlampen im Abenddunst. Für einen Augenblick zeichnete sich eine hohe, dunkle Kuppel vor dem ins Violett spielenden Westhimmel ab. Es war die Kuppel des Gerichtsgebäudes.

Obwohl sie die Karte bis Kukus gelöst hatte, stieg Pussy eine Station zuvor aus. Pernov stand auf der Tafel.

Pussy wanderte die Straße ins Dorf hinein, durch das Dorf hinaus; dort vor einem größeren Hause hielt sie inne. Das Haus lag in einem Garten und, obwohl nur ein schwacher Schimmer aus der letzten Straßenlaterne hierher drang, konnte man sehen: es war ein schönes, gepflegtes, behäbiges Haus. Der breite Weg zur Freitreppe war sauber gekiest und mit Gewächsen eingefaßt. Pussy öffnete das Gartentor, sachte trat sie auf und näherte sich. Im Erdgeschoß hinten erspähte sie ein erleuchtetes Fenster. Vorsichtig pirschte sie sich heran, die Scheiben waren durch einen geblümten Stoff verhängt.

Pussy lauschte. Es rührte sich nichts drinnen. Sie trat in die leere Blumenrabatte, die das Haus von dem gekiesten Wege schied, ihr hochhackiger Schuh versank in der weichen Erde.

Plötzlich flammte schräg über ihr eine elektrische Birne auf. Kalt und gewaltsam schlug die Helle auf sie nieder. Schon hatte sich auch eine Tür geöffnet, die Hinterpforte des Hauses, ein Mann trat heraus. Pussy sprang aus der Rabatte wie eine Diebin, die man ertappt hat. Des Mannes Stimme klang scharf. »Was machen Sie hier? Suchen Sie wen?« Er kam auf sie zu, da erkannte er sie. »Sie sind es – Frau Zeman.«

»Ja, ich«, stotterte sie verlegen. Sie drückte ihren buschigen Rotfuchs an sich. »Ich wollte, wollte sehen, ob Elisabeth ...«

»Elisabeth ist nicht zu Hause«, fiel der Mann ihr ins Wort. Sein Ton hatte sich kaum gemildert. Dann aber, als könne er nicht gut anders, forderte er sie doch auf: »Kommen Sie herein.«

Pussy folgte ihm durch die Hintertür. Hier führte man für gewöhnlich keinen Gast herein. Pussy, die das wohl wußte, schämte sich und kam sich entwürdigt vor, auch fühlte sie ihre Schuhe klumpig von Erde. Vergeblich versuchte sie, den Schmutz an der Matte abzustreifen. Der Mann drängte sie ungeduldig in ein kleines, kaltes, kahles Büro.

»Setzen Sie sich.«

Pussy saß und fingerte an ihrem Rotfuchs. Sie wußte, daß Elisabeths Mann sie nicht leiden konnte, weder sie noch ihren Mann, den Doktor. Das hatte viele Gründe. Aber Pussy besaß, obwohl noch irgendwo ihre Mutter lebte, keinen nahen Menschen auf der Welt als eben Elisabeth. Sie vergaß das oft, aber in Stunden wie dieser empfand sie keinen anderen Wunsch, als zu Elisabeth zu flüchten.

Der Mann stand vor ihr und blickte sie streng an. Er war groß und stark, sehr viel größer und stärker als Viktorin, er hatte ein großes, fleischiges, aber festgeprägtes Gesicht, braune Augen und einen abweisenden Mund über einem runden, gekerbten Kinn. Er hielt eine Pfeife in der Hand, führte das Mundstück zwischen die Lippen und sog an ihm, doch die Pfeife war kalt.

»Elisabeth ist nicht zu Hause«, wiederholte er. »Und, wenn sie zu Hause wäre«, fuhr er fort, »ich wünschte nicht, daß Sie mit ihr sprächen. Ich wünsche, daß Sie meine Frau in Ruhe lassen, verstehen Sie.«

Pussy hob jäh den Kopf. Er runzelte die Brauen und wandte sich von ihrem Blick ab. »Ich weiß«, sagte er, »daß Sie beide Freundinnen waren, indessen – das ist lange her, nicht wahr? Alles muß einmal zu Ende sein. Elisabeth muß ihren Frieden haben, sie –«, jetzt log er, »sie erwartet wieder ein Kind.«

»Ach«, sagte Pussy leise.

»Und nun ist auch diese Sache da, diese Sache – es stimmt doch: Ihr Mann ist verhaftet?«

Pussy nickte schwach.

»Es tut mir ja leid, Frau Zeman, tut mir leid um Sie. In solchen Fällen ist eine Frau immer zu bedauern, auch wenn es sich herausstellt, daß alles nur auf einem Irrtum beruhte.«

Der Mann hielt inne. »Und ich bin sicher –«, er versuchte lebhafter zu sprechen, »sicher, daß sich die Sache bald aufklären wird. Ihr Mann muß nur ein Alibi erbringen, das kann er doch, Frau Zeman, nicht wahr? Aber natürlich!«

Pussy duckte sich nur noch tiefer über ihrem Schoß zusammen. Leonhart Jering griff nach einem Bündel Zeitungen, schlug ein Blatt auf: »Da steht zwar: Man habe kleine Spritzer Blut auf seinem Mantel entdeckt. Aber was hat das schon zu bedeuten, Frau Zeman? Ein Arzt kommt mit Blut leicht in Berührung. Hatte er in seiner Praxis einen Unfall in letzter Zeit?«

»Ich weiß von nichts«, murmelte Pussy, »er spricht nicht mit mir über solche Sachen.«

»Hm, hm. Und auch die Fußspuren sind nicht die seinen, sie stammen von größerem Schuhwerk. Nur das Rezept – das ist, was ihn belastet, und, daß er sie nicht gekannt haben will.«

Pussy senkte den Kopf nur tiefer. Glaubte sie denn selbst an ihres Mannes Schuld?

»Es wird noch alles gut werden«, sagte Jering laut, aber er schämte sich seiner eigenen Stimme, die ihm verlogen klang. Sein Mitleid schlug abermals in Unbehagen um. Was schwätze ich denn, dachte er, und wie bringe ich sie hinaus, ehe Elisabeth kommt?

»Vielleicht ist auch das wahr, und er hat die Jacubowska gar nicht gekannt.«

Jetzt blickte Pussy auf. Tränen schossen in ihre Augen, ihr Mund bebte jämmerlich. »Ach«, sagte sie und schnupfte schluchzend, »er hat es doch immer mit solchen gehabt.« Sie stand auf. »Ich gehe jetzt«, sagte sie hoffnungslos. »Leben Sie wohl, Herr Jering. Und grüßen Sie Elisabeth.«

»Wohin gehen Sie denn?« fragte er.

»Wohin denn wohl? Nach Kukus natürlich.«

»Allein?«

»Freilich – allein.«

»Es ist weit. Und Nacht. Fürchten Sie sich nicht?«

»Pah, es werden ja nicht *alle* Mörder sein.«

Das war ihr letztes Wort. Schon hatte sie sich zur Tür hinausgedrückt, man hörte ihren Schritt im Kies, sie entfernte sich rasch, als ob sie flüchten müßte.

Einen Augenblick war ihm, Leonhart Jering, als sollte er sie nicht so allein gehen lassen. Er griff schon nach dem Hut, um ihr zu folgen, da sah er unter ihrem Stuhl die nassen Knollen schwarzer Gartenerde liegen. Er ärgerte sich: diese Leute! sie putzten nicht einmal die Füße ab, wenn sie ein fremdes Haus betraten. – Und da rief auch schon eine Stimme von oben durch den Treppenflur nach ihm: »Leonhart, wo bleibst du so lange?«

Zweiter Teil

Viktorin

Und er schenkte ihm
einen rotgemaserten Kamm

Die steinernen Bilder

Viktorin Zeman war kleiner Leute Kind. Sein Vater hieß Voitech, das heißt auf deutsch Adalbert. Voitech war ein Krüppel, als junger Mensch hatte er durch einen Unglücksfall einen Fuß verloren. Seither trug er einen hölzernen schwarzbeschuhten Klumpen an den Stumpf geschnallt. So gezeichnet, hinkte er durchs Leben.

Sein Haar war dunkel, struppig und so dicht, als wüchse es in Büscheln aus der Kopfhaut hervor. Seine Augen waren groß und dunkel und standen kugelig aus dem roten, faunischen Gesicht. Weil er schwere Arbeit zu leisten nicht mehr imstande war, wurde er Gärtner, Bastler und Botengänger im Stift Kukus. Da er auch auf der Orgel spielen konnte, versah er in der Stiftskirche das Amt eines Küsters. Er oblag dieser Kunst, bei der ihm sein Fuß offenbar nicht hinderlich war, mit einer Zartheit und inbrünstigen Leidenschaft, die dem Wesen des sonst tyrannischen und unwirschen finsteren Menschen nicht zuzutrauen waren.

Die Patres hatten ihm, als er in ihren Dienst trat, an der alten, romantisch verfallenen Klostermauer ein verwittertes Häuschen als Wohnung zugewiesen. Dort blieb Voitech, auch als er sich verheiratete. Sein Gehalt bezog er in Naturalien. Was er und die Frau und später die Familie an Geld brauchten, mußte die Frau zu verdienen suchen.

Die Frau war eine Deutsche, eines Lehrers Tochter; sie stammte also aus gutem Hause, und es war verwunderlich, daß sie sich an den rohen Krüppel weggeworfen hatte. Freilich, es ging das Gerücht, daß Voitech immer schon große Macht über die Weiber besessen habe. Er zeigte gegen das weibliche Geschlecht eine aus Begierde und dem Gefühl gewonnener Triumphe gemischte Verächtlichkeit, auch gegen seine Ehefrau war er nicht anders. Die Frau gebar ihrem Mann zwei Kinder, einen Knaben, der auf den Namen Viktorin, und ein Mädchen, das auf den Namen Marie getauft wurde. Zeman starb, als beide noch klein waren. Viktorin behielt eine nur undeutliche Erinnerung an seinen Vater: er sah ihn auf einen Harkenstiel gestützt inmitten eines großen, buschig bewachsenen Feldes stehen, die Sonne siedete um ihn, und die Früchte der derbblättrigen Buschpflanzen, rote, pralle, saftige Tomaten, strotzten von Farbe und Seim.

Ein Brustleiden löschte den Mann plötzlich aus. Niemand hatte etwas davon geahnt. Bis zum letzten Tage sah er blühend aus, arbeitete, hinkte umher und schlug seine Frau und seine Kinder. Auf einmal stürzte er zusammen und erstickte an einem Blutsturz. Die Patres kündigten der Witwe das Haus. Sie zog in das Dorf hinab und verdingte sich beim Wirt. Den Knaben behielten die Geistlichen bei sich. Sie hatten gemerkt, daß er leicht lernte – mit sieben Jahren konnte er die Ministrantengebete auswendig, ohne freilich ihren Sinn zu verstehen –, und da die Patres um Nachwuchs besorgt waren, mochten sie hoffen, in Viktorin einen künftigen Ordensmann zu erziehen. Selten schickten sie ihn zu seiner Mutter ins Dorf. Sie hatte begonnen, mit dem Wirt zusammenzuleben. Das Verhältnis erregte im Kloster Anstoß; selbst nachdem die beiden geheiratet hatten, suchte man den Knaben von den Seinen fernzuhalten.

Als Viktorin begriff, wie es um seine Mutter stand, begann er sie zu hassen. Er war eifersüchtig. Einst, als der Vater noch lebte, hatte er geschrien, wenn der holzfüßige Krüppel die Mutter schlug. Jetzt gab er ihm in Gedanken recht. Seit die Mutter mit dem fremden Mann unter einem Dache hauste, schien sie ihm auf unflätige Weise entfremdet. Sie mußte im Wirtshaus die Küche besorgen, im Stall helfen, in der Stube ausschenken. Ihr Tag war von harter Arbeit ausgefüllt, doch es reizte den Knaben schon, wenn er sie mit überschäumenden Krügen beladen und mit Bratensoße bespritzt unter den Gästen umhergehen sah.

Alles, was die geistlichen Väter dem Jungen von Sünde und Laster, von verwerflichen frevlerischen Untaten erzählt hatten, schwirrte in seinem frühreifen Gemüt wie eine Schar eingeschlossener Hornissen. – Er hatte so wenig Begriff von den Dingen des Geschlechts, daß sie ihm noch wie Dämonen brüllten. Da er keine Ahnung von dem Sinn der Zeugung hatte, von ihrer Aufgabe im Haushalt der Welt, muteten ihn Begierde und Wollust wie süße, aber teuflische Besessenheiten an, zu nichts anderem nütze, als Verderbnis und Verdammung zu streuen zwischen den Geschöpfen Gottes. Ihn schauderte, aber er konnte dennoch nicht davon lassen, daran zu denken und danach zu suchen. Im Hühnerhof und vor dem Taubenschlag begegnete er den Figuren der Vermischung. Im Garten umgaukelten ihn die Schmetterlinge, im Gras verschmolzen die Schnecken miteinander. Taumelnd vor Ekel lief er davon.

So war Viktorins Seele frühzeitig heimgesucht, und die geistlichen Herren merkten das wohl. Sie nahmen es mit Freuden wahr, denn sie hielten die Sündenfurcht, die sich in Viktorin festzuhäkeln schien, für das festeste Band, ihn an sich zu binden.

Sonst verfuhren sie väterlich-gutmütig mit ihm. Die Herren des Stiftes gehörten einem reichen

Orden an. Gemächlich, mit langen, tragenden Schritten pflegten sie durch die Gänge zu schreiten, schwarzweiß gekleidet, mit breiten Skapulieren gegürtet. Rotgesichtig waren die meisten von ihnen, schwerleibig und früh erschlafft. Sie oblagen ihren Chorgebeten und Lesungen, einige taten sich in der Verwaltung um, einige schrieben Bücher. Aber alles blieb nur Zeitvertreib, Vertreib einer Zeit, die viel zu langsam kroch und viel zu wenig forderte von der blühenden Männerkraft. Die Gegend war gut, wie hätten die Patres darben sollen, sie sprachen den Gottesgaben gerne zu. Nicht, daß Übles geschah unter den Schwarz- und Weißberockten, kein schlimmer Ruf drang in die Welt, doch innen lag das Leben wie unter Lasten begraben, unterirdisch gor die langsame Pein der ungenutzten Kräfte. So war es den Patres nur recht, den fremden Knaben in ihrem Haus zu haben, der Umgang mit ihm war eine Art Zerstreuung für sie. Einige gaben ihm Unterricht, der Pater Prior schenkte ihm Gewand und Schuhe. Alle waren sich darin einig, daß Viktorin dereinst einer der Ihren werden sollte.

Vor allen anderen hatte Pater Pascalis eine herzliche Zuneigung zu ihm gefaßt. Er war ein schon älterer Herr, gemütlich, bescheiden, sehr beliebt. Oft sprach er von einem Neffen, Benno, dem Kind seiner einzigen Schwester. Wenn man Pater Pascalis glauben wollte, mußte dieser ein Ausbund aller Tugenden sein. Der junge Mann sollte, wie sein

Onkel, Geistlicher werden, er studierte auf der Universität, war in allen Zweigen der Geisteswissenschaften bewandert und brachte nie andere als nur vorzügliche Zeugnisse heim.

Eines Tages sollte dieser Benno in das Stift zu Besuch kommen.

Zwei oder drei Jahre zuvor war man auf ein altes verschollenes Heiligtum in den großen Wäldern des Stiftes Kukus aufmerksam geworden. Damals, etwa zehn Jahre vor dem ersten Weltkrieg, begannen sich die Gelehrten auch für die auf dem platten Lande verstreuten Kunstwerke zu interessieren. Hier machten sie eine merkwürdige Entdeckung: in der Nähe eines alten aufgelassenen Steinbruches fand sich eine Anzahl schöner barocker Figuren verstreut im Walde, Heilige, Engel und Tiere, Vollplastiken und Reliefs, zum Teil zerschlagen und verstümmelt, zum Teil noch unversehrt und nur von Moos und Gebüsch überwuchert. Etliche mochten ganz in den Boden versunken sein.

Der Ort hieß im Volksmund Bethlehem nach dem größten Relief, das aus einem niedrigen Felsband herausgehauen war. Niemand hatte sich bisher um das alte Heiligtum gekümmert, es sei denn, daß in der Christnacht ein paar Bauernweiber heraufgepilgert waren, einige Kerzenstümpfchen vor der Bethlehem-Darstellung angezündet und ihre Andacht verrichtet hatten. Die Patres, die um den Brauch wußten, hatten sich kaum darum geschert.

Nun aber, nachdem etliche Kunstkenner den Wert der Steine erkannt hatten, richteten auch sie ihr Augenmerk darauf und führten, wenn Gäste kamen, diese dahin.

Eines Tages wurde Pascalis die unsägliche Freude zuteil, auch seinen geliebten Neffen Benno nach Bethlehem führen zu dürfen.

Es war im Juni, in der heitersten Zeit des Jahres. Pater Pascalis hatte für den Ausflug anspannen lassen, er und Benno saßen auf der Polsterbank des Wagens, Viktorin auf dem Bock neben dem Kutscher. Das letzte Stück des Weges mußten sie zu Fuß gehen. Der junge Diakon zeigte sich, als sie bei den Bildern angekommen waren, hochentzückt. Erregt eilte er von einer Figur zur anderen, bog das Gezweig weg, bewegte die Hände liebkosend über die steinernen Häupter, Schultern und Brüste. »Wie schön!« rief er ein um das andere Mal, »wie bezaubernd schön und kostbar.«

Pater Pascalis nickte strahlend gerührten Beifall. Noch nie hatten ihm selbst die Bilder so gefallen wie heute.

Und wie, rief der Diakon aus, wer könne wissen, ob nicht noch andere Figuren unter dem Dickicht verborgen lägen? Wieder stimmte der Pater zu und fand es natürlich, daß der Neffe diese Möglichkeit erwog, er bestärkte ihn noch in seiner Hoffnung.

Später saßen sie im Forsthaus in der getäfelten Stube und aßen, was ihnen aufgetischt wurde, das feingeschnittene Räucherfleisch von den hölzernen Platten, den duftenden Gugelhupf von den bemalten Tellern. Auch Viktorin saß bei ihnen, obwohl er lieber draußen im Hof herumgestrichen wäre, aber Benno hatte auch ihm das Glas mit Wein gefüllt. Er konnte es so schnell nicht leeren, es stehenzulassen traute er sich nicht.

Da sprach der junge Herr das erstemal davon, daß, wenn er dürfe und könne, will besagen, wenn man ihm einen Gehilfen gäbe, er selbst am liebsten im Walde graben und den Boden durchsuchen wolle. Zum ersten Male wandte er sich an Viktorin. Er hatte bis jetzt nur für Augenblickesdauer und wie aus Zufall nach dem Knaben gesehen. Nun aber – und es war, als zöge plötzlich ein Schatten von Schwermut über sein Gesicht, fragte er: »Und willst du mein Gehilfe dabei sein?«

Viktorin errötete und schwieg.

Doch Pater Pascalis fand auch diesen Vorschlag seines Neffen vortrefflich und sagte, er werde alles tun, beim Pater Prior die Erlaubnis zu erwirken.

So wurde abgemacht, daß Viktorin mit Benno in das Forsthaus ziehen sollte. Zwei Kammern wurden gemietet; die große, schöne im ersten Stockwerk für Benno, die kleine oben unter dem Dach für seinen Gehilfen.

Viktorin war, nachdem er lange klein und unscheinbar gewesen, in den letzten Jahren kräftig emporgeschossen, er war braungebrannt und stämmig und trotz des Kloster- und Schullebens manche rauhere Arbeit gewöhnt. So war ihm wohl zuzutrauen, daß er dem feinen jungen Herrn beim Graben helfen, daß er stemmen, schippen und karren werde. Viktorin war es recht. Er freute sich darauf.

Am ersten Morgen im Forsthaus erwachte er früh zur gewohnten Zeit: Der Himmel färbte sich im Osten, die Höhe des Firmaments beschlug sich mit kristallenem Blau. Viktorin schlüpfte in die Kleider und lief die Treppe hinab. Er wunderte sich nicht, daß noch niemand wach war, er hatte das nicht anders erwartet noch gewünscht. Er rannte die Försterwiese hinab, durch Dickicht und Jungwald bis an den kleinen Fluß. Dort warf er Hemd und Hose ab und schnellte aufjauchzend in die gischtende Flut.

Später kehrte er zurück. Der junge Herr saß unter dem Nußbaum und trank seinen Kaffee. Viktorin blieb stehen. Auf einmal schämte er sich seines alten blauen Hemdes, seines struppigen Haars, seiner zerschundenen Füße. Der Herr sah in eine andere Richtung. Trotzdem schien er den Knaben bemerkt zu haben. Er hob die Hand und winkte ihn zu sich. »Willst du auch Kaffee trinken?« fragte er freundlich. Viktorin verneinte. Er hatte in der Küche eben eine Satte voll Milch ausgeschlürft.

»Aber setze dich nieder«, fuhr der Herr fort. »Du darfst dich zu mir setzen.« Viktorin schob seine Hinterbacke auf das äußerste Ende der Bank.

»Du also wirst mir helfen«, sagte der andere und blickte den Knaben an, als müßte er ihn jetzt erst recht betrachten. »Wir werden ja sehen, was wir im Walde finden.«

Der Fremde hatte heute kein priesterliches Gewand an. Er trug ein fein gefälteltes Hemd, einen hellen Rock und gelbe Nankinghosen. Nur ein schmaler weißer Streifen am Halse zeigte seinen Stand an. Sein Gesicht war schön, mehr voll als schmal; mit dem zarten Lippenrot eines Frauenmundes sah Benno wie ein junger, üppiger, ein wenig erschlaffter Gott aus heidnischer Zeit aus.

»Komm«, sagte er endlich, »gehen wir.« Sie stiegen in den Wald hinauf. Viktorin wollte Brecheisen, Pickel und Spaten tragen, aber Benno sagte, dieser Gegenstände würden sie heute nicht bedürfen, heute genügten ihnen ein Meterband, ein Kompaß und ein Block Papier. Also trug Viktorin das Meterband und den Block; es kam ihm lächerlich vor, daß er nicht mehr tragen sollte.

Der andere ging den schmalen Pfad voran. Wenn Viktorin stehenblieb, blieb jener ebenfalls stehen und sah nach ihm zurück. So erreichten sie die Höhe des Berges, das Heiligtum Bethlehem.

Der junge Mann ließ sich den Schreibblock reichen und begann einen Plan von dem Ort aufzuzeichnen; dazu bedurfte es der Messungen. Er hielt das Band, Viktorin mußte es abrollen, sie maßen die Größe der Figuren und ihre Entfernung voneinander. Mit dem Kompaß bestimmte der Diakon die Himmelsrichtungen. So brachten sie den Vormittag zu.

Als sie zum Forsthaus zurückkehrten, war es sehr heiß geworden. Die Luft bebte über dem grasbewachsenen Waldweg. Im Förstergarten standen die Rosen weit offen, das sengende Licht hatte längst den Tau des Morgens weggelechzt. Der Hund des Försters lag faul im Flur, sein zottiges Fell wimmelte von Fliegen.

In der kühlen Stube aß der junge Herr mit dem Förster, Viktorin in der Küche mit der Magd. Später wollte er sich hinausstehlen zu Tenne und Stall, da sah er Benno im Schatten des Nußbaums wandeln, das aufgeschlagene Brevier in den Händen.

Viktorin duckte sich und wollte vorbei, aber jener rief ihn zu sich. »Wo warst du heute morgen«, fragte er, als der Junge vor ihm stand. »Du hast gebadet«, fuhr er mit strenger, gleichwohl belegter Stimme fort. »Im Fluß gebadet, nackt.«

Viktorin erschrak.

Der andere schwieg eine Weile. Dann sagte er: »Weißt du, daß das zur Sünde führt? Ich sage nicht, daß es Sünde ist, aber die Sünde ist nahe, wenn man so etwas tut. In allen Schlupfwinkeln lauert der Satan.« Viktorin senkte den Kopf. »Geh jetzt«, sagte der andere. »Geh!«

Am nächsten Morgen machten sie sich wieder auf, um auf die Bergeskuppe zu steigen, und wieder wehrte der Diakon ab, als Viktorin das schwere Gerät mitnehmen wollte. Lediglich einen Pickel ließ er ihn tragen. Mit diesem schlug Viktorin an ein paar bezeichneten Stellen kleine Gruben. Benno stand dabei und sah ihm zu. Immer wieder zog er den gestern gezeichneten Plan zu Rate. Oft ruhte die Arbeit ganz, und Benno schien sich in schwierige Überlegungen vertieft zu haben. Doch wenn Viktorin sich, von Langweile geplagt, abseits in die Büsche schlagen wollte, rief ihn jener zurück. Viktorin folgte unlustig, die Schnaken stachen ihn, das Stillehalten war ihm zuwider, voll heimlichen Trotzes blickte er auf den fremden Mann, der da trödelte und ihn bei einem, wie ihm schien, sinnlosen Tun festhielt, schwitzend, wie er selbst, von Ungeziefer zerstochen und dennoch voll zähem Eigensinn, als strebte er unbekannten verzauberten Schätzen nach.

Früher als am Vortag kehrten sie in das Forsthaus zurück. Am Abend stand ein Gewitter am Himmel. Noch war es fern, die Donner rollten weit draußen im Land, alle Horizonte umflackernd spielten die Lichter der Blitze.

Auf einem umgestürzten Baume sitzend, begann der Mann dem Knaben aus seinem Leben zu erzählen. Er fragte Viktorin auch nach seiner Vergangenheit aus. Als Viktorin wie gewohnt antwortete: »Ja, Hochwürden«, sagte er zu ihm: »Nenne mich doch nicht Hochwürden. Nenne mich mit meinem Namen Benno. – Traust du dich nicht?« fuhr er fort, als Viktorin schwieg. »Sei doch nicht so schüchtern, ich bin nicht soviel älter als du. Wir könnten Brüder sein, und bei unserer Arbeit – sind wir da nicht Kameraden?«

Als es dunkelte, gingen sie ins Haus. In jener Nacht dachte Viktorin zum ersten Male daran, zu seiner Mutter heimzukehren.

Die anderen Tage verliefen wie die ersten. Wenn es regnete, blieben sie in der Stube, aber es regnete selten und dann nur in vorüberwallenden Schauern oder raschen, trommelnden Gewittergüssen. Viktorin grub den Waldboden auf. An einigen Stellen so tief, daß er in den Gruben beinahe bis zur Schulter verschwand. An anderen Stellen genügte es, wenn er eine flache Kuhle ausgehoben hatte. Aber weder hier noch dort stießen sie auf Figuren. Viktorin wunderte sich manchmal, daß Benno so unverzagt schien. Wenn wieder einmal der gewachsene Fels in der schwarzen Walderde zum Vorschein kam und keine Hoffnung mehr war auf Fündigkeit, sagte Benno: »Laß es gut sein für heute, gehen wir nach Hause! Heute haben wir kein Glück gehabt, warte nur auf ein anderes Mal, der Sommer ist noch lang.«

Manchmal war Benno übermütig. Er sang und sprang, schnitt Fratzen, warf den Knaben mit Tannenzapfen oder trieb sonst einen Schabernack. Dann versank er wieder in jene scheue Schwermut, die er in den ersten Tagen gezeigt hatte. Am frühen Morgen ging er manchmal in das Dorf zur Messe. Von dort kehrte er immer in düsterer Stimmung zurück. Auf einmal redete er davon, wegfahren zu wollen, es sei doch alle Mühe vergeblich, aber kaum eine Stunde später schien er alles vergessen zu haben. Launenhaft-überlustig lief er mit Viktorin um die Wette, überraschte ihn am Brunnen mit Wassergüssen, puffte und struwwelte ihn und nahm ihn mit auf sein Zimmer. Dort ließ er ihn in seinen Dingen kramen, schenkte ihm allerlei aus seinem Besitz, einen Schlips, ein Scherchen, eine duftende Seife, einen rot gemaserten Kamm. Dieser gefiel Viktorin ausnehmend gut. In ihm keimte die erste Eitelkeit, und er begann sich einen Scheitel zu ziehen durch sein bis jetzt lockig verwildertes Haar.

Der Sommer war sehr heiß, und als drei Wochen ihres einsamen Hausens um waren, stieg die dumpfe Schwüle bis zur Unerträglichkeit. Selbst hier im Herzen des Waldes war es nur in den allerersten Morgenstunden tauig-kühl. Rasch zehrte der steigende Tag die Frische weg. Das Moos dürstete und die Gräser verblichen. Nur mehr in den tiefsten Schlupfwinkeln und Schattenschluchten hielten sich die blauen, zarten Glocken oder die wilde Königskerze; in den Pilzen hausten die Würmer und höhlten sie aus.

An einem solchen Tag lud Benno den Knaben ein, zum Fluß hinunterzugehen und zu baden. Auch an diesem Morgen hatten sie im Wald gegraben und waren auf eine behauene Platte aus Sandstein gestoßen, untief und waagrecht gelegen. Benno vermutete in ihr den Deckel eines Brunnens. Viktorin trieb daneben einen Pfahl in die bucklige Erde und stieß wieder auf Festes.

Er war vor Freude außer sich und wollte gleich aus allen Kräften lospickeln. Aber Benno sagte, es sei genug für heute. Die Sonne stach, die Mücken schwirrten, ihnen gesellten sich die langen, grauen, hartgeflügelten Bremsen, blutgierige Bestien. Benno schlug nach ihnen, sie hatten es auf ihn abgesehen, als schmeckte ihnen gerade sein Blut um so viel süßer, seine Haut war rot und gedunsen, sein Gesicht von Bissen geschwollen. »Komm«, schrie er Viktorin ungeduldig an. »Laß das verdammte Graben! Soll sich der Teufel um die verfluchten Steine scheren.« Und eilig verließ er den Platz.

Am Nachmittag schlich Viktorin hinaus in den Wald. Er wußte eine Stelle, dort lag er gerne. Schon reiften die schwarzen Beeren, er naschte von ihnen, grub sich ein in ihr Kraut und schlief. Als er erwachte, erschrak er. Benno saß nahe bei ihm auf einem Baumstumpf und schaute ihn an.

Der Knabe setzte sich auf, rieb sich die Augen und stammelte etwas. Benno schwieg.

Was habe ich getan? dachte Viktorin. Und was ist das, daß er mich so anschaut, er soll den Blick wegtun, ich mag das nicht.

Da sagte Benno: »Hier liegst du und schläfst? Weißt du nicht, daß eine Schlange kommen und dich überraschen kann im Schlaf?«

Als Viktorin nicht antwortete, fragte er: »Führt nicht der Weg hier vorbei zum Fluß?«

Viktorin sprang auf und zeigte Benno den Pfad. Hier sank der Waldboden zu einer steilen Klippe ab; an deren Fuß schäumte der Fluß vorbei.

Viktorin wies dem Mann die silbern glitzernde Ader in der Tiefe.

»Hier kann niemand hinunter«, sagte Benno.

»Ich werde dich führen«, sagte Viktorin, »komm!«

Er kannte einen Riß in der Felsenwand, behende wie eine Eidechse glitt er hinab. Benno folgte. Als sie unten ankamen, waren ihre Kleider bestaubt, ihre Hände blutiggerissen. Aber sie lachten und schlugen einander mit Zweigen. Benno sagte: »Hier also badest du?«

Viktorin errötete. »Du kannst heute wieder baden.« Viktorin zögerte. »Willst du nicht? Ich bleibe hier und gebe auf dich und deine Kleider acht.«

Viktorin zögerte immer noch. Da lachte Benno mit unnatürlicher Stimme: »Geh, geh doch, beeile dich –« Und er stieß den Knaben an den Rand des Flusses.

Viktorin begann seine Hose aufzunesteln. Er hatte nichts am Leib als diese und ein altes, blaues, verwaschenes Hemd. Beides warf er ab, warf es von sich ins Gebüsch und sich selbst in die Flut.

Eine Sekunde nur hatte er sich blank und blitzend vor Nacktheit im Absprung gestreckt.

Erlösend umgab ihn das eiskalte Element. Entzückt empfand er den Prall der Wellen. Er quirlte, tauchte, schrie. Er winkte jubelnd mit sprühenden Armen. »Benno, Benno!« Endlich kehrte er um, strebte ans Ufer zurück. Seine Kleider hingen in den Binsen. Benno war fort, verschwunden. »Benno, Benno!« Seine Stimme hallte hohl von den Felsen zurück. Eine Art Lähmung ergriff den Knaben. Zum erstenmal stieg ihm die Wahrheit auf.

In der Nacht entlief er aus der Försterei, er wollte nach Hause zu seiner Mutter. Er war lange nicht mehr bei ihr gewesen, heute zog es ihn übermächtig. Irgendwer hatte ihm gesagt, daß sie wieder ein Kind bekommen sollte. Das fiel ihm jetzt ein und pochte in ihm mit Schlägen dumpfen Bangens. Lang war der Weg durch den stockfinsteren Wald. Über den Wipfeln der Bäume sah er die Sterne funkeln. Mutter, schluchzte der Knabe, Mutter, Mutter!

Endlich sah er unten im Dorf die Lampen leuchten; auch aus dem Oberstock des Wirtshauses glomm rötliches Licht. Viktorin zögerte. Ihm wurde mit einem Male so sonderbar, als sollte er doch noch umkehren; doch es graute ihm vor dem Rückweg durch den pechdunklen Wald; er ging hinab, trat ins Haus, tappte die Treppe empor.

In der Mutter Stube war Murmeln und Hantieren. Auf einmal tat sich die Tür auf, der Wirt trat heraus. Er fuhr zurück. »Du? Was machst du hier, zum Henker?«

»Ich will zur Mutter«, sagte Viktorin mit heiserer Stimme.

»Das kannst du jetzt nicht, die Mutter ist krank. Geh! Wir können dich hier nicht brauchen.«

»Aber –«, sagte Viktorin und klammerte sich am Türpfosten fest.

»Kein Aber jetzt!« Der Mann packte ihn rüde am Arm. »Komm später«, fuhr er sich mäßigend fort. »Morgen vielleicht – irgendwann!«

Aus der Kammer kam ein gedämpfter Ruf. Eine Frau rief: »Wirt, wo bleibst du?« – Der Mann beeilte sich. »Gleich, ich komme.«

Er ging hinein, kam aber sogleich wieder heraus, er trug ein Becken, trug es eilig vorüber, in dem Becken war ein blaßlilafarbenes Etwas, Viktorin sah es. Es war nicht tot und nicht lebendig. Es sah aus wie das Eingeweide eines frischgeschlachteten Tieres. Viktorin erschrak wie nie in seinem Leben zuvor. Er schrie gellend auf und stürzte die Treppe hinab. Bei Morgengrauen kehrte er ins Forsthaus zurück. Auf dem Weg dahin war er in einen Scherben getreten, als er querfeldein über einen Acker lief. Er war barfuß, der Scherben hatte ihn tief zwischen Ferse und Ballen geschnitten. Viktorin spürte in der Dunkelheit, wie er schweißte. Er fluchte und krümmte sich, er netzte den Fuß mit Speichel, aber das Blut ließ sich nicht stillen, der ganze Weg ins Forsthaus war mit der Spur genetzt.

Wankend vor Schwäche schleppte er sich in seine Kammer. Als er die Tür öffnete, stand Benno vor ihm. Der Mann war totenblaß, blässer fast als der ausgeblutete Knabe. Er fragte: »Wo kommst du her?«

Viktorin ächzte leise, er gab keine Antwort.

»Wo bist du gewesen«, fragte jener noch einmal. Dann: »Du bist verwundet? Was hast du dir getan?«

»Es ist nichts«, sagte Viktorin.

Benno hatte sich hinabgebeugt und stieß, als er der quellenden Wunde ansichtig wurde, einen Ruf aus.

»Es ist nichts«, wiederholte Viktorin und zog den Fuß unter sich. Er war auf der Kante seines Bettes niedergesessen. Benno ging vor ihm in die Knie, er tastete nach Viktorins Fuß, plötzlich aber umklammerte er des Knaben Schenkel. »Wo bist du gewesen? Wo? Wo?«

Viktorin stieß ihn zurück. Da schrie Benno: »Beim Prior bist du gewesen, hast ihm alles gesagt, hast mich angezeigt, du! Aber ich habe dir nichts getan, nichts habe ich dir getan.« Und er trommelte mit den Fäusten auf die Planken.

Viktorin saß starr. Es überkam ihn, daß das, was sich da vor ihm begab, nicht eigentlich *wahr* sein durfte, sondern ein Spiel nur, ein schreckliches Spiel, eines jener schrecklichen und unbegreiflichen Spiele, wie Erwachsene sie manchmal trieben: bei Schlägereien im Wirtshaus oder wenn Burschen und Mädchen beisammenlagen oder damals, als sein Vater die Mutter an den Haaren quer durch die Stube geschleift hatte. Viktorin schlug die Hände vors Gesicht und kreischte auf.

Als er die Hände vom Gesicht nahm, war Benno fort. Seine letzten Worte schollen Viktorin noch in den Ohren: »Gib acht, gib acht, was es noch für ein Ende mit dir nimmt.« Eine Weile saß Viktorin, ohne sich zu rühren, dann sprang er zur Tür und verriegelte sie. Dann lag er lange auf seinem Bett, er döste, stöhnte, warf sich im Wundfieber hin und her. Als es Abend wurde, trieben ihn Hunger und Durst in die Küche hinab. Dort saß die Magd beim Buttern. Er fragte sie nach Benno.

»Ich weiß nicht, wo er ist«, sagte die Magd. »Ist er nicht mit dir heute zu den Figuren gegangen?«

Viktorin stand zögernd. Irgend etwas warnte ihn, irgendwie witterte er Gefahr. Er fragte nach dem Förster, der war fortgegangen, auch der Forstgehilfe war nicht da, niemand, der ihm hätte sagen können, was mit Benno geschehen war. So machte er sich selbst auf den Weg.

Der Tag war heiß gewesen, noch glühte die Luft, in der es von Düften sott. Kein Blatt regte sich, keine Nadel an den uralten Tannen schien zu zittern. Orangefarben flammte der Westen. Viktorin schlug sich gegen Norden zum Fluß hinab.

Er kam zu dem Ort, wo er am Vortag im Heidelbeerkraut gelegen hatte. Er blickte nach dem Stumpf, auf dem Benno gesessen war. Ihm deuchte, der andere sitze immer noch dort. Blickten seine Augen nicht aus dem Gebüsch? Knackte nicht im Schlag ein Zweig? Viktorin begann zu laufen, obwohl der Fuß ihn brannte. Er fluchte laut, er wimmerte leise, aber er lief immer fort bis an den Felsensaum.

Er hörte einen dumpfen Schlag gerade dort, wo die Wand senkrecht abstürzte. Es klang, als sei ein schwerer Körper gefallen, als kollere er und rutsche. Als sich Viktorin über den Abgrund neigte, sah er die Zweige der Büsche noch schwanken.

Viktorin wußte nicht, wie er nach Hause kam. Andere fanden den Toten, brachten ihn herauf und fuhren ihn zum Stift; wieder andere fuhren ihn weiter, um ihn zu begraben. In der Zeitung erschien die Nachricht, daß ein böser Zufall den Diakon und hoffnungsvollen jungen Gelehrten hinweggerafft habe. Nur ein paar Eingeweihte wußten die Wahrheit. Man hatte in der Stube des jungen Mannes eine Menge Papiere gefunden, eng beschrieben mit wirren Worten und ungereimten Anrufungen.

Immer wieder war ein Name aufgetaucht. Viktorin, stand dort, Viktorin, Viktorin in tausenderlei süchtiger und wilder Verschnörkelung hingeschrieben, hingemalt, hingewühlt, immer wieder dasselbe wahnsinnig stammelnde Liebeswort. Die geistlichen Herren, die diesen Fund machten, erstarrten vor Schrecken. Plötzlich erkannten sie, was geschehen, nun wußten sie, welchen Tod jener gestorben war. Sie begriffen manchen Zug seines Wesens, der ihnen zuvor rätselhaft gewesen, den sie aber nicht verdächtigt hatten oder den zu verdächtigen sie sich nicht erlaubt hatten. Grauen ergriff sie, Grauen vor dem ungeheuren, frevlerischen Fall, aber auch vor dem Wesen, das ihn hervorgerufen, vor dem Gegenstand der sündigen Leidenschaft.

Nun schien ihnen Viktorin wie von einer giftigen Aura umgeben. Der Knabe lag krank und konnte nicht befragt werden. Sie kamen auch von dem Plane ab, ihn später nach dem Geschehenen auszuforschen, sie machten es untereinander aus, lieber Schweigen zu bewahren.

Doch schon um Pater Pascalis willen mochten sie ihn nicht mehr in ihrer Gemeinschaft aufnehmen. Als Viktorin sich weigerte, in das Haus seines Stiefvaters zu ziehen, schrieb ihm der Prior eine Empfehlung an einen anderen Orden und schickte ihn in die Stadt in ein Konvikt.

Hier blieb er bis zum Ende seiner Schulzeit.

Einen Tag, nachdem Viktorin seine Prüfungen abgelegt hatte, wurde er, knapp ehe der Krieg zu Ende ging, zum Militärdienst einberufen. Nach einer mangelhaften und überstürzten Ausbildung als Sanitätssoldat wurde er an die südliche Front geschoben. Dorthin kam er nur früh genug, um die Auflösung des Heeres, das Rückfluten der Truppen, Meutereien und Plünderungen zu erleben. Das alles war, als hätte ihn ein wilder schmutziger überschäumender Strom erfaßt, hätte ihn mitgerissen und ihn dann nach Tagen und Wochen betäubenden Wirbelsturzes an einem Ort der Ruhe angeschwemmt. Er kam nach Kuttenberg als Hilfskraft in eine Apotheke.

Fünf Jahre blieb er dort, mischte Pulver, rührte in Mörsern, blies Tüten auf und träufelte Extrakte in Flaschen und Fläschchen. Sein Lohn war schlecht; dennoch verbrauchte er ihn nicht. Mit zäher Sparsamkeit legte er allmonatlich einen Teil zur Seite. Er wollte nicht in der Apotheke bleiben. Sein ganzes Streben war darauf gerichtet, nach Prag zu gehen und dort Medizin zu studieren.

Endlich glaubte er die notwendigen Mittel beisammen zu haben. Er kündigte und fuhr in die Stadt. Aber als er zur Universität ging, um sich einzuschreiben, und dort die Höhe der Gebühren erfuhr, merkte er, daß sein Geld nicht weit reichen würde. Da nahm er es, trug einen großen Teil davon auf die Bank und legte es auf langfristige Kündigung an. So wollte er sich zwingen, mit dem Geringsten auszukommen. Er war entschlossen, sich alle Entbehrungen zuzumuten. Seine Natur war zäh, war, wie sein Körper, gleichsam breitbrüstig. Er nahm den Kampf gegen die Not auf.

Er war nun beinahe vierundzwanzig Jahre alt, einer der ältesten unter den Studierenden der ersten Semester. Dazu sah er noch älter aus, als er war; als Knabe und noch als heranwachsender Jüngling war er schön gewesen. Jetzt war seine Gestalt gedrungen, seine Haut graublaß, seine Lippen kerbte ein bitterer Zug. Er liebte es, die Hände hinter dem Rücken zu verschränken und mit steif durchgebogenem Kreuz dahinzuwandeln. Diese Gewohnheit machte ihn seinen Kameraden sonderbar, sie spotteten über ihn.

Obwohl ihm die Stadt großartig schien und ihn immer wieder durch ihre Pracht, durch die Vielfalt ihres Lebens überraschte, haßte er als Abkömmling bäuerischen Volkes doch die Sitten und Manieren der Städter. Er hatte keine Freunde und wollte sich auch keine gewinnen. Nur manchmal brach er im Kreise der Mitstudenten in eine wütende Lustigkeit aus, dann verstummten die anderen beinahe erschrocken. Dann versank er in noch tiefere Schweigsamkeit als zuvor.

Seinem Vorhaben gemäß, mit dem Geringsten auszukommen, mußte er mit einem schlechten Quartier vorliebnehmen. Er hatte es nach langem Suchen in einem Hinterhaus in der Altstadt gefunden. Sein Fenster sah auf einen Hof, einen tiefen Schacht, zehn Meter im Geviert; dessen Winkel waren stinkend und schwarz; aber an drei Seiten liefen in allen Stockwerken offene Gänge ringsum, sogenannte Pawlatschen mit Balustraden und Säulchen. In diesen Gängen spielte sich ein großer Teil des Lebens ab, das in den Häusern beheimatet war. Da waren die Abtritte mit schmalen Fenstern und knarrenden Türen, die Wäschetrockenplätze, auf denen sich die Hausfrauen und Mägde zu schaffen machten. In mancher Pawlatsche standen grüne Gewächse, eifersüchtig gepflegt, zu Blumenaugen entfaltet. In anderen hingen nur schmutzige Lumpen an modernden Stricken. Der Student, der im vierten Stockwerk seine Kammer hatte, kannte die Einwohner vom Kommen und Gehen. Er hörte die Laute, die aus den Fenstern hervordrangen, Schritte und Stimmen der Menschen, das Gemaunze der Katzen, das Gekläff der Hunde, das sehnsüchtige Trillern der Käfigvögel; das Schrubben, Reiben und Pracken aus den dunklen Verliesen. In einem Kellergelaß wohnte ein Tischler, da sägte und hämmerte es, und dann und wann heulte der Motor einer Maschine auf.

Am Morgen ging Viktorin Zeman zur Universität. Zu Mittag aß er für wenig Münzen in einer

Garküche, mehrmals in der Woche ging er zur Pforte eines Klosters, wo armen Leuten und Schülern Suppe gereicht wurde. Manchmal verdiente er etwas durch Handlangerdienste. Am Abend pflegte er nichts zu essen.

Manchmal, wenn das Wetter schön war und die Mittagspause zwischen den Vorlesungen länger währte, wanderte Zeman in einen der großen gepflegten Gärten, die in der Nähe der Moldau lagen und grüne Oasen feingliedrig regsamen Pflanzenlebens zwischen die steinernen Wüsten der Häuser breiteten. Die schmiedeeisernen Tore standen weit offen, die Blumenrondelle sprühten von Farbe und Glanz. Zeman setzte sich auf eine der Bänke in den Schatten, von hier blickte er hinaus auf das Lichte und Heitere, auf die Kinder, die im Sande spielten, auf ihre seidig schimmernden Schöpfe, auf das Volk der Vögel, das, durch die Liebe der Menschen gezähmt, furchtlos zu seinen Füßen schwärmte. So saß Zeman lange, in den holden Anblick versunken, wie überwältigt von einem seinem Herzen fremden, aber ihm dennoch unendlich süßen Entzücken.

An einem solchen Tag war es, daß er das lahme Mädchen zum erstenmal grüßte.

Er hatte sie schon oft gesehen von seinem unter dem Dach gelegenen Kammerfenster; nur erkannte er sie sogleich wieder, als sie in ihrem Fahrstuhl durch den Park geschoben wurde. Viktorin erhob sich von seiner Bank und grüßte. Er hätte nicht sagen können, warum er das tat und was ihm dabei peinvoll und zugleich angenehm war. Er empfing ihren Gegengruß, ein zartes Rot hatte sich in die Wangen der Kranken ergossen, sie neigte leise den Kopf.

Es war dasselbe schmale blonde Haupt, auf dessen Scheitel er, Viktorin, schon so oft geschaut, dieselben langfingrig gegliederten Hände, deren Anblick sich ihm schon eingeprägt hatte. Die Lahme wohnte mit ihrer Schwester im Vorderhaus, im ersten Stockwerk, in einer guten Wohnung. Das Ziegelpflaster ihres Pawlatschenganges war immer sauber, blank funkelten die Fenster, die Balken waren frisch gestrichen. Am Küchenfenster blitzte manchmal ein Messinggeschirr, oder es leuchtete ein Stück Wäsche blendendweiß auf. Im Zimmer lag ein verblaßter Teppich auf dem Boden, darauf rollte ein helles Kätzchen und sonnte sich. Wenn es warm war, wurde das lahme Mädchen in die Tür geschoben. Sie saß in einem moosgrünen Ohrenstuhl, der auf Rädern lief; ein kleiner weißer Kragen, manchmal aus zarten Spitzen, wie sie im Erzgebirge von armen Klöpplerinnen hergestellt werden, hellte das Kleid auf, ihre Hände lagen still, fast farblos, gefaltet auf dem dunklen Blau des Rockes.

Die Schwester aber schoß hin und her; sie rieb den Boden, putzte die Fenster; man sah sie in der Küche rühren, mahlen, bürsten. Sie war robust, älter auch, ihre Stimme hatte einen härteren, mitunter grellen Klang.

Viktorin gewöhnte es sich an, auch vor ihr, wenn er ihr im Flur oder vor dem Haus begegnete, den Hut zu ziehen. Er grüßte die gelähmte Schwester in der Gesunden.

Eines Tages wurde ihm von seiner Wirtin gekündigt. Er war ihr einen Monat die Miete schuldig geblieben. Betreten versuchte er es zuerst mit einer lügenhaften Ausflucht: seine Mutter sei krank, sie habe ihm diesmal kein Geld schicken können. Aber die Frau wußte längst, daß ihr Mieter niemals Geld erhielt; sie blieb dabei, er müsse gehen.

Viktorin wußte nicht, wohin er sollte. Er hatte keinen Mut, sich nach einer neuen Bude umzutun ohne Geld im Sack, ohne Hoffnung, welches zu bekommen. Er dachte, ich werde unter einem Brückenbogen schlafen, oder vielleicht erlaubten ihm die Patres, bei denen er aß, an ihrer Pforte auf einer Bank zu liegen. So kam der letzte Tag. Eben kniete Viktorin auf seinem hölzernen Koffer, um seine Sachen hineinzuzwängen, da kam das Kind des Hausbesorgers und sagte, der Herr Zeman möchte zu den Schwestern Neugebauer kommen, die Schwestern Neugebauer erwarteten ihn.

Zeman war in Verlegenheit. Er wußte im Augenblick nicht einmal, wer diese Schwestern waren, dann wurde es ihm klar. »Ich komme«, sagte er, »ich komme sogleich.« Aber er zögerte doch.

Sein Hemd war schmutzig, seine Wangen bärtig, seine Schuhe seit langem ungeputzt. Er wusch sich, schabte den Bart und ging hinüber. Obwohl er täglich den Flur des Vorderhauses durchquert hatte, war er niemals über die Treppe hinaufgestiegen. Nun sah er, wie sauber und freundlich es hier war. An einer lackierten Tür las er in zierlicher Schnörkelschrift: Neugebauer. Da ging die Tür schon auf, rasch und leise.

Eine Frau stand da, die Gesunde war es, die Robuste; Zeman verbeugte sich, nannte seinen Namen. Sie bat ihn herein, eifrig, freundlich, mit einer, wie ihm vorkam, ein wenig atemlosen Stimme. Drinnen im Zimmer bot sie ihm Platz.

Er möge verzeihen, begann sie, an ihren Schürzenbändern zupfend, verzeihen, der Herr Student, Herr Zeman, nicht wahr –? Sie habe gehört, daß er seines Quartiers verlustig gehe. Die Frau brauche es wohl für ihre vielen Kinder? – Das sei nicht schön, nicht angenehm für einen Herrn wie Zeman, denn es bereite Mühe, ein neues Logis aufzutreiben in Prag, es gebe zu wenig Mietzimmer, wie alles überhaupt mangelhaft und kleinlich sei dahier, nicht wie in Wien, in der großen Metropole, wo sie früher gewesen, vor dem Krieg, das waren noch Zeiten!

Zeman saß und schwieg und wartete.

– Waren noch Zeiten, fuhr das Fräulein fort, als der Vater noch lebte, Ministerialrat Neugebauer, als

Friede war und das Geld noch unbeschnitten seine guten Zinsen trug. Aber wohin schweife sie ab? unterbrach sich das Mädchen und wurde rot, noch röter, als sie ohnehin war. – Vielleicht habe Herr Zeman schon längst eine neue Wohnung, eine schöne Wohnung in einem besseren Stadtteil –.

Nein, sagte Zeman, er habe noch nichts, und er wisse noch gar nicht wohin.

Nein? rief das Fräulein und sprang auf, freudig, und riß die Tür hinter sich auf. Dieses Zimmer hier habe sie frei und, wenn es genehm sei, dann –.

Zeman senkte den Blick.

Es sei kein schönes Zimmer, fuhr das Fräulein fort, aber auch nicht eben schlecht. Morgensonne habe es und manche Bequemlichkeiten, der Herr möge doch die Güte haben –! Und abermals errötete das Fräulein tief und qualvoll vor Verlegenheit.

Zeman trat hin und sah: es war ein hübscher, sauberer Raum, angefüllt zwar mit viel altjüngferlichem Möbelkram, dennoch wunderbar wohnlich gegen den finsteren Schluff, in dem er bislang gehaust hatte.

»Nein«, murmelte er und trat einen Schritt zurück, »ich kann das Zimmer nicht nehmen, ich habe kein Geld, es zu bezahlen, wissen Sie.«

Das Mädchen hatte ihn aus angstvollen Augen angeschaut, jetzt aber flammte es auf in freudig leuchtender Rührung. – Oh, kein Geld, das mache doch nichts. Studenten hätten niemals Geld, das wisse man doch, deshalb werde Herr Zeman doch nicht ausschlagen, du lieber Gott!

Zeman wandte sich mit Anstrengung weg. »Nein, nein, ich kann es mir doch nicht schenken lassen.«

»Schenken!« rief sie aufgeregt, »wer redet vom Schenken?« – Sei Herr Zeman denn nicht Mediziner, ein halber Doktor oder bald schon ein ganzer? Da sei doch ihre Schwester, das arme Miekchen, gelähmt an beiden Beinen seit vielen Jahren, Gott sei es geklagt. Die Ärzte wüßten ihr nicht zu helfen, aber Herr Zeman könne sie vielleicht behandeln, ein Mittelchen verordnen zur Linderung. Das wäre Bezahlung genug für das bescheidene Zimmer.

Als Zeman widersprach und sagte, er dürfe noch keine Behandlung vornehmen, ließ sie das nicht gelten, faßte ihn am Arm und zog ihn mit sich. »Schauen Sie sie doch an, die arme Mieke. Drüben sitzt sie und wartet.«

Er ließ sich führen und trat bei der Lahmen ein. Sie saß, wie er sie schon oft gesehen, in ihrem moosgrünen Stuhl, das weiße Krägelchen um den Hals, sanft, bleich und still, die elfenbeinernen Hände im Schoß verschränkt. Er verbeugte sich vor ihr und nannte seinen Namen. Ein Paar lichter Augen blickten zu ihm auf.

Als er ging, war es entschieden. »Ich komme«, sagte er. »Ich werde bei Ihnen wohnen.«

Er kam, brachte seinen Koffer, packte seine Dinge aus. Das Bett war weiß und weich, das Handtuch duftete nach Lavendel, auf den Grund des Waschbeckens waren Veilchen gemalt.

Als er am Morgen aufstand, huschte es vor seiner Tür. Eine Weile danach zog der Duft von Kaffee und frischem Brot durch die Luft. Das zierliche Brett vor sich hertragend, kam Fräulein Fike herein. Zeman runzelte die Brauen, er danke, er frühstücke nicht.

»Aber!« Das Fräulein stand bestürzt. »Der gute Kaffee! Die Semmeln ganz frisch! Ach, und das bißchen Butter!«

Nein, er frühstücke nicht.

In Fikes Augen stieg Tränenfeuchte. »Beschämen Sie mich nicht!«

Nun also, für dieses Mal! – Entzückt, ihn überwunden zu haben, rauschte Fike dienstfertig hin und her. Nach ein paar hastigen Bissen stand Zeman auf und ging.

So war es und mußte zutage kommen: Fike Neugebauer war in Liebe zu dem fremden Studenten entbrannt. Vielleicht wußte sie es selbst nicht, sie mochte sich einreden, seine Armut habe sie gerührt, seine Bescheidenheit, seine Einsamkeit. Mütterlich, so redete sie sich selbst zu, wolle sie für ihn sorgen. In Wahrheit war es das andere; von ihm ging etwas aus. Er hatte sie gegrüßt, ohne sie zu kennen, und jedesmal hatte jenes Etwas sie stärker berührt. Bald wucherte die Begierde in ihr, ihn zu sehen, ihm zu begegnen. Sein breites, schweres, grüblerisches Gesicht kam ihr im Traum und Wachen vor. Am Morgen wußte sie, daß sie in der Nacht von ihm geträumt hatte; seine Stimme klang ihr noch im Ohr, ein Druck lag auf ihrem Herzen wie eine zärtliche und zugleich erstickende Last. »Zeman«, murmelte das alte Mädchen und wiegte sich in ihren Kissen, »Viktorin Zeman.«

Jetzt war er zu ihr in die Wohnung gezogen. Die Kühnheit, die sie sich selbst kaum zugetraut, hatte unerwartete Früchte getragen. Der fremde merkwürdige heißbegehrte Mann war in den Bannkreis ihrer Macht getreten.

Fike Neugebauer zählte damals fünfunddreißig Jahre. Ihre Schwester Maria oder Mieke war drei, vier Jahre jünger. Sie waren als Töchter eines höheren Beamten in Wien geboren und aufgezogen worden. Ihre Eltern hatten nur für sie beide, ihre Kinder, gelebt und ein Vermögen gesammelt, um es ihnen zu hinterlassen. Einen Beruf hatten die Mädchen nicht erlernt, das hatten die Eltern wohl für unnötig erachtet. Nach des Vaters Tod waren sie mit ihrer Mutter nach Prag gezogen. Dieser Umstand erwies sich später als Glück, denn nach dem Krieg wurde die neue tschechoslowakische Republik zu den Siegerstaaten gerechnet, das Geld ging nicht – wie in Österreich oder Deutschland –

in der Inflationsmühle zugrunde. Auch nach der Mutter Tod verfügten die Schwestern Neugebauer über ein zwar bescheidenes, aber sicheres Einkommen. Wäre Miekes Siechtum nicht gewesen, sie hätten recht behaglich gelebt. Zum Glück hatten sie einen alten Arzt, einen Freund ihres Vaters, der sich um Mieke kümmerte, ohne je eine Rechnung zu stellen. Zu helfen wußte er ihr zwar nicht, aber es tröstete die Lahme, wenn er ihr, nachdem er ihre starren Gelenke befühlt und ihren Herzschlag behorcht hatte, auf die dünnen Schultern klopfte und sagte: »Nur so weiter, Miekchen, dann ist mir nicht bange, dann wirst du hundert Jahre alt.«

Er war der einzige Mann, der außer dem Gaswart und dem Postboten die Wohnung der Schwestern betrat. Sie lebten sehr zurückgezogen. Miekes Leiden band auch Fike ans Haus, sie durfte nie fortgehen, höchstens zum Einholen. Alleingelassen, wurde Mieke von Angst befallen: ihr Atem klemmte, ihr Herz flatterte, sie glaubte ersticken zu müssen. Fike schalt sie oft deswegen, nannte sie eine Tyrannin; dennoch blieb sie bei der Schwester. Es schien, als habe ein unerbittliches Schicksal ihr Los an das der Lahmen geknüpft.

Fünfzehn Jahre lebten sie so nebeneinander her, daß sie beinahe zu *einem* Wesen geworden waren. Die Gesunde regte die Beine für sich und die Kranke, sie hielt Ordnung, brachte Nahrung herbei. Die Lahme saß und sinnierte; sie las Bücher und faltete am Abend, wenn die andere noch kramte, auch die Hände für sie beide zum Gebet.

Einige Tage, nachdem Viktorin Zeman eingezogen war, sagte Fike zu ihm: »Ich wollte Sie bitten, Herr Zeman, nehmen Sie es mir nicht übel, es geschieht aus Rücksicht gegen Mieke. Meine Schwester ist seit vielen Jahren krank, sie versteht nichts mehr von den Dingen des Lebens. Sprechen Sie nie mit ihr über Geld! Und wenn sie selbst darauf zu sprechen kommen sollte – Sie wissen wohl selbst, worauf –, dann sagen Sie, bitte, nichts! Oder: daß wir alles schon miteinander geordnet haben.«

Zeman schwieg. Dann sagte er: »Also belügen Sie Ihre Schwester.« Fike wurde dunkelrot. »Ich belüge sie nicht«, erwiderte sie heftig. »Nur –«

»Nur?« wiederholte er. Und da sie nicht antwortete, sagte er: »Sie machen es mir schwer zu bleiben.«

Am Abend, als Fike ausgegangen war, um für das Abendbrot eine Wurst zu holen, klopfte er an Miekes Tür. Sie saß, schon für die Nacht gerichtet, auf ihrem Bett. Das mit Rüschen besetzte Nachtkleid war bis zur Halsgrube mit vielen kleinen Knöpfchen verschlossen. In zwei Zöpfen hing das lange, dünne Haar über die kaum gewölbte Brust. Zeman grüßte und fragte, ob er eintreten dürfe, da aber stand er ja schon neben ihr. Die Lahme nickte. Er zog sich einen Stuhl heran und saß nieder.

»Sie wissen«, sagte er, »daß ich zuerst im Hinterhaus gewohnt habe. Aus der Kammer da oben habe ich in Ihr Zimmer gesehen. Da sind Sie gesessen, im Ohrenstuhl, auf dem Sofa oder auch hier auf dem Bett. Ich habe Ihre Hände gesehen, Ihre Schultern. Ich habe gedacht, wer mag diese Kranke sein? und: Was mag sie denken?«

Mieke lächelte befangen.

»Den ganzen langen Tag seinen Gedanken überlassen sein, ist das nicht schwer?«

Mieke senkte den Blick. Dann hob sie die Achseln und sagte sehr leise, sie hauchte es fast: »Ja, manchmal ist es schwer.«

Zeman beugte sich vor und sagte: »Gesundheit ist nicht alles. Nein. Das Leben ist voll Rätsel und Geheimnisse. Sehen Sie – heute – heute ist ein Mädchen in die Klinik eingeliefert worden, es sollte heiraten, einen jungen, reichen Mann heiraten, aber am Morgen ihres Hochzeitstages hat sie den Gashahn in der Küche geöffnet und hat sich im Brautkleid daneben auf den Boden gelegt. – Aber warum erzähle ich Ihnen das? Es muß Sie erschrecken. Ich sollte Ihnen etwas Schönes und Gutes erzählen, aber das Schöne und Gute fällt mir schwer.«

»Wirklich?« fragte Mieke. Ihr Blick ruhte für Sekundendauer offen und freundlich auf seinem Gesicht. – »Ich denke, ich müßte nur gehen können, dann wäre alles leicht.«

»Sie haben recht«, antwortete Zeman. »Ich rede undankbar und vermessen. Man sollte versuchen, zufrieden zu sein.« – Er nahm ihre Hand, sie lag so leicht wie ein Blatt in der seinen. Auf einmal ließ er sie los, und eilends verließ er das Zimmer.

Ein anderes Mal, als Fike wieder fortgegangen war, hörte er die Lahme in der Küche mit ihrem Kätzchen sprechen. Er öffnete die Tür. Die Sonne schien, die Kranke saß in einem breiten Streifen goldenen Lichts. Das Kätzchen hatte auf ihrem Schoß gespielt, mit einem weichen Satz sprang es herab, an Zeman vorbei und in den Flur hinaus.

»Jetzt habe ich Ihr Kätzchen vertrieben«, sagte er.

»Setzen Sie sich nieder«, antwortete sie. »Es ist ein so schöner Tag.«

Eine Weile redeten sie über dies und jenes, dann fragte Mieke nach seiner Mutter.

»Meine Mutter?« sagte er. »Sie fragen, wo sie ist? Ob sie noch lebt? – Es ist mir merkwürdig, über sie zu reden. Ja, sie lebt. Sie ist nicht weit von hier, ich müßte nur drei Stunden mit der Bahn fahren, dennoch tue ich es nicht, habe es viele Jahre schon nicht mehr getan. Meine Mutter hat, nachdem mein Vater gestorben war, einen anderen Mann geheiratet; das habe ich ihr, glaube ich, nie vergeben. – Ich habe auch eine Halbschwester, Antoinetta. Ich sah sie zum letztenmal, da war sie noch ein kleines Kind, jetzt wird sie schon ein großes

Mädchen sein, doch ich kenne sie nicht. – So ist das bei mir: sonderbar. Ich habe oft Verlangen nach ihnen, die mir doch die nächsten Menschen sein müßten. Auch nach meiner Heimat habe ich Sehnsucht, nach dem Dorf, dem Wald, nach dem Fluß in der Schlucht – nach dem Fluß, ja, nach ihm ganz besonders. Aber irgend etwas, schon am Anfang meines Lebens, hat mir das Ganze verstört.«

»Was kann das sein?« fragte die Lahme leise.

»Sie werden mich vielleicht belächeln, wenn ich es Ihnen erzähle«, antwortete Zeman. »Möglicherweise werden Sie sich auch entsetzen. Sie sind in einer so andern Welt aufgewachsen als ich, Ihre Eltern waren gebildete Leute und sind wahrscheinlich mit viel Rücksicht und Zartheit miteinander umgegangen.«

Mieke nickte. »O ja, das sind sie –«

»Sehen Sie«, sagte Zeman. Eine Wolke der Düsternis glitt über sein Gesicht. »Mein Vater war ein Gärtner, ein Knecht, ein Krüppel dazu. Meine Mutter war zwar eines Lehrers Tochter, aber auch sie – sie hat eben diesen Mann geheiratet aus Gier nach seiner – darf ich das wohl sagen? – nach seiner Mannheit. Und dann erwartete sie mich, und er schlug sie.« – »Er schlug sie«, wiederholte Zeman. »Das kommt Ihnen entsetzlich vor. Ja, das war es vielleicht auch. Ich denke oft, mein Vater und meine Mutter haben einander gehaßt. Wie ist das, wenn zwei Menschen einander hassen und dennoch eins werden in einem Dritten?« Mieke blickte ihn angstvoll an.

»Als meine Mutter merkte, daß sie schwanger war, suchte sie eine alte Zigeunerin auf; die sollte sie befreien von ihrer Bürde. Das konnte die alte Zigeunerin nicht, doch sie gab ihr einen Rat: Wenn das Kind geboren ist, leg es, wenn der Vollmond scheint, in sein Licht, laß es eine Nacht im Mondlicht liegen. Der Mond wird sein Leben nehmen, dann wird es sterben. – Nun, meine Mutter tat es nicht. Vielleicht erbarmte ich sie, vielleicht hatte sie mich auch schon ein wenig lieb. Aber ich fürchte das Gestirn, das so tot und kalt unsere Erde umwandelt. Ich weiß nicht, wie man von ihm sagen kann, es sei ein holdes Licht.« Mieke hatte ihr Gesicht in ihren Händen verborgen.

»Habe ich Sie erschreckt?« fragte Zeman. »Ja, Sie zittern. – Ich hätte nie zu Ihnen kommen sollen.«

Als Fike nach Hause kam, fand sie Zeman nicht mehr bei der Schwester, aber sie spürte es untrüglich, daß er bei ihr gewesen war; mit zitternden Fingern knöpfte sie sich den Mantel auf. Plötzlich warf sie zu Boden, was sie in Händen hielt, aus der Börse kollerte das Geld. »Er ist hier bei dir gewesen«, rief sie, »er hat mit dir geredet.«

Mieke erbleichte.

»Nun bist du blaß, hast dich erregt. Das kommt davon. Er soll nicht zu dir kommen, wenn ich fort bin. Es schadet dir, ich will es nicht.«

»Aber Fike«, bat die Lahme leise.

»Ich will es nicht«, schrie Fike außer sich. »Du wirst noch kränker, als du bist, das dulde ich nicht. Glaubst du, ich habe mein halbes Leben an dich gehängt, damit ich dulde, daß du noch kränker wirst? Mein halbes Leben –« Fike schluchzte laut. »Ich hätte auch leben wollen, leben, leben –« Und weinend lief sie aus der Stube.

Am Abend, ehe sie schlafen ging, hatte sie es sich zur Gewohnheit gemacht, zu Zeman hineinzugehen, das Bett aufzuschlagen, die Vorhänge zu schließen, die Wasserflasche neu zu füllen. Auch heute ging sie zu ihm hinein; Zeman schaute von seinen Büchern auf.

»Sie haben mit meiner Schwester über den Mond geredet«, sagte Fike. »Sie erzählte mir davon. Ich muß Ihnen doch erzählen, wie es kam, daß Mieke lahm wurde. Unsere Eltern sagten immer, Mieke habe sich einmal im nassen Gras erkältet. Aber das war nicht der Grund. Der Grund war ein anderer. Mieke war mondsüchtig. In den Vollmondnächten war sie voll Unruhe. Manchmal stand sie auf und versuchte aus dem Fenster zu steigen. Wir wohnten damals in Wien in der Florianigasse im vierten Stockwerk. Als meine Eltern merkten, wie es um Mieke stand, taten sie alles, um Mieke zu schützen. Sie versorgten ihr Zimmer mit dicken Vorhängen, ließen Gitter anbringen. Aber eines Tages mußte man doch vergessen haben, die Vorhänge in Miekes Zimmer zuzuziehen, und um Mitternacht wurde Mieke auf dem Dach des Hauses entdeckt.

Sie werden vergeblich fragen, wie sie dort hinaufkam. Wir haben das nie enträtseln können. Ein Mann rief sie von unten an, er hielt sie für einen Einbrecher. Da erwachte sie und stürzte, sie glitt von den feuchten Ziegeln ab. Sie hätte sich erschlagen müssen. Das Haus war fünf Stockwerke hoch und der Hof mit Granit gepflastert. Zu ihrem Glück oder – soll ich sagen, zu ihrem Unglück blieb sie an einem eisernen Haken hängen. Der Hausmeister befreite sie. Es war ihr nichts geschehen, eine kleine Kratzwunde hatte sie, sonst nichts. Aber sie war gelähmt von da an. – Das wollte ich Ihnen erzählen. Reden Sie mit Mieke nie wieder über den Mond!«

Von Stund an begann Zeman die Geschichte, die Gründe, den Verlauf und die Heilungen neurotischer Lähmungen zu studieren. Er dachte, es müsse möglich sein, die tiefe, versteckte Seelenkammer aufzubrechen, in der sich Miekes Leiden verbarg: die Furcht nämlich vor dem, was damals beinahe geschehen wäre und nur durch einen winzigen Zufall verhindert worden war: der Sturz, der Tod, die Zerschmetterung. Es war die Furcht, die Mieke gelähmt hatte, die Furcht vor dem Mond. Seine stumme Gewalt stand wie ein Todesdämon über dem Dasein des Mädchens, und Mieke widersetzte sich ihm, indem sie die Lähmung wählte. In ihr gewann sie Sicherheit, ihr Siechtum war die schützende Höhle, in die sie sich verkroch.

Mit wildem Eifer stürzte sich Zeman auf das Studium solcher und ähnlicher Leiden. Er träumte davon, Mieke wieder gehen zu machen. Er malte es sich aus, daß sie mit ihm durch die Gassen schreiten werde, durch die Gärten, die er liebte, vielleicht auch durch Wald und Feld und Au. Er dachte, daß sich ihr die Welt öffnen werde, wie ein Buch voll Wunder, dachte, daß ihr von Entsagung und Siechtum gebleichtes Gesicht erblühen und sich färben, daß sich ihre zarte Jungfräulichkeit öffnen werde, daß ihre Augen andere Blicke, ihre Lippen ein anderes Lächeln erlernen würden. Und er dachte: In meinen Armen werde ich sie halten, in meinen Armen wird sie vor Lust vergehen.

Indessen Zeman von solchen Triumphen träumte, lebte er ein elendes und dazu noch schmähliches Leben.

Es erwies sich, daß die karge Summe, die er sich selbst zur Bestreitung seines täglichen Lebens ausgesetzt hatte, in keiner Weise reichte. Noch schenkte das Kloster mittags eine Suppe aus; aber diese Mittagssuppe war bald alles, was er aß, oder: sie wäre alles gewesen, wenn Fike ihn nicht genährt, ihn nicht mit allen möglichen Wohltaten bedacht hätte.

Sie hatte angefangen, ihm zum Frühstück diesen oder jenen Leckerbissen aufzutischen. Auch abends brachte sie ihm einen Teller Suppe, eine Schnitte Braten, sie tat, als sei das, was sie ihm vorsetzte, nur ein überständiger Rest, zu schade, um zu verderben und weggeworfen zu werden. Sie wußte nur zu gut, daß er Hunger hatte, sie sah es seinem Gesicht an, das hohlwangig war, sie las es aus seinem flackernden Blick. Sie wußte, daß er um so heftiger widersprach, je mehr ihn gelüstete, und gab nicht nach. Wenn er dann endlich nahm und aß, stand sie hinter der Tür, das Ohr an die Ritze gepreßt, und lauschte auf die Geräusche seiner Mahlzeit, und ihr Herz klopfte in wildem Triumph.

Sie wusch ihm die Wäsche, kaufte ihm neue Strümpfe und schmuggelte sie zwischen die alten in seine Lade. Heimlich ließ sie ihm die zerrissenen Schuhe sohlen. Sie wußte nicht: merkte er nichts oder merkte er es und schwieg trotzdem dazu? Er merkte es, und manchmal kochte die Wut in ihm über die aufgedrungenen Wohltaten und darüber, daß er ihnen immer wieder erlag.

»Fräulein Fike«, sagte er einmal, als sie wieder mit vollgeladenem Frühstücksbrett zu ihm hereintrat, »Fräulein Fike, ich muß sagen: Sie werden mager.«

Das Mädchen stellte seine Last ab, sie zwinkerte ängstlich. »Mager – wieso?«

»Weil Sie mir Ihr Essen geben, Fräulein Fike. Ich glaube, Sie sparen sich's vom Munde ab – wie?«

Das alte Mädchen stammelte verworrene Worte.

»Seien Sie still!« fuhr Zeman grimmig auf. »Ich weiß doch, was Sie denken, und im Herzen verachten Sie sich und mich.« –

Dann und wann, wenn er kam und ging, begegnete Viktorin dem Hausarzt der Schwestern Neugebauer, dem alten Buschor. Das war ein Mann, der, obwohl er Medizinalrat geworden war und in Fachkreisen nicht geringe Achtung genoß, doch nur spöttisch von der Heilkunde zu sprechen pflegte. Auch der beste Arzt, so pflegte er zu sagen, könne mehr schaden als nützen; vor allem mißtraute er der neueren Forschung und ihren analytischen Methoden und fand, daß es, im großen ganzen gesehen, doch immer das größte Glück sei, daß alle Menschen über kurz oder lang jedenfalls einmal sterben müßten.

Dieser Mann betrachtete Zeman, wenn er ihm begegnete, mit feindseligen Blicken. Trotzdem faßte sich Viktorin ein Herz und suchte den Alten auf. Er wollte mit ihm über Mieke sprechen.

Des Doktors Gesicht verfinsterte sich. – »Sie also sind der Student, der sich bei den Hennen eingenistet hat? Stimmt! die Visage hab ich schon gesehen.«

Viktorin wollte auffahren.

Buschor kniff die alten scharfen, unter zottigen Brauen siedelnden Augen ein. – »Sind Student der Medizin? So, so, arme Medizin. Heutzutage versucht sich schon jeder an ihr. – Wie? Sie haben sich mit der Mieke befaßt? Warum denn? Was wollen Sie eigentlich von den beiden? Sie sind Töchter meines besten Freundes, und ich, der Teufel hole es, habe ein Auge auf sie, ein wachsames Auge, verstehen Sie? Ich werde nicht dulden, daß da Unfug gestiftet wird, Unfug gleich welcher Art –«

Zeman zitterte vor Wut. – »Was soll es für ein Unfug sein«, versetzte er, »wenn wir versuchen, Mieke zu heilen?«

»Und wer hat Sie geheißen, sich darum zu kümmern?« fragte Buschor zurück.

»Wer muß mich das erst heißen? Sie – Sie schimpfen sich Arzt, Medizinalrat dazu. Aber Sie heilen nicht, wo Heilung möglich ist. Sie haben Ihre Pflicht verletzt, Ihre ärztliche Pflicht, zu helfen auf jeden Fall. Weil Mieke lahm ist, soll sie es bleiben –! Das verstehe ich nicht, und ich werde es nicht dulden.« – Er wandte sich ab, um zu gehen.

»Geben Sie acht«, rief ihm der Alte nach, »sonst zeige ich Sie an wegen unbefugter Ausübung ärztlicher Funktionen, Kurpfuscherei nennt man das, und Sie werden sehen, was das bedeutet.«

Zeman gab keine Antwort mehr, er ging.

Es war ein Sommerabend, die Straßen voll Menschen; die Luft war warm, zum erstenmal schwül in diesem Jahr. Am Himmel über den Gassenschluchten standen brennendrot geränderte Wolken mit gelben Bäuchen, in denen ein Gewitter gor.

Zeman überquerte den Fluß –. Auf der Kampa-Insel fand er eine freie Bank am Moldau-Ufer. Das Herz tobte ihm immer noch vor Schmerz und Wut. Schon begann es zu dunkeln, da kam ein Mensch und setzte sich neben ihn.

»Nazdar, Kamerad«, sagte er.

Viktorin blickte auf, der Mensch war ihm fremd. Er zögerte, dann sagte er: »Ich kenne Sie nicht.«

»Du bist doch der Zeman aus Kukus. Deine Mutter hat den Wirt geheiratet – Hab ich recht?«

»Ja«, antwortete Viktorin. »Aber woher soll ich –«

»Sind schon viele Jahre her«, sagte jener. »Ich war bei euch im Haus, da warst du noch ein kleiner Rotzer. Man hat mir nachgesagt – na. Vielleicht hörst du nicht gern davon. Aber später sind wir wieder zusammengetroffen, im achtzehner Jahr, in Belluno.« – »So?« – »Es war vorbei mit Krieg und Herrlichkeit. Eines Nachts – ihr habt einen Weinkeller geplündert – du warst besoffen wie ein Schwein – wär ich nicht gewesen – die Italiener hätten dich geschnappt.«

Zeman runzelte die Brauen, er schwieg. Ja, er entsann sich. Sie waren eines Abends nach einem langen Marsch in den Keller eines halbzerstörten Hauses gekommen. Aus angeschossenen Fässern rann der Wein. Sie hatten wohl getrunken. Dann hatte ihn wer geweckt: »Los! Auf, Kamerad! Die Italiener kommen!« – Zeman blickte den Fremden an. Es war ihm unbehaglich, daß er sein Schicksal, vielleicht sein Leben diesem verdankte. Nicht der winzigste Zeiger seines Gedächtnisses wies auf dieses Gesicht: es war bleich und hohlwangig, so, als fehlten dem Mann die Backenzähne. Sein Haar war zu einer Tolle hochgekämmt, mit einer künstlich eingedrückten Welle, fettglänzend pomadisiert; beim Reden ragten die Zähne vor, sie sahen aus, als hätte man sie spitz geschliffen.

»Nein«, sagte Zeman. »Ich kann mich nicht erinnern. Wie heißt du denn?«

»Ich heiße Wostuda«, antwortete der andere. »In Kukus haben sie mich nur den Hans genannt.«

»Hans?« Zeman schüttelte den Kopf. Doch jetzt stieg in ihm ein Bild auf, das Bild eines Buben, nicht älter als er, in zerfetzten Kleidern, von schlechtem Geruch. In der Küche zu Kukus: der Fremde stand am Herd, neben Viktorins Mutter. Sie trieb einen Teig ab, Osterbrotteig, der strotzte von Rosinen. Die Mutter hielt den Waidling im Schoß, und immer, wenn sie innehielt und den Kochlöffel rasten ließ, stieß jener blitzschnell hinein und raubte eine Rosine.

Die Mutter ließ es zu, Viktorin ärgerte sich darüber, ihm war nie erlaubt, aus einer Schüssel zu naschen, und ihn ekelte vor der schwarzverdreckten Hand des fremden Buben, er haßte diese Hand ...

Er nahm sich vor, den Räuber zu verprügeln. Aber dann tat er es doch nicht, irgend jemand hatte ihm gesagt, von Rechts wegen gehörte der Bub hierher, ein uneheliches Kind – vielleicht der Schwester des Wirtes, vielleicht des Wirtes selbst. Später verschwand er spurlos. Viktorin dachte nicht mehr an ihn.

Jetzt saß er da, war er's oder war es nicht? Viktorin fragte, um etwas anderes zu reden: »Und was treibst du jetzt?« – »Oh, dies und das. Nichts Besonderes. Ich warte.« – »Worauf wartest du?« – »Was das Glück mir bringt.« – »Haha. Ist das alles? Da darfst du lange warten.« – »Wer weiß? Ich habe Talent.« – »Wozu?« – »Zum Glück.« – »So?« Ich habe keins, wollte Zeman sagen, doch er verschluckte das Wort.

»Wo wohnst du?« Das wollte Zeman nicht preisgeben. »Hm. Ja. Du willst's nicht sagen. Auch recht. Vielleicht suchst du mich auf.« – »Das glaub ich nicht.« – »Laß dir Zeit. Kannst auch bei mir unterkriechen einmal, wenn du gerade nichts anderes hast. Wart, meine Adresse!«

Auf eine leere Zigarettenschachtel kritzelte Wostuda seinen Namen und ein paar Worte dazu, der zerkaute Bleistiftstummel verschwand dabei in seiner riesigen, mit schwarzen Rändern benägelten Hand.

Ohne Dank steckte Zeman die Schachtel ein. Dann rührte er an den Hutrand. »Adieu.«

»Auf Wiedersehen!« rief Wostuda ihm nach.

Indessen saß der alte Buschor bei Mieke in der Stube. Fike war ausgegangen. Er hatte sie selbst weggeschickt, er wollte allein mit der Lahmen reden.

»Was ist mit dir? Was hast du mit dem Studenten? Hat er dir versprochen, daß er dich gehen machen will?«

»Nein, versprochen hat er es nicht.«

»Hat er dich untersucht?«

»O nein, nein, was denkst du.«

»Was hat er dann getan?«

Mieke sah den alten Mann an. Ein Zittern lief über ihr Gesicht, ein Lächeln, ihre Augen füllten sich mit Licht. Sie beugte sich vor, flüsterte geheimnisvoll, verklärt: »Er hat gesagt, ich soll ihm vertrauen.«

»Und du – vertraust du ihm?«

Miekes Brauen zuckten leise. »Darf ich nicht?« Und als der Mann schwieg, dringender: »Onkel Buschor, darf ich nicht?« Nach einer Weile gab sie flüsternd zu: »Manchmal fürchte ich mich.« – »Vor ihm?« – »O nein.« – »Wovor denn, Hühnchen?«

»Vor –« Die Lahme schwieg. Dann spähte sie nach der Tür, schob sich zu Buschor, scheu, im

Flüsterton hauchte sie an des Mannes Ohr: »Vor Fike.«

Buschor fuhr zurück. »Vor Fike?«

Mieke nickte in sich hinein. Schluchzen würgte in ihrer Kehle. Buschors Hand tastete über ihr Haar. Dann saß er lange stumm, sein altes, dunkles, bärbeißiges Gesicht zu einer bitteren Grimasse verknotet.

Schon am nächsten Tag kam er wieder. Er polterte in die Küche, wo die Schwestern sich aufhielten. »Ihr beiden Hennen, was treibt ihr immer?« Er öffnete den Küchenschrank. »Speck! Seit wann eßt ihr Speck? Habt doch immer nur Griesbrei gelöffelt.«

Fike versuchte, den Kasten zuzuzwängen. »In jede ordentliche Küche gehört Speck.«

»So, so! Und hier: eine Flasche Schnaps! Seit wann trinkt ihr Schnaps? Gehört auch Schnaps in eine ordentliche Küche, in eine ordentliche Altjungfernwirtschaft, he?«

Fike werkte am Abwaschschaff. Man sah ihren Nacken anlaufen, ihre Hände zitterten. »Und hier!« Buschor bückte sich und angelte mit dem Stock ein Paar Männerschuhe unter der Truhe hervor. »Werden wohl blank gewichst von euch? Für den Herrn Zeman, den Herrn Studenten? Will's mir doch mal ansehen, wie der dort haust!«

Fike schrillte empor. »Das darfst du nicht.« – »Darf ich nicht? Aha. Kann's mir ja denken: die besten Möbel habt ihr ihm hineingestellt – setzt ihm Blumen ins Glas, he, und wärmt ihm den Sessel, füttert ihn wohl umsonst, das Arschgesicht! – Welche von euch soll ihn denn haben? Die Mieke, kommt mir vor, gefällt ihm besser, aber die Fike hat Beine, mit denen – pfui Teufel!« Er stieß seinen Stock auf den Boden. »Ich hätte nicht gedacht, daß ich das von euch erleben muß. Euer Vater selig hat mir immer gesagt: meine Töchter sind mir der größte Schatz, so treu wie Gold und sauber. Sauber!« Buschor lachte grimmig. »Jetzt habt ihr's mit dem Kerl. Der macht euch zu Menschern, alle beide. Du, Fike, bist wie eine Hündin hinter ihm her, und die Mieke, die will er wieder auf die Füße bringen. Nach fünfzehn Jahren Lahmsein auf die Füße bringen. Es ist zum –«

In diesem Augenblick öffnete sich die Tür, Zeman hatte sie aufgerissen. Er war heimgekehrt, hatte auf dem Flur gestanden und alles gehört, nun trat er herein, schwer atmend, verzerrten Gesichts.

Fike schrie auf, Mieke verhüllte die Augen. Mit einem Schritt war Zeman neben ihr, der Lahmen. »Steh auf«, schrie er, »du stehst jetzt auf, Mieke, ich befehle es dir.«

Mieke schaute ihn an.

Fike erstarrte vor Grauen.

Buschor schrie: »Weg da, Kerl!«

Aber Mieke schien nichts zu hören, sie sah nur Zeman an. Sie ließ die Hände sinken, sie griffen nach der Lehnstuhllehne, sie beugte sich vor, langsam ging ihr Gewicht in die Beine. Ein Schmerzenslaut entrang sich ihrem Mund, da stand sie schon, stand, eine Sekunde nur, dann fiel sie nieder mit ausgebreiteten Armen, in den Hüften abgeknickt. Zeman fing sie auf.

»Mieke!« heulte die Schwester mit Wahnsinnsstimme.

»Da haben wir's!« Buschor brüllte. Mit erhobener Faust ging er auf Zeman los.

Der hielt die Ohnmächtige in den Armen, er preßte sie an seine Brust, und einen Augenblick lang, zum erstenmal, spürte sein Mund ihre laue Haut, ihre Schläfe, ihr Haar, und seine greifende Hand ihre kleine Brust.

Dann legte er sie behutsam nieder, Buschor wich zurück. Fike stand starr: an ihr vorüber stürzte Zeman hinaus.

Das war alles. Als Fike eine Stunde später zu Zeman ins Zimmer trat, gewahrte sie mit Entsetzen, daß er packte. Eben scharrte er die letzten Habseligkeiten zusammen.

»Was tust du da?« fragte sie mit erstarrendem Mund. »Du, du willst gehen?«

»Ja.«

»Gehen?« wiederholte sie. »Aber warum?« Und als abermals keine Antwort kam, flehte sie in wimmerndem Ton: »Geh nicht!«

»Was willst du? Es ist zu Ende, ich kann ihr nicht helfen, noch nicht. Noch Jahre nicht. Und dann –«

»Immer: sie!« Fike murmelte es mit bleichen Lippen. »Immer nur sie!« Plötzlich riß sie sich los, aufstampfend, in gellendem Ton: »Und ich?«

Er faltete die Brauen. Sein Blick glitt an ihr ab, aber seine Hand streckte sich aus; er preßte die ihre hart am Gelenk, dann hastig nach dem Koffer greifend, stieß er sie weg: »Leb wohl!«

Er ging. Fike hörte die Türen, die erste vom Zimmer in den Flur, die zweite vom Flur in das Treppenhaus, sie hörte seinen Schritt die Treppe hinab. Da brach sie zusammen. Über den Tisch geworfen, grub sie die Zähne in ihr Handgelenk, wo sein Druck noch brannte, in unnennbarem, verzehrendem Nachgefühl.

Wieder stand Viktorin Zeman ohne Obdach da. Wohin jetzt? Er fand Wostudas Adresse auf der Zigarettenschachtel: Barandow 791. Dort fand er Unterschlupf.

Aber er dachte nicht daran, Mieke aufzugeben.

Einmal im Jahr, zu Allerseelen – das wußte er – verließ Fike für einen ganzen Nachmittag das Haus, um das Grab der Eltern zu besuchen. In einen Torbogen geduckt, wartete Viktorin, bis er sie weggehen sah. Noch hatte er den Schlüssel der Neugebauerschen Wohnung, er trug ihn immer bei sich. – Jetzt hätte er hinauflaufen und bei Mieke eintreten können, doch er fürchtete, sie zu erschrecken, so eilte er zuerst in den Hof und – er hatte Glück: der Tag war mild, die Fenster oben standen offen.

»Mieke!« rief er. »Mieke! Ich bin es.«

Ihm antwortete ein Freudenschrei, ein Schrekkenslaut, beides in einem. Der Mann machte kehrt, lief ins Haus, stieß den Schlüssel ins Schloß.

Eine Sekunde später war er drinnen bei ihr, zu ihren Füßen auf den Knien, hielt ihre Hände in den seinen, küßte die zarten, bläulichblassen Beeren ihrer Fingerkuppen. Er preßte sein Gesicht in den Lüsterstoff ihrer Schürze, fühlte ihre ungeschickten Liebkosungen, hörte ihr verworrenes Stammeln, Schluchzen, Lachen und Weinen, unsägliche Worte der Freude.

Doch als er dann aufstand, zurücktrat und sie betrachtete, erschrak er darüber, wie sehr sie verändert war. Ihr Gesicht war von neuen Zeichen gekerbt, ihr Haar strähnigrauh, ihr Kleid, das früher immer sauber gewesen, fleckig und zerdrückt. Das weiße Krägelchen fehlte. Ängstlich versuchte Mieke zu verbergen, in welchem Zustand sie war. »Sieh mich nicht an, Viktorin! Ach, sieh mich nicht an. Seit du fort bist, oh! Es war so schlimm.«

»Was war schlimm, Mieke, sag es mir! War es –? Nein, sei still. Du brauchst es mir nicht sagen. Ich habe es mir gedacht. Oh, diese –!« Er schüttelte die Faust. – »Aber ich gehe nicht mehr fort, gehe nie mehr fort von dir. Ich möchte den sehen, der mich von hier vertreiben kann.«

In diesem Augenblick dachte er sogar: Ich werde mein Geld holen, ich werde mein Studium aufgeben, ich werde mir irgendeine Arbeit suchen, es ist alles gleich, kann ich nur bei Mieke bleiben, ich liebe sie.

»Du bist gut, du bist gut«, schluchzte die Lahme an seinem Halse. Er wiegte sie in seinen Armen.

»Wenn sie kommt, will ich es ihr sagen. Ich gebe dich nicht mehr preis.«

Nach zwei Stunden war es soweit. Fike kam nach Hause. Als sie die Tür öffnete und Viktorin an der Schwester Seite erblickte, ging es wie ein Ruck durch ihre Gestalt. Sie stand starr, ihr Kiefer fiel herab, ihr Untergesicht sah aus, als sei es aus Holz gemacht.

»Guten Abend«, sagte Viktorin. Mieke stammelte irgend etwas, sie hob den Arm, als erwartete sie, daß die Schwester sie schlüge.

Da aber faßte sich Fike. Mit unnatürlich klingender Stimme begrüßte sie Viktorin. – »Eine Überraschung! Du hier? Siehst wieder nach – ihr. Schön – schön von dir. Ja, unsere Kleine ist schmal geworden, haha! Sie will nicht mehr essen, seit du fort bist.«

»Es scheint so. Wie geht es dir?«

»Mir? Leidlich. Wie immer. Bleib sitzen. Du brauchst nicht höflich sein gegen mich. Ich weiß

Bescheid. Ein Tee gefällig? Ein Schnaps? Hier die Flasche immer noch! Onkel Buschor hatte recht, wir trinken keinen.« – Sie lachte. Ihre Hände bebten so sehr, daß das Glas überfloß.

Viktorin schlug die Augen nieder.

Fike schoß hin und her. Die Lahme saß und schwieg. Mit der Zeit kam etwas wie ein Gespräch in Gang. Später gingen sie zu Bett. Die Schwester hatte Mieke, wie früher jeden Abend, gewaschen, umgekleidet, gekämmt. Viktorin hatte sie ins Bett gehoben. Dann legte er sich in seinem ehemaligen Zimmer mit einer Decke auf das Sofa. Er hörte noch die Mitternacht schlagen, dann nichts mehr.

Es war drei Uhr, als es wie rasend an seine versperrte Tür trommelte und Fikes entstellte Stimme schrie: »Hilfe, Hilfe, sie stirbt, sie stirbt.«

Zeman fuhr empor und rannte hinaus. Als er hinüberkam, lag Mieke röchelnd über den Rand des Bettes hintenüber geworfen mir baumelndem Kopf, lechzenden Lippen, das blinde Weiß der Augen zwischen den klaffenden Lidern. In keuchenden Atemzügen hob sich die kämpfende Brust. Viktorin stürzte auf sie zu. »Einen Arzt«, schrie er, »einen Arzt, sofort!« – Fike stieß einen Laut aus, er klang, als girrte eine Verrückte vor Entsetzen. Dann fegte sie hinaus. Zeman riß Mieke das Hemd auf. Sein Ohr an ihrem Herzen murmelte er Flüche, Beschwörungen, Gebete.

Nach einer Weile kam der Arzt herein, ein fremder junger Mann, eilig in Hut und Mantel. Er beugte sich über die Kranke. – »Einen Wagen!« gebot er. »Nur rasch! Wenn wir sie lebend ins Krankenhaus bringen, kann sie gerettet werden.«

Zum zweitenmal fegte Fike hinaus. Der Wagen kam; als die Männer Mieke auf der Bahre hinaustrugen, stand die Schwester hinter die Tür gedrückt, den Ausdruck des Wahnsinns im Gesicht. Der fremde Doktor zögerte vor ihr. Da fiel sie vor ihm in die Knie: »Ich selbst – ich selbst!«

Er faßte sie hart am Arm. »Fort!« sagte er. »Gehen Sie mit!«

Er mußte sie mit Gewalt in den Krankenwagen stoßen. Während er zu Miekes Häupten saß, den Finger auf den Puls der Besinnungslosen gedrückt, kauerte die Schwester am Fußende der Bahre, wimmernd, den grauen, zerrauften Kopf in den Armen vergraben.

Als der Morgen dämmerte, trafen die drei in der Wohnung der Neugebauer zusammen: Zeman hatte Buschor angeläutet, und als dieser kam, war der junge fremde Arzt soeben dabei, das Zimmer der beiden Mädchen zu durchsuchen.

Er hatte Mieke lebend in die Klinik gebracht. – »Sie kann gerettet werden«, sagte er. »Ich glaube, man hat es geschafft. Soweit wäre es gut. Nicht gut ist –« Er verstummte. Dann wandte er sich an Buschor. – »Können wir woanders reden?«

Buschor blickte nach Zeman hinüber. Dieser ging den beiden Männern voran in die Stube, in welcher er gewohnt hatte. Hier brannte ein trübrotes Licht, unter ihm stand der große Tisch, grün bedeckt mit verblichenem Samt. Vier Stühle standen darum, lederbezogene, mit steilen Lehnen. Die Männer traten hin, sie blieben hinter den Stühlen stehen, jeder hinter einem. Der junge Fremde streckte die Hand vor sich, die Rechte, in der er etwas verborgen hielt. – »Das ist's«, sagte er. Auf seiner Handfläche lag eine Hülse aus Pappe. Der Kopf eines Fläschchens sah daraus hervor, Flasche und Hülse trugen den Namen eines schwere Spasmen lösenden Giftes, Belladonna.

Der Arzt entstöpselte das Fläschchen und zeigte: es war leer. Er blickte Buschor an. »Haben Sie davon gewußt?«

Dieser sagte: »Ich habe es verschrieben, fünf Tropfen, höchstens zehn, und so selten als möglich.«

Der Arzt hob die Hülse unter die Augen und sagte: »Hier steht das Datum. Keine Woche alt!«

Buschor beugte sich vor, um selbst zu sehen. Doch er rührte das Ding nicht an. Seine Adern schwollen, seine Brauen zuckten, er sah furchterregend aus. Er knirschte mit den Zähnen und sagte: »Sie wird es nicht mehr tun.«

»Das ist möglich«, sagte der Fremde. »Allein der Versuch –«

»Was wissen Sie?« sagte Buschor heftig. »Was wissen Sie? Gar nichts, gar nichts. Aber ich, ich weiß. Seit sechzehn Jahren pflegt sie die Schwester, tagaus, tagein, nachtein, nachtaus. – Kein eigenes Leben, kein Vergnügen, kein Mann, kein Kind. Sechzehn Jahre, junger Kollega, können Sie das ermessen?«

»Aber –«, sagte der andere.

»Kein Aber hier!« – Der Alte schrie es. »Ich kenne sie, die Tochter meines besten Freundes. Sie wird es nicht mehr tun, nicht mehr, nie mehr. Oh, Sie haben keine Ahnung. Die beiden Mädchen. Das gibt es heute nicht mehr: sechzehn Jahre und ohne Hoffnung, daß es endet. Heutzutage, wenn so etwas kommt: Klinik und Siechenheim, fort, aus den Augen, aus dem Sinn! Heutzutag opfert niemand sein Leben, wie sie es getan hat, Herr Kollega. Das ist vorbei. Hier bei den Mädchen war noch die alte Zeit, die alte Ordnung, es war Rechtschaffenheit, Rechtschaffenheit!« – Er rüttelte den Lehnstuhl vor dem Tisch. – »Rechtschaffenheit, trotz allem. Unsereiner hat viel gesehen, viel gesehen«, wiederholte der Alte mit einemmal beinahe flüsternd, wie zu Tode erschöpft. – »Manches auch damals. Es ist des Menschen Recht, einmal zu verzweifeln.«

Dann schwieg er. Der junge Arzt starrte unter gerunzelten Brauen vor sich hin, er widersprach nicht mehr.

Da drehte Buschor das Gesicht gegen Zeman. Er hob seinen Krückstock, mit dem Griff wies er auf das Ding, das in der Mitte des Tisches vor ihnen dreien lag. »Und Sie?« fragte er. »Und Sie?«

Durch Zeman ging es wie ein Ruck. Er beugte sich vor, schob den Stuhl zur Seite, griff nach der Hülse. Mit der anderen Hand tastete er an seinem Rock hinab. Buschor begriff, riß seine Zünder hervor, das Streichholz an. Zeman nahm es. Die Hülse brannte. Zeman drehte sie zwischen den Fingern, die Flamme kroch ringsherum und flackerte auf. Da schob der Fremde die Aschenschale hin, die grüne Schale aus Malachit. Über ihr brannte die Flamme ab. Ein matter, bläulich zuckender Saum legte sich in der Asche zur Ruhe.

Die Männer traten zurück. Der alte Mann nahm seinen Stock und rückte den Hut zum Gruß. Dem fremden jungen Arzt gab er die Hand. Dieser reichte die seine Zeman. Sogleich, nachdem die beiden gegangen waren, ging auch er. Er schlug die Tür hinter sich zu. Als er das Haus verließ, war die Uhr sieben. Vor dem benachbarten Nachtcafé gingen die Rollbalken rasselnd herunter. Die Lampen erloschen, eine nach der anderen, die ganze Straße entlang.

Endlich hatte Zeman sein langerstrebtes Ziel erreicht, er hatte sein Studium beendet und war Hilfsarzt in einem Krankenhaus. Im Sommer darauf erhielt er Nachricht, daß seine Mutter schwer darniederliege. Er schrieb sofort zurück, an seinem ersten freien Tag fuhr er nach Kukus. Er war schon Jahre nicht mehr hiergewesen.

Zu seiner Überraschung fand er die Mutter nicht im Bett. Im Herd prasselte ein gewaltiges Feuer, sie briet dem heimgekehrten Sohn eine Gans zum Willkommen. Aber noch ehe das Essen fertig war, mußte sie sich wieder legen. Sie hatte Wassersucht, und das Wasser reichte ihr bis ans Herz.

Nun saß Viktorin mit dem Stiefvater und der jungen Halbschwester Antoinetta zu Tisch. Durch die geöffnete Tür ließ sich die Kranke immer wieder versichern, daß Viktorin esse, daß es ihm schmecke, daß er sich immer noch einmal genommen habe. Dann bat sie den Mann, Wein zu holen, vom besten. Viktorin trug ihr ein Glas hinein. »Auf dein Wohl«, stammelte sie, »dein Wohl, Viktorin. Ein Doktor bist du geworden – hätte ich das gewußt! – Aber wovon hast du gelebt alle die Jahre?«

Noch zweimal kam Viktorin wieder, ehe die Mutter starb, kurze Stunden waren es jedesmal, von seinem Dienst in der Klinik abgestohlene

Halbtage, von denen die Hälfte noch auf die Fahrt draufgingen. Im August war es dann so weit, es ging zu Ende.

Viktorin saß eine lange Nacht bei der Mutter und bedachte alles, was ihn einmal von ihr getrennt hatte, er verstand es nicht mehr. Doch zum Reden war es zu spät geworden. Sie hörte ihn nicht mehr, hätte ihn vielleicht auch nicht verstanden. Er ergriff ihre Hand und hielt sie zwischen den seinen, er hätte ihr einmal – einmal nur noch – seine Liebe zeigen wollen. Doch auch dafür war es nun zu spät.

Am übernächsten Tag begruben sie die Mutter auf dem Gemeindefriedhof. Es war ein großes Begräbnis, eine Menge Leute gaben der Wirtin die letzte Ehre; man hatte sie geliebt und geachtet, auf ihn, den Sohn, schauten sie mit scheuen Blicken.

Da Viktorin nicht lange bleiben konnte, gingen die Hinterbliebenen noch am selben Abend daran, die Habseligkeiten der Mutter unter sich zu verteilen. Ihre Kleider und ihr Schmuck fielen an Antoinetta, ein paar Erinnerungen und Bilder an Viktorin. (Seine einzige richtige Schwester Marie war schon lange gestorben). Dann aber zeigte es sich, daß die Mutter auch Geld hinterlassen hatte. Unter Wäschebündeln fand der Wirt zwei Sparbüchlein vergraben. Das eine lautete auf Viktorins, das andere auf Antoinettas Name. Fast jeden Monat hatte die Verstorbene einen kleinen Betrag hinterlegt, das schon seit Jahren. Das ganze machte eine stattliche Summe aus.

Ohne Empfindlichkeit legte der Wirt dem Stiefsohn das Erbe vor. Darum, sagte er, habe die Mutter sich so wenig geschont, habe sich abgerackert ohne Magd, habe immer selbst bedienen wollen bei den Gästen, um die Kellnerin zu sparen, sei sogar – ganz unerhört für eine Wirtin – vor Tau und Tag in den Wald hinausgegangen, habe Beeren und Schwämme geklaubt wie ein Häuselweib. »Darum – darum –« Mit dem schweren grauen Kopfe nickend, fuhr der Mann mit dem Finger die Zeilen der Sparbücher hinab, als läse er aus ihnen eine Chronik, die Chronik seiner eigenen Jahre, seines eigenen Ehelebens. »Und im letzten Frühjahr brachten sie sie heim, da war ihr das Wasser schon in die Brust gestiegen.«

Viktorin starrte geblendet auf der Mutter Gabe. Ihm schwamm es vor den Augen.

»Nimm's«, sagte der Wirt und schob dem Stiefsohn das Büchlein zu. »Glaub nicht, daß ich's dir mißgönne. Sie hat sich immer um dich gesorgt.«

Viktorin schluchzte auf. »Und die Toni«, fragte er nach einer Weile. Er meinte die Schwester. »Was wird sie tun?«

Der Wirt furchte die Stirn. Er zuckte die Achseln, seufzte und schwieg. Er gab keine Antwort auf diese Frage.

Als Viktorin hinaufstieg in seine Kammer – er schlief unter dem Dach, es war spät im August und schwül, und über der Ferne spielte ein Wetterleuchten –, sah er in der von Blitzen erhellten Stiegenluke eine Gestalt sitzen. »Toni, bist du es?«

Auf nackten Füßen glitt sie auf ihn zu. Sie war im Hemd, die schwarzen Flechten der Zöpfe flossen ihr gelöst, in geringelten Strähnen über die knospende Brust. Ihr Mund war breit und dunkel, sie drängte sich an Viktorin.

»Ich muß mit dir reden, hörst du?«

»Komm herein.« In seiner Kammer war kein Licht zu machen, doch im Schein der Blitze konnten sie einander sehen. Viktorin rückte ihr einen Sessel heran, sie aber schwang sich auf sein Bett.

»Du bist im Hemd.« Sein Ton war tadelnd. »Nimm etwas um.«

»Ich friere ja nicht. Es ist so heiß, mir ist, als sollte ich ersticken.«

»Also, was ist?« fragte er. »Was willst du von mir?«

Die Blitze näherten sich, sie flackerten stärker.

Sie sagte: »Willst du wirklich fort?«

»Freilich«, sagte er mit einem Anflug der Ungeduld. »Ich habe es dir doch erklärt.«

»Du hast es eilig.« Auf einmal griff sie nach seiner Hand. »Nimm mich mit, Viktorin, nimm mich mit.«

»Nein«, sagte er.

»In die Stadt, Viktorin. Hör mich an! – Irgendwohin, wo ich etwas lernen kann. Ich will nicht hier bleiben. Ich darf nicht hier bleiben. Ich weiß es.«

»Das geht nicht, Toni. Warum solltest du nicht hier bleiben dürfen?«

Sie schluchzte auf, schmiegte ihre Wange zitternd an seine Knie. »Ach, Viktorin, Viktorin. Der Vater will, daß ich bediene – in der Gaststube unten, bei den Männern. Begreifst du denn nicht? Die Mutter hat es auch gemacht. Sie war eine alte Frau. Aber ich –«

Viktorin schwieg. Sein Blick ruhte auf dem dunklen Scheitel der Schwester. Er erinnerte sich: sie war fünfzehn Jahre.

Sie weinte. »Ich will es nicht. Der Vater findet nichts dabei. Neulich hat mich einer auf seinen Schoß gesetzt. Der Vater sagte nur: ›Kehr dich nicht dran.‹«

»Jetzt lügst du«, sagte Viktorin.

Sie fuhr auf. »Und neulich –« Ihre Augen glühten. »Neulich im Heu – da war der Knecht. Ich schrie. Ich schrie nach dem Vater. Er sagte: ›Stell dich nicht so an.‹«

Der Mann sprang auf. »Das ist doch nicht möglich. Der Vater – dein Vater –«

Sie wälzte sich auf Viktorins Bett, von wildem Gelächter bebend.

»Hör auf, Antoinetta!« Er ergriff sie, rüttelte sie. Da brach sie in Tränen aus, schlotternd kroch sie zusammen, ein verzweifeltes Kind.

Viktorin stand neben ihr, sein Herz tobte. Mühselig sagte er: »Du mußt mir schwören, daß du mir die Wahrheit gesagt hast.« – »Bei Gott und allem –« – »Nein! Bei unserer Mutter!« – »Bei unserer Mutter –« – »Toni, Toni, nimm dich in acht!«

Viktorin nahm die Schwester mit sich nach Prag. Er suchte ihr einen Platz in einem Kloster. In der Dorfschule hatte sie wenig Wissen erworben, nun sollte sie aufholen, sollte nähen, rechnen, kochen lernen in der frommen, sicheren Hut. Die Nonnen nickten mit ihren Hauben. Sie hatten sanfte Gesichter, aber feste Hände.

Einmal im Monat, das versprachen sie Viktorin, dürfe er die Schwester besuchen, später, wenn sie sich gut führe, sie auch mitnehmen auf einen Gang durch die Stadt. Er dürfe ihr schreiben, ihr dann und wann ein Päckchen schicken, Obst und Butter; Näschereien seien verboten. Am Sonntag, fügten die Nonnen hinzu, sängen die Mädchen in der Messe; Eltern, Geschwister und Anverwandte seien eingeladen, dem Gottesdienst beizuwohnen.

Als der erste Sonntag heraufdämmerte, dachte Viktorin, er wolle in die Kirche gehen. Seit Jahr und Tag hatte er keine Messe mehr gehört. Doch der Gedanke an die Schwester bewog ihn, er kleidete sich an und ging. Die Straßen waren leer, still und feiertäglich. Vögel schwebten, Glocken klangen. In Viktorins Herz bewegte sich etwas wie Freude.

Dann der Gottesdienst: die Kirche, alt und schön, vertiefte seine Freude. Er stand im Gestühl, hörte den Gesang, blickte zum Priester empor, der droben am Altar mit Kelch und Patene hantierte. Viele Gedanken durcheilten Viktorins Gehirn. Er hatte einstmals geglaubt, und irgend etwas verlangte in ihm, wieder zu glauben. Das Opfer erschien ihm in neuem Licht, und die Worte des Evangeliums, die der Pater verlas, dröhnten ihm mit einem Male wie von geheimer Wissenschaft und unerschöpflicher Herrlichkeit. Als sich oben die Wandlung vollzog, schlug er den Blick zu Boden. Zwar wagte er nicht – wie die anderen – an seine Brust zu klopfen, wagte nicht – wie einst – zu sagen: Mein Herr und mein Gott. Aber in ihm stieg, stark wie ein glühender Schmerz, ein durchdringend süßes, die Brust beinah zersprengendes Gefühl auf, als bald darauf, nach der Kommunion des Priesters, eine Schar Mädchen aus einer Seitenkapelle nach vorn geführt wurde, die Zöglinge des Klosters, in Zweierreihen, die Gesichter unter den großkrämpigen blauen Schutenhüten verborgen, die kleinsten voran, die größeren hinterher: auf das Zeichen der begleitenden Nonne beugten sie alle die Knie, dann stiegen sie die Stufen hinan und knieten an der Schranke nieder, um zu empfangen.

Unter ihnen war Toni – der Bruder konnte sie nicht erkennen, aber er wußte, eines dieser Mädchen war seine Schwester, eins dieser Kinder, dem der Priester jetzt die Oblate reichte, das Brot der Engel, so nannten sie es: das Brot der Engel kehrte in sie ein. Viktorin flüsterte Antoinettas Namen als den Namen des einzigen Wesens, das ihm angehörte.

Auch am zweiten, dritten und vierten Sonntag kam Viktorin zu diesem Gottesdienst. Danach läutete er an der Pforte und bat, Antoinetta besuchen zu dürfen.

Die Pförtnerin ging, sie kehrte allein zurück. Es sei ein Unglück, sagte sie und lächelte vage. Gerade gestern habe das Schwesterchen des Herrn einen kleinen Fehltritt begangen. Nichts Schlimmes, keineswegs: ein Scherchen habe sie versteckt, das die Ehrwürdige Priorin soeben vor sich auf den Tisch gelegt habe, aus purem Übermut wahrscheinlich oder aus Lust, das blitzende Ding zu besitzen, das wisse man nicht, habe es noch nicht herausgebracht aus der kleinen Sünderin. Das Scherchen sei gefunden worden, Antoinetta habe bekennen müssen – so sei ihr der heutige Besuch verboten worden, leider. Doch das nächstemal, so Gott helfe und Antoinetta auch brav sei, das nächstemal dürfe der Herr Bruder gewiß mit ihr sprechen.

Als Viktorin das nächstemal kam, fand er ein blasses Nönnchen, verschüchtert und verstört, hinter dem Gitter stehen. Kaum, daß sie zu überreden war, ihm die Hand zum Gruß durch die Stäbe zu zwängen. Sie redeten ein paar Worte miteinander, der Bruder reichte ihr sein Päckchen, sie dankte leise, dann kamen andere Besucher und drängten ihn fort. Langsam ging er, traurig, verödeten Gemüts. Fremd, wie eine angezogene Puppe, stand ihm die Schwester vor dem inneren Gesicht.

Im Frühling aber durfte Viktorin Antoinetta zu einem Ausflug aus dem Kloster holen. Er hatte einen Jungen mitgebracht, ein Kind aus Kukus, das eben aus der Klinik entlassen worden war. Viktorin dachte, es werde Antoinetta Spaß machen, einen Gefährten aus der Heimat zu haben. Zu dritt zogen sie am Sonntag an die Moldau hinab.

Sie bestiegen eines der buntbewimpelten Schiffe und fuhren nach Königssaal.

Braungebrannt, müde, selig erschöpft von einer langen Wanderung kehrten sie abends nach Prag zurück. Antoinetta hing an des Bruders Arm, hatte den anderen Arm um den Hals des Kukuser Jungen geschlungen. Von ihrem Nacken baumelte eine Girlande aus jungem Laub. So zogen sie die Gassen hinauf von der Lände, die Lieder trällernd, die sie tagsüber aus Wirtshausgärten und Gasthäusern gehört. Als sie an der Klosterpforte anlangten, warf das Mädchen Kußhände zu dem grauen Gemäuer empor. »Da bist du ja wieder, du liebes Haus, verfluchter Käfig, haha!«

»Toni, Toni, gib acht!« Viktorin suchte sie zu dämpfen.

»Sündhaft lustig war ich heut, Bruderherz! – Und das nächstemal, Bruderherz, werd ich noch sündhafter lustig sein, dann gehst du tanzen mit mir!«

»Sei nun still, Toni! Man kann dich sehen!«

»Versprich, daß du mit mir tanzen gehst. Ich kann's! ich kann's!« Sie raffte ihren Rock und wirbelte herum. »Kann ich's oder kann ich's nicht?«

»Es ist gut, Toni, ich muß jetzt läuten.«

Die Pforte ging auf. Das junggrüne Laubgewinde vor das Gesicht gedrückt, hüpfte sie über die Schwelle.

Einen Monat später holte Viktorin die Schwester abermals ab. Er erschrak, als er sie sah. Sie hatte sich verändert.

Es war später am Tag als das erstemal. Auch war der kleine Junge nicht mit ihnen. Viktorin wußte nicht recht, was er mit der Schwester beginnen sollte. Der Himmel war schwer, das Licht, schwärzlich umsäumt, spiegelte stumpf auf Kuppeln und Dächern wie auf Schrägen, Wölbungen, Wulstungen bleierner Massen. »Wo gehen wir hin?« fragte die Schwester drängend. Ihre Augen glühten, ihre Lippen bebten, ihre Wangen brannten von hohem Rot. »Wo gehen wir hin, Viktorin, wohin?«

Viktorin schlug ihr vor: »Ich zeige dir das Rathaus, das Glockenspiel. Den Hradschin, die Daliborka.«

Doch sie war blind und taub, blind und taub der anderen Welt.

In einem Wirtshausgarten bestellten sie ein Essen. »Warum sind wir hier? Hier gefällt es mir nicht. Du sagtest, wir wollten tanzen gehen.«

»Man kann so früh am Tag nirgends tanzen.«

»Dann führ mich zu dir, ich will sehen, wo du wohnst.« – »Nein.« – »Warum willst du nicht? Sag es mir, Viktorin, warum willst du nicht?«

»Nein, nein.« Der Mann lachte gequält. »Laß mich in Ruh.« Und, nach einer Weile: »Ich darf keine Mädchen bringen, verstehst du, Toni?« Das war nicht wahr.

Sie schien ihn zu durchschauen. Ein Ausdruck von Tücke, Verschlagenheit erschien auf ihrem kleinen Gesicht. »Und wenn du sagtest, ich sei deine Schwester…« Kichernd hielt sie die Hand vor den Mund: »Ich bin es sogar, bin deine Schwester!«

»Auch dann nicht.«

Ihre Augen wurden finster. »Dann laß mich das Haus von außen sehen.« – »Auch das nicht.« – »Ah! – Ich weiß, warum.« – »Nichts weißt du.« – »Du hast eine Frau.« – »Ich habe keine. Und wenn ich eine hätte!« – »Du gehörst mir.« – »Antoinetta.« – »Nimm mich aus dem Kloster. Nimm mich zu dir. Ich werde dir alles machen: kochen, waschen, nähen. Ich werde wie deine Frau sein. Niemand kann es uns verwehren. Nimm mich zu dir. Du hast es mir versprochen.«

»Niemals.«

»Schon in Kukus hast du es mir versprochen.«

»Niemals.«

»Ach, hättest du mich doch zu Hause gelassen, du!«

Er brachte sie ins Kloster zurück, früher als sonst und vor der festgesetzten Stunde. Dann kehrte er in eine Schenke ein und trank, bis ihm die Sinne vergingen.

Antoinetta hatte ihn nach seiner Wohnung gefragt: seit Jahren schon, seit seiner Flucht aus dem Haus der Schwestern Neugebauer, wohnte er in Barandow, in der Baracke des Johann Wostuda.

Es war – in gewissem Sinn – kein schlechtes Hausen dort. Es gehört Talent dazu, aus einer zusammengenagelten Bretterhütte etwas wie eine behagliche Bleibe zu machen, Wostuda hatte dieses Talent. Das eingeplankte Grundstück lag weit draußen, wo die Stadt schon in plattes Land übergeht, es war kein Garten zu nennen, eher ein Dickicht von Brennesseln, Goldruten und verkrüppelten Fliederbäumchen. Die Baracke selbst hatte zwei Eingänge, von denen der eine zu Zemans Wohnung, der andere in Wostudas Nest führte. Die Küche und den Waschraum hatten sie gemeinsam. Jene betrat Zeman selten: sie war, wie auch der Waschraum, über und über mit Bildern aus zweifelhaften Magazinen und Zeitschriften beklebt. Wenn sich Zeman etwas Eßbares zubereiten wollte, so tat er es lieber in seinem Zimmer über der Flamme eines kleinen Spirituskochers.

Noch seltener ließ er sich von Wostuda in dessen Räume einladen: hier gab es breite Lotterbetten, Spiegel, mit Brokat bezogene Lehnstühle, eine Hausbar, einen Spieltisch. Hier gab Wostuda seine Gesellschaften. Zeman war der Ton, in dem sein Hausherr mit seinen wechselnden Geliebten verkehrte, zuwider. Wie und wovon dieser lebte, war Zeman lange undurchsichtig. Eine Zeitlang hatte Wostuda sich als Trambahnschaffner einstellen lassen, wahrscheinlich, um andere Geschäfte, die er betrieb, zu verschleiern. Sicher beteiligte er sich am Schmuggel französischer Schaumweine und türkischer Zigaretten und anderer gesperrter Artikel, die er zu halsabschneiderischen Preisen wieder verschacherte. Gegen Zeman erwies er sich freundlich, gefällig, von beinahe brüderlicher Zutunlichkeit. Der Doktor hatte zu tun, sich seinen Hausherrn vom Halse zu halten.

Sein Zimmer war, mit Wostudas Liebes- und Schmuggelnest verglichen, von puritanischer Einfachheit, sein Bett schmal und hart. Drei rohe Bretter auf Holzböcken dienten als Arbeitstisch. Dort lagen seine Bücher und Merkhefte, dort stand sein Mikroskop und andere Instrumente, die er sich allmählich, manchmal durch lang bedachte Gelegenheitskäufe, erwarb: er wollte später eine Praxis auf dem Lande eröffnen und für diesen Fall mit allem Nötigen versehen sein. Er liebte dieses Zimmer, das einsam und still war – wenn nicht Wostuda drüben gerade feierte –, in dem es sich ungestört und besessen arbeiten ließ. Er liebte den Heimweg am Abend nach beendetem Dienst in der Klinik, wenn nichts mehr ihn trieb, liebte den Weg zwischen Zäunen und Hecken, den Vorstadthorizont: da und dort eine dünne Rauchfahne, ein einzeln stehendes, häßlich ragendes, nüchternes Haus; die nach dem Lärm der Großstadt wohltuend stille Luft, von nichts bewegt als hie und da von dem Rattern eines Wagens oder von dem verzweifelten Gekläff eines Hundes, der vielleicht irgendwo hinter einem Zaun oder in einer Hütte eingeschlossen sein mochte und mit der rührenden Treue der niedrigen dienstbaren Kreatur nach seinem Herrn rief und zu rufen nicht aufhören wollte.

Tagsüber lebte Zeman in seiner anderen Welt, in den Kliniken und Hörsälen der Karolina, in Ambulatorien und Operationsräumen. Da war alles hell, weiträumig, sauber; alles gewaschen, mit Karbolineum durchlaugt, sterilisiert und vor dem Anflug der Keime geschützt. Alles geschah nach ausgeklügelten Plänen, auf die Minute genau, im Sinne wohlerwogener Systeme. Nur der menschliche Körper, für den das alles erdacht worden war, schien nur zu häufig aller Bemühungen zu spotten. Da die meisten der hier behandelten Kranken der armen Klasse angehörten und arme Leute, wie bekannt, erst im äußersten Notfall ärztliche Hilfe suchen, wimmelten die Abteilungen von hoffnungslosen Fällen. Der Chefarzt, ein Professor der Chirurgie, ritt das Steckenpferd, auf alle Fälle noch zu operieren, und pflegte sogar Karzinome auch in fortgeschrittenem Stadium radikalen Ektomien zu unterziehen. Zeman wunderte sich manchmal über den Mut, mit dem der Mann verfuhr und seine Methoden anwandte, die den schon Todgeweihten scheinbar sinnlose Qualen einbrachten, nur um vielleicht in ferner Zukunft und nach vielen Opfern zu einem hypothetischen Ziel zu gelangen.

Zeman hatte Mitleid mit den Patienten. Wenn er bei der Visite im Gefolge des Professors durch die Säle schritt und den Ausdruck der Angst, der flehentlichen Hoffnung auf Hilfe in den Gesichtern der Leidenden sah, mit dem sie jeder Bewegung des Allmächtigen folgten, und dieser doch, ungerührt, seine Anweisungen gebend, vorüberhastete, glaubte er den Mann manchmal zu hassen: so kalt schien er ihm, so gelassen, als wären alle die oft himmelschreienden Leiden rings um ihn nichts als irgendwelche Unabänderlichkeiten, die einfach hingenommen werden mußten, die für ihn jedenfalls nicht ins Gewicht fielen.

Dann kehrte Zeman zu jenen Kranken zurück, die ihm am bemitleidenswertesten erschienen. Er hatte ihre Krankengeschichten studiert, in denen nicht selten auch ihre Lebensgeschichten enthalten waren. Er ließ ihnen mit von ihm selbst erdachten Handgriffen Hilfe leisten, ließ sich von ihnen ihre Wünsche vortragen, wollte ihnen Trost zusprechen. Der Primar bemerkte das und wies ihn zurecht: sein Verfahren sei sinnlos. Trotzdem setzte Zeman seine Bemühungen fort. Doch nach kurzer Zeit schon bemerkte er, daß er unter den Kranken nicht beliebt war, ja, daß sie es für ein ungutes Zeichen hielten, wenn er sich ihrer annahm. Warum nur, fragte er sich. Lag es nur daran, daß er, Zeman, erst Hilfsarzt war?

Die alte erfahrene Oberschwester sagte es ihm: »Lassen Sie die Leute in Ruhe, Doktor. Sie wollen Hilfe, kein Mitleid.«

»Ich will ihnen aber helfen«, sagte Zeman. »Sehen Sie sie doch nur an, die armen Kreaturen.«

Die Oberschwester blickte unter ihrem weißen, steifen Stirnband düster hervor. »Die Krankheit ist durch die Sünde in die Welt gekommen. Das wissen Sie doch auch. Geben Sie auf sich selbst acht, Doktor, ich rate es Ihnen.«

Über diese Worte dachte Viktorin lange nach. Wenn er auch aufgehört hatte, an Gott zu glauben, saß in ihm doch irgendein Haken fest, der Haken einer Art dumpfer Dämonenfurcht, Angst vor dem im Menschen schlummernden Verhängnis. Oft überkamen ihn seltsame Regungen: Wenn er sah, wie sich die Kranken in die Ambulanzen drängten, dieser ununterbrochene, niemals abreißende Strom bresthafter Menschen, rührte sich in ihm eine verzweifelte und beinahe mörderische Wut; wenn sich ihm Deformationen und Wucherungen entblößten, Eiterbeulen, die wie Augen des Bösen aus den Gliedern hervorsproßten, Ekzeme, die die Haut der Befallenen wie eine nach außen geschlagene innere Fäulnis bedeckten, Knoten und Knollen an Gelenken oder krankhaftes Fett, Zeichen der Unmäßigkeit: dann durchzuckte ihn, Zeman, die Ungeduld, das Messer anzusetzen, die Schneide gegen Fäulnis und Verhärtung, um das Übel auszurotten, in der Wurzel zu zerstören, bis in den Herd zu verfolgen. Doch zumeist verbot es sich, äußerste Folgerichtigkeit anzuwenden, denn das Leben selbst war mit dem Übel verflochten, mit ihm verwachsen, mit dem Übel ein unlösbarer Knäuel geworden.

Oft dachte er an seine Schwester, wenn er durch die Räume der gynäkologischen Abteilung ging, und erst recht, wenn er die Gebäude betrat, in denen die geheimen Krankheiten behandelt wurden: oft berührte ihn der Blick einer Verlorenen mit der dunklen Kraft der Ähnlichkeit und durchzuckte ihn wie ein schwacher elektrischer Schlag: Antoinettas Schatten tauchte ihm neben den Dirnen auf.

Er hatte sie lange nicht mehr gesehen. Seit jenem unglückseligen Ausgang im Frühsommer war er an den Besuchstagen nicht mehr zur Pforte gegangen. Die Nachrichten, die er vierteljährlich über die Entwicklung der Schwester empfing, lauteten nicht gut. Immer wieder kamen Klagen, Antoinetta sei faul, widerspenstig, wolle nicht gehorchen. Einmal ging er hin und stellte sich der Präfektin vor: Diese erzählte ihm empört, das Mädchen habe einen Schneeball nach einer Nonne geworfen. Zeman zuckte die Achseln. Ihm kam, was man gegen das Mädchen vorbrachte, lächerlich vor. Wenn es nichts weiter sei – Kindereien. Trotzdem wühlte ein Unbehagen in ihm, er fürchtete sich vor der Zeit, da er Antoinetta aus dem Kloster zu sich nehmen mußte.

Immerhin: er durfte sich sagen, er habe Antoinetta zwei volle Jahre bewahrt; zwei Jahre wogen viel in einer Jugend wie der Antoinettas. Er, der Bruder, hatte die Schwester hinter Mauern versteckt, hinter Gittern verborgen. Dort konnte sie keine der Versuchungen erreichen, die ihr überall sonst verderblich geworden wären. Vielleicht haßte sie ihn dafür. Mochte sie ihn doch hassen! Er hatte sie vor ihrer eigenen Natur in Sicherheit gebracht, dieser Natur, die er zu kennen glaubte, weil er sich selbst kannte: in ihnen beiden war dasselbe dumpfe, brodelnde, von heißer Lebensgier durchzuckte Blut.

Er hatte sehr früh Erfahrungen gemacht –. Seit er bei Wostuda wohnte, hielt er sich zurück, das Treiben seines Hausherrn ekelte ihn an. Nachts, wenn jener seine Weiber in die Baracke brachte, wenn die wilde Mette drüben losging und die dünnen Wände von gemeinem Gelächter, Geschrei und Musik schwirrten - vielleicht brachten es andere zuwege, sich daneben aufs Ohr zu hauen und zu schlafen: er, Zeman, lag wach. Er mußte lauschen, sich vorstellen, er fühlte, wie ihm der Schweiß ausbrach, der Atem stockte: ihm brüllte die Nacht von Dämonen.

Auch wenn es drüben zu Ende war, fand er noch keine Ruhe: hinter dem Fensterviereck sah er den Mond in den Dickichtstauden tauige Fäden weben. Der Morgen graute, endlich kam das Licht, eine silberne Tröstung. Zeman stand auf, trat ins Freie und goß sich aus einer Wasserkanne den eisigen Schwall über Schenkel und Brust. Hier war kein Fluß in der Nähe, in dem er baden konnte, aber ein Wirtshaus, das früh öffnete. Zeman ging hin und trank einen Schnaps an der Theke.

Drei Jahre war Zeman Hilfsarzt an der Prager Klinik. Endlich kam die Zeit, da er sich um eine Praxis umsehen konnte. Eines Tages schrieb ihm der Stiefvater, der Arzt von Kukus werde sich alterswegen bald zurückziehen müssen. Wolle sich Viktorin nicht in seiner Heimat niederlassen?

Viktorin sagte sofort zu.

Dem Stiefvater ging es nicht gut. Er hatte für einen Freund gebürgt, und diese Gutmütigkeit kam ihm teuer zu stehen. Er hatte Schulden, mußte Grund verkaufen; dazu arbeitete er im eigenen Haus mit fremden Leuten. Zeman schrieb dem Alten, ob er ihm Antoinetta schicken solle, sie wäre jetzt alt genug, um die Wirtschaft zu führen. Doch sofort kam die Antwort, eine mit ungelenker Schrift bekrakelte Karte: »Die Antoinetta will ich nicht, die zuletzt, die vergantet mir alles.«

Ein halbes Jahr später kam das Wirtshaus unter den Hammer. Zeman tat es leid um das Haus, in dem seine Mutter so lange gelebt hatte und gestorben war. Auch um den Wirt tat es ihm leid. Helfen konnte er nicht.

Am Abend des Versteigerungstages rief Wostuda seinen Mieter zu sich. Wostuda war sehr lustig, trällerte, wiegte sich in den Hüften und schenkte ein. Der Schlips hing ihm aus der Weste.

»Was meinst du, wo ich heute gewesen bin? Ha, du errätst es nicht. In Kukus bin ich gewesen und habe gesteigert. Den alten Kasten hab ich ersteigert, jetzt bin ich dort Wirt.«

Zeman sah den anderen an, ihm stieg etwas auf. Doch was konnte er sagen? So fragte er nur: »Verstehst du dich denn darauf?«

»Was werd ich nicht!« sagte Wostuda eitel. Er hatte einmal in Berlin bei Kempinski gearbeitet, darauf tat er sich viel zugute. Auch jetzt spielte er darauf an.

Zeman lachte barsch. »Wie willst du das vergleichen? In Kukus ist ein Bauernwirtshaus, sonst nichts.«

»Laß mich nur machen«, sagte Wostuda. »Ich bring schon einen Schliff hinein.«

»Ich Wirt in Kukus, du der Doktor«, sagte Wostuda später. »So bleiben wir beisammen.«

Vorläufig blieb noch alles beim alten. Zeman hatte die letzten Monate als Hilfsarzt abzuleisten. Damals begegnete er seiner späteren Frau.

Seit das Wintersemester begonnen hatte, erschien ein junges Mädchen in den Vorlesungen für Chirurgie. Zeman mußte dem Professor zu Hilfsdiensten zur Verfügung stehen. Er hatte dabei Muße, die in den amphitheatralisch aufgestaffelten Bänken sitzenden Hörer reihauf, reihab zu betrachten. Schon das erstemal war ihm das Mädchen aufgefallen, er hatte gedacht: Wie kommt dieses Kind herein? Hat es sich verirrt? Ist es von jemand mitgenommen worden? Doch am anderen Tage war es wieder da, saß in der obersten Bank, zart, klein und hell hinter dem blaugrün gestrichenen Pult, das heckenrosenblasse, herzförmige Gesicht von einer Flut großgewellten Blondhaars umrahmt. Zeman wunderte sich. Er war ein paarmal nahe daran, zu der Kleinen hinaufzugehen und ihr den Ausweis abzuverlangen. Dann aber geschah es, daß ihre Augen den seinen begegneten, von diesem Moment an wußte er, daß sie kein Kind mehr war. Immer, wenn er, dem Professor folgend, den Hörsaal betrat, vergewisserte er sich, daß sie zugegen war. Etwas wie ein Einverständnis stellte sich zwischen ihnen her.

Immer, sooft er aufschaute, sah er die blauen Irissterne auf sich gerichtet, sah das eigentümliche Schattenlächeln in ihren kindlichen Grübchen und wußte: es meinte ihn.

So vergingen Monate, bis er sie an einem Sonntag im Vorfrühling im Freien entdeckte. Sie tänzelte in Begleitung eines jungen Burschen, den Hut am Band im Nacken, das Täschchen schwenkend den Moldaukai entlang. Der Bursch trug ihren Mantel, ein leichtes Fähnchen aus rosa Flanell.

Das Mädchen hatte ihn, Zeman, nicht bemerkt. Er kehrte um und folgte den beiden.

Sie schlenderten nach dem Belvedere hinauf, an Loretto vorüber in die Neue Welt. Hier war auf einem freien Platz eine Budenstadt aufgestellt, Ringelspiele, Schaukeln, Zelte. Unter einem hölzernen Tor zahlte man Eintritt an einer Kasse. Die beiden blieben stehen, der Bursch zog seine Börse. Zeman zahlte gleichfalls und ging ihnen nach.

Die beiden verschwanden in einem Zelt. Nach einer Zeit erschienen sie wieder. Dann bestiegen sie eine Schaukel. Endlich fuhren sie auf einem Ringelspiel. Jetzt erblickte das Mädchen den sie verfolgenden Mann.

Sie saß auf einem hölzernen Pferdchen und trieb im Kreis an ihm vorbei. Ihr blondes Haar wehte seidig flatternd wie ein Schleier über ihr Gesicht. Sie wischte es weg und winkte.

Später saß sie mit dem Burschen in einem Biergarten vor einer Flasche Orangeade. Von den Buden scholl die Musik, Quieken, Trommeln und Geschrei. Die Gongs läuteten, auf der kleinen Tanzfläche schoben ein paar Leute einander eng umfassend, hin und her. Zwei verhungert aussehende Geiger und ein Klavierspieler suchten, indem sie ihre Instrumente mißhandelten, gegen das Gelärm der Budenstadt aufzukommen. Der junge Mann bat das Mädchen zum Tanz. Es bewegte verneinend den Kopf. Es deutete auf den Ausschank, schien irgend etwas von dort zu wünschen. Der junge Mann nickte, nickte abermals und ging.

Zeman stand vor dem Wirtshauszaun und sah das Mädchen an.

Sie verhoffte nach hinten, wo der Bursche verschwunden war. Dann, aufschnellend, griff sie nach Mantel, Täschchen und Hut. Sie flog dem Ausgang zu. Schon war sie bei Zeman. »Hier!« rief sie flüsternd. »Hier hinaus!«

Sie liefen den Weg hinab, der zum Tor der Budenstadt führte. Zeman faßte das Mädchen am Arm, um mit ihr durchs Gedränge zu kommen. Doch während er sich noch den Weg zu bahnen versuchte, war sie schon entwischt, ins Freie geglitten wie ein Fisch durchs Wasser, und lachte ihm von draußen zu.

Endlich war er bei ihr. Ohne ein Wort darüber zu verlieren, wandten sie dem Gewühl, der Stadt und den Häusern den Rücken, bogen in einen einsamen Weg.

»Das hast du gut gemacht«, sagte Zeman, »wie du das angestellt hast, den Burschen loszuwerden. Der wird sich wundern. Sicher sucht er dich jetzt.«

Sie lachte zu ihm auf, warf den Kopf verächtlich: »Der Laffe!«

»Der Laffe – ja. Aber du bist doch mit ihm ausgegangen. Kennst du ihn näher?«

»Nein.«

»Du bist eine Schlaue«, sagte Zeman, er rückte einen Schritt von ihr ab. Sie schien ihm verlockend wie eine reife zuckrige Frucht, dennoch wollte er Zeit gewinnen, sie zu erkennen. »Tut er dir denn nicht leid?«

Das Mädchen murmelte: »Sprich nicht von ihm. Ich bin nicht zu dir herausgelaufen, um mit dir dummes Zeug zu reden.« Und nahe bei ihm: »Du! – Kennst du dich in der Gegend aus?«

Sie waren jetzt auf einem stillen Gartenweg, keine Seele in ihrer Nähe, das jung knospende Gezweig rings um sie wie ein Zelt. Zeman nahm das Mädchen in seine Arme. Sie empfing seinen Mund, als hätte sie Jahre nach ihm gedürstet. Zeman blickte sich um nach einem Versteck.

Sie schlüpften unter einem Zaun hindurch, lichtgrün wie Seide glänzte die grasige Böschung zu ihren Füßen. Durch Büsche brachen sie, der Mann bog die Äste zur Seite, silberflimmernd von zarter Behaarung quollen junge Blätter aus bräunlichen Knospen. Auf vorjährigem Laub, das von Veilchenranken durchsponnen war, fanden der Mann und das Mädchen ein Bett. Er bekam sie sofort. Er erschrak beinahe, wie behende sie war, sich unter ihn zu breiten.

Später nahm er sie mit sich nach Barandow. Er vergaß alle Vorsicht, die er sonst walten ließ, seine Scheu vor Wostudas Nähe. Das Mädchen kam ihm süßer vor als alles, was er je im Leben gekostet hatte. Die Nacht neben ihr war wie von blau wallendem Licht erfüllt. So verbrennen bestimmte Stoffe mit beinahe unsichtbaren, aromatisch duftenden Flammensäumen. Das Mädchen gehörte ihm, war ihm gehorsam, an ihm zerschmelzend ohne Rest. Unersättlich gaben und empfingen sie einander, wechselweise, tyrannisch und demütig, grausam und zärtlich, keiner anderen Sprache bedürftig als der ihrer Küsse. Die Nacht verging, ohne daß der Mann erfuhr, wie sie hieß.

»Ich kann deinen Namen erfahren, wenn du wieder in die Vorlesung kommst«, sagte er. »Ich kann den Pedell schicken und dir dein Buch abverlangen lassen.«

Das Mädchen lachte. »Ich komme aber nicht mehr in die Vorlesungen. Wozu? Wenn ich Lust habe, dich wiederzusehen, komme ich hierher zu dir.«

Und wirklich erschien sie am Abend des nächsten Tages wieder. Sie war verändert, blaß, fahrig, wie zerstört. Sie klagte, der verlassene Kavalier habe ihr aufgelauert und sie beschimpft. Hirtentäschel sei außer sich gewesen und habe sie gescholten, sei sogar auf die Polizei gelaufen und habe Anzeige erstattet. Hirtentäschel mache immer solche Geschichten.

»Wer ist Hirtentäschel?« fragte Zeman.

»Hirtentäschel ist Hirtentäschel«, antwortete sie finster. Nach einer Weile fügte sie hinzu: »Wenn ich dir sage, wer sie ist, dann würde es mir übel ergehen.«

»Warum? Wieso? Was würden wir dir tun?«

»Ihr würdet euch zusammentun und mich in einen Käfig sperren«, antwortete sie.

»Da hätten wir auch recht«, sagte Zeman. »Du gehörst auch in einen Käfig, du! Wie wär das, sag mir, wenn ich dich in meinen Käfig sperrte?«

»Hast du denn einen?«

»Ich könnte mir einen schaffen. Ich könnte dich – zum Beispiel – heiraten.«

Das Mädchen brach in ein leise gurrendes Gelächter aus. »Oh! heiraten! Das hat schon mancher gesagt und keiner hat es getan, und auch du wirst es nicht tun, das weiß ich.«

Als sie nachts erwachten, war es drüben lebendig geworden. Hinter den dünnen Wänden war Wostuda heimgekehrt und nicht allein. Frauen- und Männerstimmen schwirrten durcheinander, Stühle polterten, Türen schlugen, der Mechanismus eines Grammophons begann zu schnurren. Schritte, Schleifen und ein grölendes Geplärr. Sie tanzten drüben, Wostuda hatte Gäste und gab ein Fest.

Das Mädchen fuhr neben Zeman im Bett empor. »Was ist das? Du?« – »Nichts, was uns anginge.« – »Horch, horch, sie tanzen doch.«

»Laß doch –« – »Sie *tanzen* –« – »Was weiter?« – »Und du?«

Zeman sagte leise: »Ich kann's nicht leiden.« – »Nicht leiden?« – »Nein.« – »Oh!«

Das Mädchen saß still, vornübergebeugt, lauschend. Die Musik verstummte. Aber gleich darauf begann sie von neuem. »Ein Tango«, flüsterte sie andächtig.

Zeman versuchte, sie zu sich niederzuziehen, sie aber setzte sich zur Wehr. »Ein Tango!« wiederholte sie wie verzaubert. Sie begann sich leise hin und her zu wiegen. Plötzlich warf sie sich über den Mann und nippte mit winzigen Küssen immer im Takt an seinen Brauen, Lippen und Lidern. »Gehst du nie hinüber, wenn sie tanzen?«

»Nein.«

»Gestern hätte ich tanzen können, du weißt es, dort in dem Garten. Und ich hab's nicht getan, deinetwegen, hörst du?!«

»Schämst du dich nicht?«

»Warum?«

Sie lag in seinen Armen. Aber er merkte: sie hörte nur die Musik, dieses rohe Gequärr, das Schleifen und Stolpern der Füße, und als er sie ließ, begann sie von neuem: »Geh doch mit mir hinüber, Viktorin.«

Es war das erstemal, daß sie seinen Namen nannte.

»Es sind wildfremde Leute. Ich mag sie nicht. Ich mag nicht, daß sie dich sehen, hier, bei mir –«

»Sag, ich sei deine Schwester!«

»Das sage ich nicht.«

»Du hast eine Schwester, Viktorin. Hier ist ihr Bild. Das ist sie, nicht wahr? Sie gleicht dir.«

»Nein.«

»Und wäre sie hier bei dir, würdest du ihr nicht erlauben hinüberzugehen?«

»Nie.«

»Und warum nicht, du Tyrann?«

Weiberkreischen von drüben und ein klatschender Laut wie von einem Schlag auf nacktes Fleisch. »Du hörst es ja wohl.«

»Weil sie eine Jungfrau ist?«

Zeman sagte: »Ja. Das ist sie. Gott sei Dank.«

Das Mädchen hielt das Lichtbild in der Hand: eine kleine, blasse Photographie, Antoinetta mit vierzehn Jahren im weißen Sonntagskleid und schwarzen Strümpfen, mit Schleifen im Haar, vor einem Prospekt aus gemalter Leinwand, ein armes, unbekanntes Bauernkind. Das Mädchen sagte: »Sie sieht ja wirklich wie eine Jungfrau aus.«

Zeman griff nach dem Bild. Sie hielt es in die Höhe und lachte: »Aber sie hat uns zugesehen gestern nacht, die ganze Nacht, siehst du, so –«

Der Mann balgte sich mit ihr um das Bild. Endlich ergriff er es, knüllte es zusammen, quer über das Zimmer warf er es neben den eisernen Ofen in den Kehricht.

Drüben hatte das Tanzen von neuem begonnen.

»Warum bist du jetzt böse, Viktorin?« fragte das Mädchen.

Nach einer Weile, als er sich nicht rührte, ihre Liebkosungen nicht erwiderte: »Ich möchte dir jetzt meinen Namen sagen. Ich heiße Pussy.«

Er antwortete nicht.

»Pussy«, wiederholte sie. Sie beugte sich über ihn. »Hast du gehört?«

Endlich ließ er sich bewegen. »Das ist kein Name«, sagte er. »Das ist ein Bankert von einem Namen. Du mußt doch einen richtigen Namen haben. Sag ihn endlich!«

Sie war vom Rand des Bettes aufgestanden und in einen Winkel des Zimmers gegangen, wo ihre Kleider lagen. Sie schlüpfte in ihr Hemd, in ihr Kleid, in ihre Strümpfe. Wenn sie sich bückte, fiel ihr das Haar über das Gesicht. Sie trat in ihre Schuhe und knüpfte sie zu. Da sah der Mann, daß ihre Hände zitterten.

»Was tust du?« fragte er. »Gehst du fort?«

Sie nickte. Sie sah entsetzlich betrübt, kindisch und armselig aus.

Er sagte: »Ich lasse dich nicht fort, ehe du mir sagst, wie du heißt.«

Sie stieß ein törichtes, kleines, hilfloses Lachen aus: »Ich heiße – Philippine Ehrlicher.«

»Ehrlicher? Ehrlicher –?« Und als Zeman zum drittenmal ansetzte, den Namen auszusprechen, schlug es ihn zurück. »Aber –«, sagte er, »das – das ist doch nicht möglich.«

Er brachte sie nach Hause. Auf dem Weg fragte er sie immer wieder: »Hast du mir die Wahrheit gesagt? Bist du wirklich Pussy Ehrlicher?«

Das Mädchen schwieg.

»Ich glaube, du hast mich doch belogen.«

Das Mädchen schwieg.

»Sag mir doch, wer du bist.«

»Ich hab es dir gesagt. Ich wollte es dir nicht sagen. Ich möchte lieber wer anders sein – irgendwer, sogar Hirtentäschel.« Und plötzlich lachte sie: »Dann wäre ich brav –«

Als Zeman nach Barandow in seine Baracke zurückkehrte, fand er Wostuda in seinem Bett liegen. »He, du! Was machst du hier?«

Es kam nicht selten vor, daß Wostuda in Zemans Zimmer eindrang. Er behauptete, als Hausherr das Recht dazu zu haben. Doch es war noch nie vorgekommen, daß er sich in Zemans Bett gelegt hätte.

»Ah, Zemänchen!« Wostuda räkelte sich. »Schau nicht so wild, ich geh ja schon. Ich wollte Ruhe haben, hab die Bande da drüben satt, sind alle stockbesoffen.«

»Scher dich jetzt raus!«

Wostuda ließ sich Zeit. »Warm war's bei dir –

hast ja auch mal gefeiert –«, er setzte sich auf, betrachtete die zerdrückten Kissen, »und nicht schlecht, kommt mir vor.«

Zeman biß sich auf die Lippen. »Jetzt ist's genug.«

»Und warum hast du die Toni weggeschmissen – das Bild dort!« Er wies auf die zerknüllte Photographie im Kehricht. »Hat sie dich geärgert?«

»Welche Toni?« fragte Zeman starrsinnig.

»Ist doch ein netter Käfer, die Kleine.«

»Du kennst sie ja nicht.«

»Und ob ich sie kenne!« Wostuda lachte und zeigte seine spitzen Zähne. »War doch erst neulich hier, hat dich gesucht. Du warst nicht da. Ich hab sie getröstet.«

»Du lügst ja«, sagte Zeman.

»Netter Käfer«, wiederholte Wostuda. »Schade, daß du sie eingesperrt hast bei diesen Nonnen. Die hat's in sich, wart, bis sie freikommt. Die wird mir eine, wenn sie nur mal der Rechte in die Finger kriegt.«

»Aber nicht du«, schrie Zeman. »Nicht du!« Er stürzte gegen Wostuda los und wollte ihm die Faust auf die Nase schlagen. Der aber bückte sich rasch, wich behende aus, Zeman stolperte, fiel – sein Kopf stieß gegen den Bettpfosten. Der Aufschlag war hart. Zeman krümmte sich. »Du Hund.«

Wostuda beugte sich lachend über ihn. »Was machst du für Sachen?«

»Du Hund«, murmelte Zeman noch einmal. Er preßte die Hand gegen die Schläfe, er spürte die Beule schon schwellen.

»Hab ich das verdient? – Das hast du davon, willst deinem Freund an den Kragen, schlägst dir dabei selber den Schädel ein.«

»Raus«, schrie Zeman. »Raus!«

»Meinetwegen.« Wostuda trollte sich. Im Hinausgehen hob er Tonis Bild auf. »Zum Andenken«, sagte er. »Der komm ich noch mal bei.«

Noch am selben Morgen machte sich Zeman auf den Weg zu Antoinettas Kloster.

Der Tag war sonnig, voll Licht und einem Blau, das so rein und heiter war, als wäre jeder Makel aus ihm getilgt. Unschuld und Hoffnung schien die zart bewegte, taukühl gereinigte Luft zu fächeln, über der Vorstadt hing der Gesang der Lerchen wie ein von Funken rieselndes Netz ausgespannt. Aus den schmalen Ackerstreifen, die da und dort zwischen Häusern und Wegen lagen, schraubten sich die winzigen, erdbraunen Vögel in den Glanz empor. Solange sie stiegen, sangen sie, und selbst im Sturz sangen sie noch, erst kurz, ehe sie die Erde berührten, breiteten sie die Flügel wieder und verschwanden in den Furchen.

Als Zeman an der Klosterpforte den Glockenstrang zog, zinkte drinnen das Glöckchen an. Das Schiebefenster in der Nische schnarrte. »Bitte?«

»Ich möchte heute meine Schwester sehen.«

»Heute?«

»Ja.«

»Aber es ist nicht Besuchszeit, es ist Schule.« – »Trotzdem, ich möchte –« – »Sind Sie krank?« – »Nein.« – »Oder verreisen Sie?« – »Nein, nein.«

»Welchen Grund kann ich dann melden?«

Zeman murmelte kraftlos: »Ich möchte sie sehen – nichts weiter.«

Die durchwachte Nacht setzt ihm zu, der Schlag auf den Kopf; der Schädel schmerzt ihn, er hat das Gefühl, daß sein Gesicht grau verheert und seine Augen blutunterlaufen sind. Von Zeit zu Zeit überfällt ihn Schwindel.

»Ich glaube, Sie sind doch krank«, sagt die Schwester in ängstlich-abweisendem Ton. Dann geht sie, den Wunsch des Besuchers zu melden.

Sie bleibt lange aus. Immer lassen sie lange warten, die Nonnen, wenn man in ihre Häuser zu Besuch kommt. Ihre Zeit ist bemessen, pünktlich eingeteilt auf die Minute. Doch die Zeit derer, die von draußen kommen, gilt wenig für sie. Sie scheinen sie nicht für kostbar zu halten, es ist ja weltliche Zeit, Zeit eitler Geschäfte, Zeit ohne Wert. Nur die ihre, die Nonnenzeit ist kostbar, weil gottgeweiht.

Zeman kennt das, er wundert sich nicht, und es ist ihm beinahe recht, daß er – jetzt im Besuchszimmer – warten muß. Lange hat er Antoinetta nicht mehr gesehen; viel länger noch ist es her, daß er das letztemal einer der Klostermessen beigewohnt hat, zu der er durch die Hausblättchen der Anstalt immer wieder eingeladen worden ist. »Nehmet, liebe Eltern und Geschwister, an den heiligen Opfern teil, und vereiniget Euch in Gott mit Euren Töchtern und Schwestern, gedenkend, daß keine Gemeinschaft inniger ist als die jener, die an den Herrn glauben und IHN in sich aufnehmen.« Zeman hatte gelacht, als er das las. Heute, elend und übernächtig, wie er ist, aufgestört durch die Begegnungen mit Pussy und Wostuda, erinnert er sich dieser Worte wie eines Anrufs von fernher, wie ein Gefangener den Laut der Schiffssirenen und Nebelhörner vernimmt, die, weit von seinem Kerker entfernt, die nächtlichen Räume mit ihren Stimmen durchdringen. Ich habe Toni allein gelassen, denkt Zeman undeutlich, und der Schmerz hämmert heftiger in seinen Schläfen. Aber ich liebe sie, und sie ist meine Schwester und gehört mir an. Meiner Mutter Kind, meiner Mutter Kind …

Die Uhr schlägt. Zeman wartet noch immer. Nun kratzt es an der Tür, und eine kleine Laienschwester huscht herein, sie trägt Eimer, Bürste und Scheuerlappen. Dürfe sie stören? Sie soll hier säubern.

Zeman nickt. Das Weibchen kniet nieder, rafft ihren Habit unter die Knie und beginnt den Boden zu reiben. Dabei späht sie neugierig nach dem fremden Mann. »Sie warten auf einen Zögling?« – »Ja.« – »Auf die Antoinetta?« – »Ja.« – »So, so, auf die Antoinetta!« – »Kennen Sie sie?« – »Ei freilich, freilich.« – »Was ist mir ihr?« – »Was soll mit ihr sein? Ich darf nicht reden.« – »Ist sie krank?« – »O nein. Krank ist sie nicht. Aber –« – »Aber?« – »Ich darf nicht reden. So ist das eben. Wir Laienschwestern hören alles, reden dürfen wir nicht.«

Unruhig blickt Zeman die Kleine an. Wie sie da kniet und mit den dünnen Händen die Bürste über den spänigen Estrich reibt, kommt sie ihm vor wie eines jener emsigen Insekten, die von ihren Völkern zu bestimmten Dienstbarkeiten erzogen werden, Arbeiterinnen, Wachskneterinnen, immer eingeschlossen in den Bau und Stock, nie ans Licht gelangt. Er fragt: »Was wissen Sie von Antoinetta?«

Obwohl sie zuvor versichert hat, sie dürfe nicht reden, antwortet sie jetzt doch: »Eine Schlimme ist sie halt. Immer ist sie wild und verwegen, ist gar davon –«

»Wohin denn?«

»Das wissen wir nicht. Vielleicht – zu ihrem Bruder. Sind Sie der Bruder?«

Zeman schweigt.

»Alles haben die Ehrwürdigen Mütter versucht«, fährt die Kleine fort. »Nichts hat genutzt. Zuletzt haben sie sie in die dunkle Kammer gesperrt. Das kommt nicht oft vor, daß eine in die dunkle Kammer muß. Die Antoinetta war vier Tage drin. Auch das ist vergeblich gewesen. Ein Teufel, sagt die Ehrwürdige Mutter Oberin, ein Teufel steckt in ihr.«

Da öffnet sich die Tür. Zeman fährt herum. Die Pförtnerin steht auf der Schwelle. »Antoinetta –?« fragt er.

Sie sagt streng: »Die Ehrwürdige Mutter Oberin erwartet Sie.«

Zeman folgte der Pförtnerin über Gänge und Treppen. Zuletzt gelangte er in einen kleinen Raum, der hinten mit einem Gitter verschlossen war. Das Gitter war dicht und mit einem Vorhang verhängt. Zeman nahm den Hut vom Kopf. Da sagte eine Stimme: »Hier bin ich.«

Die Stimme kam hinter dem Gitter hervor. Kein Gesicht, kein menschlicher Umriß war dahinter wahrzunehmen. Zeman trat einen Schritt hinzu: »Wer?«

Die Stimme sagte: »Die Oberin.«

Zeman verbeugte sich widerwillig vor dem unsichtbaren Gegenüber. »Ich möchte – ich wollte Antoinetta sehen.«

Die Stimme sprach: »Sie sind lange nicht hier gewesen. Warum nicht? Wir haben Ihnen geschrieben. Warum sind Sie nicht längst gekommen?«

»Ich –«, stotterte Zeman. »Ich habe –«

»Wir schrieben Ihnen: Holen Sie Ihre Schwester. Wir können sie nicht länger behalten. Sie beugt sich nicht unserer Zucht. Sie stört unsere Ordnung. Kinder ihrer Art müssen aus diesem Haus.«

»Ich habe bezahlt!« erwiderte Zeman trotzig.

»Das wiegt nichts auf.«

»Ich weiß nicht, wohin mit ihr. Und ich verstehe gar nicht – was hat sie denn verbrochen? Ein Kind – was ist sie denn als ein Kind. Können Sie denn nicht fertig werden mit einem Kind?«

Das Gegenüber schwieg.

In Zeman stieg das Gefühl der Empörung, der Ohnmacht, der Verzweiflung hoch.

»Und wozu dann alles?« fuhr er heftig fort. »Gebete und Messen, wenn alles vergeblich ist, das Aufdenknienrutschen und Rosenkranzplappern und Ihre Gnadenmittel, Ihre Gnadenmittel – haha! Täglich ist sie zur Kommunion gegangen, nicht wahr – wofür denn, wenn alles abprallt und zu nichts nutz ist – eine schöne Allmacht nenne ich das! Uns Ärzten wirft man vor, daß wir ohnmächtig seien gegen die Natur und die Krankheit und den Tod. Unsere Wissenschaft ist jung, Sie haben zweitausend Jahre Zeit gehabt und sind ohnmächtig, sogar vor einem Kind wie Toni, und haben am Schluß nichts Besseres gewußt als die finstere Kammer.«

»Toben Sie nur! Es wäre besser, Sie fragten nach Ihrer eigenen Schuld.«

»Nach meiner Schuld?« stammelte Zeman.

»Sie sind ihr Bruder, der einzige Mensch, der

ihr bis jetzt nahestand. Ihr eigener Unglaube hat Ihre Schwester verdorben.«

»Oh –«, stieß Zeman hervor.

»Abyssus invocat abyssum. Abgrund ruft nach Abgrund. Was wundern Sie sich? Ihr eigener Unglaube und alles, was im Gefolge des Unglaubens lebt: die Sünde, die Zuchtlosigkeit der Welt, sie sind die finstere Kammer, in die Antoinetta eingeschlossen ist. Unsere Geduld, unsere Güte und Strenge, alle Mittel, die uns zu Gebote stehen und die Sie verhöhnen, haben versucht, sie aus dieser finsteren Kammer herauszuführen. Umsonst. Auch in der unmündigsten Seele ist schon die Freiheit zum Bösen.«

Nach einer Weile sagte die Stimme: »Ich werde alles veranlassen. Sie können Antoinetta heute noch holen. Kommen Sie um vier Uhr wieder. Dann wird sie bereit sein.«

Es war sechs vorüber, als er wiederkam. Seit zwei Stunden, bedeutete ihm die Pförtnerin nicht ohne Vorwurf, sitze die Schwester an der Pforte und warte auf ihn. Und wirklich kam, aus dem hintersten Eck der Zelle hervorgekrochen, etwas Schmales, Schwarzes auf ihn zu. Er blickte sie gar nicht an. »Vorwärts, wir gehen.«

Antoinetta zögerte. Dann kauerte sie, einen kleinen Jammerlaut ausstoßend, nieder und huckte sich einen großen Ballen Gepäck auf ihre

Schultern. Unter dem Ballen schwankend stolperte sie aus der Tür.

Die Pförtnerin hielt das Tor offen. Sie sagte noch etwas, es sollte freundlich klingen, aber das Mädchen duckte sich nur an ihr vorbei. Der Bruder folgte. Auf der Straße ging er voran. Er ging schnell und immer schneller, sie vermochte ihm kaum zu folgen. Der Ballen auf ihrem Rücken war schwer, ein Ungetüm, in das sie alles, was sie besaß, Bettzeug und Decken, Bücher und Kleider, gepackt hatte. Die Last schwankte auf ihren Schultern. Verwundert blieben die Leute stehen und schauten den beiden nach.

Wortlos, verbissen vorwärtsstürmend, führte Zeman das Mädchen zum Bahnhof.

»Hier hast du die Karte nach Kukus. Du fährst nach Hause. Gleich geht ein Zug.«

Antoinetta taumelte: »Ich habe gedacht – sie haben mir gesagt: du holst mich zu dir.«

»Nein«, sagte der Bruder. »Da haben sie sich geirrt.«

Er setzte dazu an, umzukehren, sie allein zum Zug gehen zu lassen. Aber als er einen Schimmer ihres Gesichts erhaschte im Vorbeisehen – denn sie voll anzusehen hatte er nicht Lust noch Mut –, blieb er doch und brachte sie auf den Bahnsteig. Der Zug stand schon bereit, unter Dampf, dicht besetzt. Viktorin schwang sich in ein Abteil und machte einen Platz für die Schwester ausfindig.

»Hier!« sagte er. Er wartete auf das Abfahrtszeichen.

Der Mann mit der roten Mütze erschien. Antoinetta starrte durch das Fenster. Ihr Gesicht schimmerte undeutlich, von Dunkelheiten überflossen wie das Gesicht einer Ertrinkenden. Es bewegte sich, es zog an Zeman vorbei, ihr Mund öffnete sich, als schrie er – dann erlosch das Bild in der Reihe der vorüberrollenden Wagen.

Dritter Teil

Elisabeth

Auf der Suche nach der süßen Frucht
verlor ich mich ins Dickicht.

Das Haus der Glücklichen

Eins konnte Leonhart Jering nicht begreifen: daß seine Frau Elisabeth mit Leuten wie Zemans befreundet war.

Jerings wohnten in Klein-Pernau oder, wie es jetzt hieß, Maly-Pernov, einem Dorf knapp hinter der tschechischen Sprachgrenze. Sie betrieben eine Brennerei, vormals war es eine Zuckerfabrik gewesen. Die Zuckerfabrik hatte sich schon vor dem Weltkrieg nicht mehr rentiert, und die seit der Errichtung der Republik erhöhten Lasten drückten so sehr, daß noch der alte Jering, der Vater des jetzigen Besitzers, das Unternehmen verkleinert hatte und zum Brennen von Schnaps und Spirituosen übergegangen war. Der Entschluß erwies sich als richtig. Die Brennerei ging gut. Aber, obwohl sich Leonhart Jering nie näher darüber ausließ, wußten doch alle, die ihm nahestanden, daß er keine sonderliche

Freude an dem Betrieb hatte. Leonhart wäre lieber Obst- und Bienenzüchter geworden. Er hatte sich als junger Mensch und nach einigen naturwissenschaftlichen Studien viel mit Imkerei beschäftigt, hatte auch in einer Fachzeitschrift etliche Beobachtungen über das Verhalten der Bienen veröffentlicht. Darauf erhielt er eine Einladung nach Berlin. Ein Entomologe bot ihm eine Stellung in seiner Forschungsstätte an. Sie wäre im Augenblick zwar schlecht bezahlt, aber interessant und vielleicht sogar aussichtsreich gewesen: der Eintritt in eine neue Welt. Leonhart hätte gerne zugesagt. Aber damals starb sein Vater, da getraute er sich nicht, den Sprung ins Ungewisse zu wagen. Er kehrte nach Klein-Pernau zurück, übernahm die Brennerei und schickte sich in das, wie er glaubte, Unvermeidliche.

Bald darauf heiratete er seine Cousine zweiten Grades, Elisabeth Türmer.

Sie kannten einander schon lange und trotzdem nur oberflächlich. Da trafen sie in Berlin wieder zusammen. Elisabeth war zu einem kurzen Besichtigungsbesuch gekommen, Leonhart hatte soeben das Angebot des Entomologen erhalten und hospitierte in dessen Institut. Die Fremde, das Klima der von Spannungen aller Art erfüllten Weltstadt, das Ungewisse und Erregende der Lebenslage, in der sie sich damals beide befanden, mochten dazu beigetragen haben, daß sich eine Liebelei zwischen ihnen entwickelte.

Sie hätte wahrscheinlich zu nichts als einer flüchtigen Episode geführt, wenn Leonhart nicht nach Hause zurückberufen worden wäre. Sein Vater lag auf dem Sterbebett. Da Leonhart nun Unternehmer wurde, glaubte er, zugleich auch einen Hausstand gründen zu müssen. Er fragte bei Elisabeth an, und nach kurzem Zögern willigte sie ein.

Trotz dieses nüchternen Beginnes lebten Leonhart und Elisabeth gut miteinander. Was beide in die Ehe mitgebracht hatten, war der feste Wille zu gegenseitiger Rücksichtnahme und Aufmerksamkeit, auch der Wille zum Kind: von des Mannes Seite, weil er, aus ländlichen Verhältnissen stammend und der Älteste von etlichen Geschwistern, eine kinderreiche Ehe für einen natürlichen Zustand ansah; von seiten der Frau, weil sie, als einziges Kind in verwöhnenden Umständen aufgewachsen, Verlangen nach Lebensbetätigung fühlte; sie wollte sich an eine Aufgabe hingeben können und ihre Liebesfähigkeit verschwendend erproben.

Und sie bekamen auch Kinder: Ein Jahr nach ihrer Hochzeit erschien ein Mädchen, zwei Jahre später ein Knabe, und im letzten Herbst war ein drittes, wieder ein Sohn, geboren. Schon gab es Leute, die zu gutmütigem Spott ausholten: wenn Jerings so weitermachten, würde das Dutzend bald voll sein, worauf Leonhart breit schmunzelnd zu antworten pflegte, ein Halbdutzend lange ihm auch, Elisabeth aber die Spötter kampflustig anblitzte: ein Dutzend? und wenn schon! warum denn nicht? – Sie lebten ziemlich zurückgezogen. Sie wüßten nicht, pflegten sie zu sagen, mit wem in Pernau sie ständigen Umgang haben sollten. Da gab es nur noch wenige Deutsche: die Gräfinnen oben im Schloß, die waren alt und sonderbar, und einige Bauern. Mit Tschechen zu verkehren ließen sich die Jerings nicht herab, sie kehrten ihr Deutschtum heraus und taten sich nicht wenig darauf zugute.

Ihr Haus war hübsch, das gepflegteste weit und breit. Immer wurde geputzt, gebohnert. Die Fenster glänzten vor Blankheit. Den Blumengarten vor dem Haus hatte noch der alte Jering angelegt, kreisrunde Rabatten zwischen gekiesten Wegen und im Rosenbeet eine kleine Burg aus glasiertem Ton. Diese gefiel den jetzigen Besitzern nicht mehr, und sie sprachen manchmal davon, daß sie die Anlage verändern und die Spielzeugburg entfernen wollten. Aber sie hörten es doch gerne, wenn die Leute bewundernd am Zaun stehenblieben und einander auf Haus und Garten hinwiesen: »Ein Schmuckkästchen – alles wie geleckt!«

Drinnen in der guten Stube, einem selten benutzten Raum, hing ein Bild von Bismarck, ein Druck nach Lenbachs berühmtem Portrait. Daneben ein paar Blätter nach Holbein und Dürer, dies und das, was von gewissem Geschmack und heiklerer Wahl zeugte. Auch der Bücherschrank bekam von Zeit zu Zeit Zuwachs. Neben den alten Prachtausgaben der Klassiker fanden jetzt Chamberlains Buch über die Grundlagen des 19. Jahrhunderts und der Rembrandtdeutsche ihren Platz; Jerings fanden, sie fügten sich gut in eine Reihe. Die ererbten Jugendstilgreuel verschwanden allmählich von den Vertikos. Dafür nisteten sich folkloristische Muster, Lebensbaum und stilisierte Vögel, auf Wandbehängen und Sofakissen ein.

Leonhart hatte, nachdem sich der Betrieb gut einlief, doch wieder angefangen, seinen alten Liebhabereien nachzugehen. Er legte Obstkulturen an, edle und kostbare Sorten. Er züchtete auch wieder Bienen, sprach sogar davon, einen Fischweiher anzulegen. Er bastelte gern, sinnierte über Neuerungen, arbeitete unermüdlich und schonte sich nicht.

Seine Frau Elisabeth hatte mit der Wirtschaft und den Kindern alle Hände voll zu tun. Leonharts bejahrte Mutter wohnte bei ihnen. Zuerst hatte sie versucht, die Schwiegertochter zu bevormunden. Jetzt war sie selbst hilfsbedürftig geworden, und da sie die Junge mit großem Eifer und Ernst ihr Amt als Hausmutter versehen sah, verzichtete sie auf ausdrückliche Einmischung.

So lief das Leben der Jerings in einer festen Bahn. Es herrschte bescheidener Wohlstand, und alles schien auf gesundem Grund zu ruhen.

Nur dann und wann zog in Leonhart ein Gefühl vager Beunruhigung auf, und zwar immer, wenn

Elisabeth die Rede auf eine gewisse Person, genauer gesagt: auf zwei Personen brachte, auf ein Ehepaar, die Zemans. Sie lebten zwei Bahnstationen weiter im Dorf Kukus. Elisabeth war mit der Frau zusammen in die Schule gegangen und hatte eine Zeitlang in Prag mit ihr in derselben Pension gelebt. Elisabeth hing an dieser Freundin mit einer Leonhart nicht recht begreiflichen Treue. Man konnte sich kaum etwas Ungleicheres denken als die beiden Frauen. Die Vorstellung, Elisabeth stehe zu Pussy Zeman und ihrem Mann, dem Arzt, in freundschaftlichen Beziehungen, bereitete ihm ein geheimes, kaum unterdrückbares Unbehagen.

Der Ruf, den Zemans genossen, war nicht eben glänzend. Das Hauswesen sei schlecht geführt, hörte man, der Doktor habe wenig Glück in seinem Beruf, er trinke gern. Bald kam Leonhart darauf, daß Pussy von seiner Frau borgte. Das verärgerte ihn vollends. Nun konnte er seine Frau nicht eindringlicher vor dieser Freundin warnen. Sie hätte seine Warnungen mißdeuten und auf kleinliche Pfennigfuchserei zurückführen können. Er war ein genauer Hausvater, aber für einen Pedanten wollte er nicht gelten.

Eines Tages erwähnte Elisabeth, daß Viktorin Zeman ihr einstmals – sie war noch ein halbes Kind gewesen – das Leben gerettet habe. Dabei wurde sie rot. In Leonhart erwachte das alte, nun verschärfte Mißbehagen. Gleich andern Tags, als wollte ihn das Schicksal warnen, hörte er, der Doktor nehme es mit der Treue seiner Frau gegenüber nicht genau. Er war in der Stadt in zweifelhafter Gesellschaft gesehen worden.

Allmählich fraß sich in Leonhart ein Groll gegen das Ehepaar fest. Er mußte sich zugeben, daß er eifersüchtig war. Das aber erschien ihm, so wie er mit Elisabeth lebte, eine Art unwürdiger Beflekkung. Er wollte sich selbst beweisen, über derlei erhaben zu sein. So willigte er bald darauf – zu Elisabeths Überraschung – in einen von ihr schüchtern vorgebrachten Vorschlag ein: man besprach sich zu einem gemeinsamen Ausflug zu viert.

Auch die Kinder wollte man mitbringen, Jerings ihre Älteste, ein kleines Mädchen von viereinhalb Jahren, Zemans ihren Jungen, der ein wenig älter war. Man mietete einen Landauer, traf sich auf halbem Weg und bog dann, in dem engen Gefährt unbequem genug verstaut, auf eine schmale Waldstraße ab. Die Fahrt, obwohl an einem schönen Junitag unternommen, blieb Leonhart unerquicklich im Gedächtnis.

Er saß mit den Frauen und Kindern, auf die engen Sitze zusammengepfercht, während sich der Doktor, ohne lange Worte zu machen, zu dem Fahrer auf den Bock geschwungen hatte. Da saß er nun, breiten Rückens, unerschütterlich schweigend.

Die Frauen schwatzten, ihre Kinder wechselseitig liebkosend, unausgesetzt. Pussy hielt Bärbel auf dem Schoß, Elisabeth Arno. Der Doktor wandte sich kaum einmal nach der Gesellschaft um. Später begann er sich mit dem Kutscher, einem rüden Gesellen, zu unterhalten.

Zu Mittag hielten sie vor einem Waldgasthaus und kehrten ein. Unter der Linde wurde der Tisch gedeckt, eine Flasche Melniker Wein gebracht. Leonhart bemühte sich um den ungeselligen Doktor. Sein Versuch mißlang, keines der Themen, die er anschlug, wollte recht verfangen. Immer wieder antwortete jener mit allgemeinen Redensarten oder undeutlichen Anspielungen. In Leonhart stieg die Galle hoch. Wer bist du denn, dachte er, daß du dich so aufspielst. Er begriff: er war dem Doktor zuwider, wie dieser ihm selbst zuwider war.

Dafür bemühte sich die Doktorsfrau, doppelte Liebenswürdigkeit herauszukehren. Aber was sie vorbrachte, war alles nur armseliges Geplapper. Jering durchschaute die Künstlichkeit ihres Lächelns, die gespielte Kindlichkeit, mit der sie ihn unentwegt anzustrahlen versuchte. Sein Blick war scharf: er sah, daß sie schlampig gekleidet war, vorn auf ihrer Bluse war ein Fleck – statt sie auszuwaschen, hatte sie eine große Schleife darüber gebunden, die gar nicht paßte und aussah, als wäre sie eigens dazu angebracht, um beim Essen in die Suppe zu hängen. Und kaum hatte Leonhart das gedacht, als das Malheur auch eintraf; er mußte sich abwenden, um sein Lachen zu verbergen.

Nein, diese Pussy war ihm zuwider; selbst ihr Kind, dieser kleine Arno, war irgendwie gegen seinen Geschmack, ein seltsam blasses, großköpfiges Geschöpf mit hängenden Schultern und schlaffer Haltung. Beim Essen stocherte er endlos in seinem Teller, manschte alle Speisen zu einem Brei zusammen und ließ sie dann stehen. Die Jeringsche Bärbel machte große Augen: solche Manieren waren ihr nicht erlaubt. Sauber aß sie und führte dem Gefährten triumphierend vor, daß sie schon Messer und Gabel richtig handhaben konnte. Ihr Gesichtchen glänzte wie ein rosiger Apfel. Als die Kinder nach Tisch zum Spielen gehen durften, jagte Bärbel jauchzend hinter Schmetterlingen und jungen Kätzchen her, während sich Arno unter einem Nebentisch verkroch und die schwarze Erde mit den Fingern aufgrub.

Von Langerweile geplagt, nahm Leonhart die erstbeste Gelegenheit wahr, sich mit Bärbel aus dem Staub zu machen. Als er mit ihr wieder zurückkehrte, hatten die anderen ihre Plätze verlassen. Pussy war unsichtbar. Elisabeth und Zeman lehnten nebeneinander am Zaun des Wirtshausgartens.

Sie standen nahe beisammen, Ellenbogen an Ellenbogen, und unterhielten sich. Auf einmal war der stumme Doktor gesprächig, und Elisabeth antwortete lebhaft. Sie sprachen miteinander wie Vertraute.

Das Bild der beiden prägte sich Leonhart ein: hinter ihnen, jenseits des üppigen Rosenflors des Wirtshausgartens, lag die Landschaft wie ein schönes offenes Buch, eine weite Aussicht über grüne Kuppen. Goldgerandete Schönwetterwolken streuten ein lichtes Schattengitter. Ganz in der Ferne wallte und brodelte es von dunstigem Glanz, die Kornäcker Böhmens begannen sich gelb zu färben.

Leonhart hielt inne, schon wollte er zur Seite und wortlos vorübergehen, da wandte Elisabeth den Kopf. »Da bist du ja!« rief sie. »Denk dir! Viktorin sagt, wir könnten von hier leicht nach Bethlehem gehen. Oh, du weißt doch, Leonhart, der Berg Bethlehem mit den Steinfiguren. Ich bin noch nie dort gewesen. Nicht wahr, wir gehen doch, Leonhart, bitte; es sei nicht weit, sagt Viktorin, eine Stunde nur.«

So gingen sie. Die Kutsche blieb zurück.

Auf dem Berg Bethlehem hatten sie in den letzten Jahren neue Ausgrabungen gemacht. Seit jener Zeit, als der fremde junge Diakon hier gesucht hatte, nahezu vergeblich und doch auf der rechten Spur, hatte man noch einige Gestalten freigelegt. In den Zeitungen war darüber berichtet worden.

Bald erwies es sich, daß der Steig, den der Doktor als angeblich Ortskundiger eingeschlagen hatte, nichts weniger als bequem war. Der Doktor ging mit Elisabeth und den Kindern voraus. Leonhart mußte sich um Pussy kümmern. Er merkte sogleich, daß er mit ihr seine liebe Mühe haben werde: alle Augenblicke verfing sich ihr Rock im dornigen Gestrüpp, sie jammerte, daß es ihr die Waden zerkratzte. Dann wieder blieb sie in einer sumpfigen Kuhle stecken, manchmal mußte er ihr die Hand reichen, um sie über einen Graben zu bringen. Die anderen entfernten sich rasch und gewannen immer mehr Vorsprung.

Dann und wann blieben sie zwar stehen und warteten, und Elisabeth versuchte über die Achseln hinweg ein verbindendes Gespräch mit Mann und Freundin aufzunehmen, aber dann waren sie wieder weit voraus, Leonhart ärgerte sich; sie hatte ihm diese beschwerliche Person aufgehängt, die sich wie ein kleines Kind benahm; sie schwatzte unterdessen mit dem Doktor – weiß Gott, was sie sich zu sagen hatten.

Als er endlich mit Pussy auf dem Berg Bethlehem eintraf, steigerte sich sein Groll noch mehr. Elisabeth schien vor Entzücken über die Figuren rein aus dem Häuschen. Sie lief hin und her und entdeckte immer neue Herrlichkeiten. »Ah, Leonhart, schau doch, wie schön das ist. Hätte ich das geahnt – Viktorin hätte mich längst herführen müssen. Und diesen Brunnen, er hat ihn damals mit entdeckt, nicht wahr, Viktorin, das ist er doch?«

Ja, so war es: auf einen Brunnen waren Benno und Viktorin damals gestoßen, und wenn sie ihn auch nicht freigelegt hatten, so war die erste Spur später mit Erfolg von anderen verfolgt worden, er war der schönste und merkwürdigste Fund in dem ganzen merkwürdigen Heiligtum. Er hieß der Brunnen der Samaritanerin: an einer großen elliptischen, mit schön gemeißelten Profilen umkränzten Schale lehnten zwei große menschliche Gestalten, Christus und die Wasserschöpferin aus Samaria, herrliche Figuren von ernster Größe und fürstlicher Würde, von prächtigen Faltenwürfen umwogt, in hochbarocker grandios pathetischer Gebärde.

Selbst Leonhart mußte sich eingestehen, daß er überrascht war. Er mußte sich zugeben: dieser Brunnen hatte den Weg doch gelohnt. Zu viert umstanden sie das alte Werk, und, je länger sie es betrachteten, um so stiller wurden sie, irgend etwas Unnennbares wehte sie an, eine Ahnung oder Vorerinnerung ferner, sich erst in weiter Zukunft anbahnender Zusammenhänge.

Das war das letztemal, daß Leonhart mit Zemans zusammengetroffen war. Elisabeth erwähnte die Leute nicht mehr. Vielleicht hatte sie selbst eingesehen, daß es für sie und Leonhart doch zwecklos sei, mit Zemans zu verkehren.

Bald darauf erkrankte sie. Leonhart hatte andere Sorgen, als an den Doktor und dessen Frau zu denken.

So war Ende Oktober und jener Tag gekommen, an dem die Nachricht von Zemans Verhaftung eintraf.

Zuerst hörte Leonhart die Arbeiter in der Brennerei davon sprechen. Auf Leonharts Frage, was das für Unsinn sei, zeigte ihm einer der Leute die Zeitung. Da las er selbst ... ihm war nicht klar, was sich dabei in ihm regte. Es konnte doch nicht Genugtuung sein? Nein. Widerwärtig stieg ihm der Gedanke auf: man habe ihn und Elisabeth, vor allem Elisabeth, in Zemans Gesellschaft gesehen.

Zu Mittag rief er hinüber in die Wohnung: er komme erst abends nach Hause. Das war feig von ihm, er wußte es. Aber er fürchtete sich davor, mit Elisabeth über diese Sache reden zu müssen.

Abends konnte er es nicht länger aufschieben. Als er das Haus betrat, hörte er seine Frau droben im Badezimmer rumoren. Sie badete die Kinder. Er streckte nur rasch den Kopf hinein, um wieder zu verschwinden; aber er hatte doch einen Blick aus Elisabeths Augen erhascht: sie wußte es auch schon.

Nachdem die Kinder zu Bett gebracht waren, setzten sich Leonhart und Elisabeth zu Tisch. Aber sie waren nicht allein. Die alte Mutter war bei ihnen. Die Mahlzeit verlief unter peinlichem Stillschweigen. Obwohl der Mann hungrig war: das Essen schmeckte ihm nicht. Die Frau nahm kaum ein paar Bissen. Die Greisin schüttelte den Kopf. »Was habt ihr denn heute, ihr beiden?«

Nachher wollte sie aus der Zeitung vorgelesen haben. Elisabeth pflegte fast jeden Abend ihrer Schwiegermutter diesen kleinen Liebesdienst zu erweisen, die Augen der alten Frau versagten vor den kleinen Lettern. Heute tat Elisabeth, als vergäße sie darauf. Als sie jene erinnerte, versuchte sie wegzuhören. Schließlich begann die Greisin zu quengeln: Den ganzen Tag warte sie auf das kleine Vergnügen, sie wolle doch auch erfahren, was in der Welt geschehe. Wohl oder übel mußte Elisabeth die Zeitung holen.

Mit schwacher Stimme begann sie zu lesen, zuerst die politischen Nachrichten. An ihnen fand die Schwiegermutter wenig Interesse; dann den Roman, da lauschte sie auf; darauf diese oder jene Notiz, nichts über Zeman. »Das wäre alles, Mutter. Bist du zufrieden?«

»Und was ist nun mit der Polin?«

»Welche Polin?« fragte Elisabeth. Sie fühlte Leonharts Blick auf sich geheftet.

»Nun, diese Person, die neulich umgebracht worden ist. Hat man den Kerl noch nicht?«

Elisabeth schlug die Zeitung heftig zusammen. Der Mann glaubte zu sehen, wie sie sich förmlich wand. »Ich weiß nicht, was du meinst, Mama.«

»Aber – ja doch. Die im Strelapark. Gestern hast du mir von ihr vorgelesen.« Die alte Frau trommelte ungeduldig mit den Fingern auf der Tischplatte.

Elisabeth schwieg.

»Schlecht ist die Welt heutzutage«, fuhr die Greisin fort. »Zu meiner Zeit kamen solche Dinge nicht vor. Aber heute – man könnte sich fürchten, unter die Menschen zu gehen.«

»Aber Mutter –«

»Hab ich nicht recht? Ihr seid auch unvorsichtig, du und Leonhart. Kommt abends spät nach Hause, macht euch dabei nicht mal das Licht am Vorplatz an. Wie leicht kann so ein Scheusal hinter den Büschen stehen –«

»Es ist genug!« Leonhart stand auf. »Elisabeth ist müde. – Nicht wahr, du bist müde, Lisa?« Er berührte ihre Wange leicht. Zum erstenmal trafen sich ihre Blicke. Dem Mann war, als habe Elisabeth geweint.

»Wir gehen schlafen«, beschied er gegen die Mutter. Und zu seiner Frau: »Geh nur voraus hinüber. Ich – ich komme gleich nach.«

Sie haschte nach seiner Hand. »Wirklich – sogleich?«

»Ja.« Aber dann gab er sich noch einmal nach: »Ich habe nur noch im Büro zu tun.« Das war nicht wahr. Er fürchtete sich noch immer vor einer Aussprache über diese Sache.

Als er die Treppe hinabging, glaubte er, draußen im Garten irgendein Geräusch zu vernehmen. Er blieb stehen und lauschte. War denn der Hund noch draußen? Nein, das waren die Schritte eines

Menschen, der sich dem Haus leise näherte, ums Eck bog, an die Hintertür schlich. Mit einem Satz war er dort, riß die Tür auf –.

Pussy stand vor ihm.

Als sie endlich gegangen war, blickte er auf die Uhr: halb zehn. Droben erschien Elisabeth am Treppengeländer: »Wann kommst du denn, Leonhart?«

Als er ihr gemeinsames Schlafzimmer betrat, brannten das kleine Licht über dem Spiegel und die Leselampen auf den Nachtkästchen. Aber Elisabeth hatte noch nicht einmal die Überdecke von den Betten genommen. Sie stand in der Mitte des Raumes, angekleidet, wie sie vorhin in der Stube gesessen war, mit hängenden Armen; ihr Gesicht war fremd vor Ratlosigkeit.

»Nun, Lisa –«

Sie bewegte stumm die Lippen, ehe sie antwortete. »Du läßt dir heute Zeit«, sagte sie.

Der Mann schwieg.

»Darum bist du schon mittags nicht aus der Fabrik gekommen«, fuhr sie leise fort. »Du hast es schon am Morgen erfahren, nicht wahr?«

»Hm ja.«

Sie schöpfte Atem. Auf einmal wurde ihre Miene hart. »Und glaubst es vielleicht sogar, oder –?«

Der Mann erschrak. In ihrer Stimme war ein Ton von Erbitterung, von Schlimmerem als Erbitterung. Er antwortete nicht.

Sie drehte sich auf dem Absatz um, schlug die Hände vors Gesicht und murmelte: »Verzeih!«

Leonhart legte seine Pfeife weg. Er wollte etwas Heftiges sagen, dann bezwang er sich zu einer Art Beschwichtigung: »Warum glaubst du, daß ich es glaube? Ein Verdacht ist doch noch kein Beweis.«

»Ach.« Elisabeth ließ die Hände sinken, kam langsam auf ihn zu, und plötzlich warf sie sich in seine Arme, umschlang seinen Hals, beschwörend: »Aber dann – dann müßte doch etwas geschehen. Ich –«, sie schluckte, »wir müßten doch etwas tun für Viktorin, du und ich, irgend etwas, was ihm helfen kann. Irgend etwas müßte sich finden lassen – eine Aussage, ein Alibi – man kann doch einen Unschuldigen nicht verlassen.«

Wenn er unschuldig ist, wollte Leonhart sagen – in ihm ballte sich etwas Finsteres zusammen, etwas Unerträgliches; aber er wagte es nicht auszusprechen. Stumpfen Blickes starrte er vor sich hin, in Elisabeths dunkles verwirrtes Haar, das sich, aus dem Knoten gelöst, vor seinen Augen zu einem Gespinst ausbreitete. Der Mann löste die Arme der Frau von seinem Nacken, noch hielt er sie an den Gelenken fest. »Du zitterst ja –«, murmelte er.

»Ein Unschuldiger!« fuhr Elisabeth fort. »Ich kann es nicht begreifen, wie man es wagt, ihn zu verhaften – einer solchen Sache wegen – einen Arzt – ich kenne ihn, er will doch nichts als helfen.

Er hat sich sein Studium erhungert, um helfen zu können. Er kämpft um jedes Leben – und nun – diese Scheußlichkeit!«

»Ja«, sagte Leonhart, er sprach mit Anstrengung. »Aber irgend etwas – irgend etwas muß doch gegen ihn sprechen. Irgend etwas muß er mit dieser Polin doch zu schaffen gehabt haben.«

»Und wenn schon!« Die Frau hatte sich von Leonhart abgewendet, begann hin und her zu gehen. »Ich habe heute nach Kukus gerufen, ich wollte Pussy sprechen, aber es war nur Betty da, sie sagte, Pussy sei in die Stadt gefahren – zu ihrem Mann.«

»Hm.« Leonhart biß sich auf die Lippen. Jetzt müßte ich es ihr sagen, dachte er, wenn ich ehrlich bleiben will, müßte ich es ihr sagen, daß Pussy hier gewesen ist, sie wird mir Vorwürfe machen, sie wird mich grausam nennen, aber es ist alles besser, als wenn sie es durch andere erfährt; und er bezwang sich und sagte: »Hör mich an, Elisabeth, du mußt es wissen. Pussy ist hier gewesen, heute – vorhin; wie ich ins Büro ging, sie stand vor der Tür.«

»Ah!«

»Sie wollte dich sprechen.«

»Und?«

Leonhart blickte Elisabeth an. »Ich habe sie weggeschickt.«

»Weggeschickt!« wiederholte Elisabeth, als verstünde sie nicht.

»Weggeschickt!« wiederholte Leonhart. »Du kannst sagen, ich hätte kein Recht dazu gehabt, das kannst du –. Aber –«, er ergriff Elisabeth am Arm, »ich habe es trotzdem getan und ich werde es wieder tun, wenn sie noch einmal kommen sollte. Ich will nicht mehr –«, ihm versagte die Stimme, »will nicht mehr«, fuhr er dann mit Mühe fort, »daß irgend etwas zwischen uns und diesen besteht, diesen Leuten. Was gehen sie uns eigentlich an?«

»Ach.« Elisabeth war auf das Bett gesunken. Da saß sie, unfähig zu sprechen, wie erstarrt, entsetzt über Leonharts Härte, die ihr – in diesem Ausmaß – noch nie begegnet war, die ihr wie eine Faust gegen das Herz stieß und in der sie zugleich, und das machte sie willenlos, seine Liebe fühlte.

Und so schwieg sie, und ließ ihn reden.

»Nimm es einmal genau, Lisa! und frage dich: was haben wir Gemeinsames mit diesen Zemans? Du warst mit Pussy befreundet, gut, als junges Mädchen. Was weiter? Ihr wart Backfische. Solche Verhältnisse kommen und vergehen. Was haben sie zu besagen? Nichts. Es ist eine falsche Romantik, wenn man sie durchs Leben schleppen will, sie bringen nur Ärger und Enttäuschungen ein. Es ist besser, sie zu beenden.«

Elisabeths Augen füllten sich mit Tränen. Leonhart sah es nicht ungern, er dachte: sie beginnt es einzusehen.

»Hättest du mir je sagen können, was dich mit dieser Pussy verbindet? Sie ist deiner in keiner Weise wert. Verlogen ist sie, kindisch, dumm, ein leichtfertiges Tuch –«

Elisabeth senkte den Kopf. »Und bitter arm –«, flüsterte sie.

Leonhart überhörte dieses Wort. »Und was ihren Doktor angeht –«, nun begann er auf und ab zu schreiten, »mag sein, er bemüht sich, ein guter Arzt zu sein. Ich streite das nicht ab und ich glaube auch nicht, daß dieser Verdacht ... Aber – andernteils, Elisabeth, was soll man von einem Arzt halten, der, wie er, trinkt, sich in finsteren Kneipen herumtreibt, sooft er in die Stadt fährt. Bei diesem Wostuda hat er gewohnt, jahrelang, ein Scheusal ist der Kerl, er hat ihn sogar zum Trauzeugen genommen –«

Elisabeth bewegte den Kopf. »Ich glaube, er ist irgendwie mit ihm verwandt.«

»Das auch noch!« Leonhart schnaubte durch die Nase. »Feine Verwandtschaft. – Mißversteh mich nicht«, fuhr er dann fort, »ich will hier nicht den Tugendrichter spielen und ich wiederhole: ich halte Zeman nicht für fähig, ein Verbrechen zu begehen, wie es an dieser Polin begangen worden ist. Aber irgend etwas ist an ihm – etwas Sinistres. Er ist mir immer wie ein Gezeichneter vorgekommen.«

Leonhart hielt inne, er blickte auf die Frau hinüber. Ich bin zu weit gegangen, dachte er, jetzt wird sie widersprechen, wird Zeman verteidigen. Zu seiner Überraschung hielt sie still, sie legte nur die Hände über ihrem Schoß zusammen, beugte sich tiefer und nun nickte sie, nickte wie ein Mensch, der einem anderen zustimmt, weil er vieles weiß, mehr weiß als der, der soeben gesprochen hat, und endlich seine eigenen geheimsten Gedanken ausgesprochen hört.

Nach einer Weile sagte Elisabeth: »Ein Gezeichneter – darin hast du wohl recht.«

Leonhart schwieg. Elisabeths Zustimmung traf ihn in diesem Augenblick tiefer, als ihn ihr Widerspruch, ein vielleicht heftiger, leidenschaftlicher Widerspruch getroffen hätte. Sie wußte es also auch – und trotzdem – trotzdem –. Eine Sekunde lang war ihm, als verlöre er den Boden unter den Füßen, es wetterleuchtete vor seinen Augen, etwas Dunkles, Ungeheures rollte auf ihn zu, eine schwarze Wand, die sich anschickte zu verschlingen, was sein war: diese Frau, seine Frau. Elisabeth, dachte er, was ist in dir geschehen?

Aber da hatte sie sich schon erhoben, mit einem Ruck, wenn auch noch etwas schwankend, schräg flatterte ihr verschleierter Blick durch den Raum, der Blick eines Menschen, der entschlossen ist, sich nicht weiter preiszugeben, und allein bleiben will in seinem Innersten. Sie begann die Betten aufzuschlagen. »Schluß jetzt. Es ist Zeit, schlafen zu gehen.«

Leonhart zögerte. Er wußte nicht, was er sagen sollte.

»Nun?« Elisabeth hatte ihre Kleider schon abgeworfen, war in ihr Nachthemd geschlüpft, hatte die Decke mit einem raschen, beinah heftigen Griff bis zu den Ohren heraufgezogen. »Bitte, lösch doch die Lichter!« Dann, als auch der Mann lag, in die qualvoll gespannte Stille hinein: »Jetzt versteh ich dich, Leonhart, verstehe dich vollkommen: weil das so ist mit Zeman und auch mit Pussy, denkst du: Finger weg und aus! Was geht's uns an?«

Und es geht uns an, sprach die Frau vor sich hin, zu sich selbst, während der Mann neben ihr schon längst schlief; sie selbst lag schlaflos, von ihm abgewandt, den Kopf aufgestützt, ins Dunkel starrend. – Es geht uns an, auch wenn du, Leonhart, denkst: Hände weg vom Pech, vom schwarzen sudelnden Pech des Unglücks.

Aber das Unglück ist da in der Welt, verhängtes oder selbstverschuldetes Unglück, wer kann das unterscheiden. Eins liegt im andern, eins quillt aus dem anderen hervor. Es geht uns an, mich, dich, auch wenn du glaubst, wir seien gefeit.

Ich weiß, daß du einer bist, Leonhart, der gefeit sein will, seit jeher hab ich's gewußt und hab das sogar an dir geliebt und liebe es noch, unserer Kinder wegen, des täglichen Lebens wegen, das du uns baust: das Rosenhaus!

Auf meinem Nachttisch liegt das Buch, immer liegt es da, das erste Geschenk, das du mir gabst, nachdem wir uns verlobten. »Das schönste Buch, das ich kenne!« sagtest du und schlugst es auf: »›Der Nachsommer‹.« Und du lasest mir daraus vor: Das Rosenhaus. Der schimmernde Himmel. Der reinliche Garten. Jedes kleinste Ding an seinem unverrückbaren Platz. Und ich begriff, warum du mir dieses Buch gegeben hattest, gerade dieses:

auch ich sollte mit dir in einer solchen Welt leben, unter schimmerndem Himmel, im reinlichen Garten, im Rosenhaus.

Unverletzte, unverletzliche Welt. Alles andere weit, weit weg: weit weg die Gezeichneten.

Aber mir sind sie nahe geblieben. Ihr Dunkel hat mein Leben gestreift, als ich Viktorin begegnete, nein, früher schon, als ich mit Pussy zusammenkam, noch früher, viel früher, ich weiß kaum mehr, wann.

Ich weiß nicht, wann ich Pussys Namen zum erstenmal hörte; damals vielleicht, als ich – vier oder fünf Jahre alt – vor dem Schaufenster des Spielzeugladens stand, die Nase an der Scheibe plattgedrückt: drin war der große silbergeflügelte Engel, der blauseidene Weihnachtsengel, der einen Stern trug. Er war für mich der Inbegriff aller Herrlichkeit. Neben mir die alte Kinderfrau, sie wollte mich wegziehen, sie wurde ungeduldig: »Komm Sie, Lieschen, so komm Sie schon weiter. Der Engel ist doch nichts für Sie, Lieschen. So etwas wie dieser Weihnachtsengel ist für gar niemand, höchstens noch – allerhöchstens für die kleine Pussy Ehrlicher.«

Pussy Ehrlicher, das war ihr Name und war doch nicht ihr Name, denn der ungeheuer reiche alte Jude Kosmas Ehrlicher hatte sie nur an Kindes Statt angenommen. Ich hörte von ihm reden, Dienstboten und Marktweiber berichteten sagenhafte Dinge von seiner marmornen Prunkvilla, von den kostbaren Pelzen und Schmuckstücken, mit denen er seine Frau überschüttete, und von der märchenhaften Verwöhnung, die er der kleinen Pussy angedeihen ließ. Er habe, hieß es, in seinem Park sogar eine kleine Eisenbahn für sie bauen lassen.

Ich war sechzehn Jahre alt, als es einer Tages hieß, Pussy Ehrlicher werde als Schülerin in unser Lyzeum, in unsere Klasse eintreten. Wir konnten es kaum glauben, aber – da stand sie schon vor uns auf der Schwelle, und ihr Liebreiz – ich kann es nicht anders sagen – traf mich wie ein Stoß ins Herz. Sie hatte ein erdbeerfarbenes Kleidchen an und balancierte zierlich-hilflos auf weißen hochhackigen Stöckelschuhen. Ihr blondes Haar – goldhell wie das Haar des Weihnachtsengels – fiel ihr in weichen Wellen über die Schläfen. So stand sie da wie ein Reh, das man zu gemeinen Haustieren in den Stall stößt: man führte sie zur letzten Bank, dort war noch ein Platz frei. Ich hatte nie gesehen, wie häßlich unser Klassenzimmer, wie ordinär die Bänke, wie zerschrammt die Wände und der schwarze petroleumgetränkte Boden waren. Jetzt sah ich es. Wir alle glotzten Pussy an, wie sie sich nun auf ihrem Stühlchen niederließ. Ihre Hände zitterten, mich rührte dieses Zittern, als hätte ich das Christkind selbst in seiner Krippe zittern gesehen.

Die Kameradinnen machten sich rasch mit der »Neuen« vertraut. Ungeniert umlagerten sie sie in den Pausen. Der Inhalt von Pussys Täschchen wanderte von Hand zu Hand, wurde bewundert und begutachtet: die Puderdose aus Paris, der goldene Füller aus London. Mich quälte dieses Verfahren, ich wußte nicht, warum.

Mich quälte es auch, wenn Pussy von den Lehrern gerufen wurde: um ihre Kenntnisse war es nicht übermäßig gut bestellt. Ich war immer eine gute, weil ehrgeizige Schülerin gewesen. Von Ehrgeiz war bei Pussy nichts zu merken. Sie lächelte, wenn sie sich niedersetzen mußte, ohne eine Antwort gegeben zu haben. Sie blätterte gleichmütig in ihren Heften, wenn sie keine Hausaufgabe aufzuweisen hatte. Bei Schularbeiten wagte ich kaum zu ihr hinzublicken: während wir anderen eifrig schrieben, malte sie Männchen auf das Löschblatt oder betrachtete ihre Fingernägel.

Ich hatte noch kaum ein Wort mit ihr gewechselt.

Damals traf mich ein großes Unglück. Meine Mutter starb.

Ich lebte nicht bei meinen Eltern, die draußen auf dem Lande wohnten. Seit ich die höhere Schule besuchte, hatte mich meine alte Großmutter zu sich genommen. Eines Tages rief uns, sie und mich, eine Nachricht hinaus: meine Mutter war schwer erkrankt, und nach einigen Wochen starb sie.

Mein Vater, meine Großmutter und ich waren ganz vernichtet.

Nach dem Begräbnis mußte ich wieder in die Schule zurückkehren. Man hatte mir draußen am Dorf von einer ungeschickten Schneiderin ein Trauerkleid zusammenpfuschen lassen, hatte mir schwarze Schuhe und einen scheußlichen schwarzen Topfhut aus Krepp gekauft. Mir war das alles gleichgültig, und erst in dem Augenblick, in dem ich wieder die Schule betrat, kam es mir zu Bewußtsein, in welchem Aufzug ich steckte: ich stolperte wie das wandelnde Unheil selbst in die Klasse hinein.

Man weiß, daß junge Menschen eine Scheu davor empfinden, jemand ins Auge zu schauen, der soeben einen schweren Verlust erlitten hat. Aber wie es mir damals bei meinem Eintritt in die Klasse erging, hätte es nicht sein müssen. Alle waren schon versammelt, schwatzten und lachten durcheinander. Bei meinem Anblick verstummten sie. Sie machten mir Platz und ließen mich vorbei, als wäre ich selbst vom Tod gezeichnet. Ich ging zwischen ihnen hindurch zu meinem Platz wie eine Fremde, Ausgestoßene.

Da kam mir aus der Tiefe des Raumes ein leichter klappernder Schritt entgegen, es war Pussy. Sie lief auf mich zu, zwängte sich zwischen zwei Mädchen durch, hob die Arme um meinen Hals, drückte ihr Gesicht an meine Wange und flüsterte: »Liebe, liebe Elisabeth, du tust mir ja so leid.«

Diese Worte habe ich ihr nie vergessen.

Und sehr bald darauf wurde ich Pussy Ehrlichers vertrauteste Freundin.

Arm in Arm pflegten wir miteinander spazierenzugehen: ins Kino, zum Eislaufplatz, zu Pussys Schneiderin. Dann suchte ich sie auch zu Hause auf, in Ehrlichers Prunkvilla. Herr Ehrlicher hatte Pussy verboten, Kameradinnen zu sich einzuladen; sie lotste mich über die Hintertreppe »nur für Lieferanten und Domestiken« in ihr Zimmer.

Pussys Mutter wußte um diese Besuche und förderte sie sogar. Manchmal kam sie zu uns herein, eine schöne hochgewachsene Person, ließ sich im Türkensitz vor dem Kamin nieder: in seidenen Hosen und goldbesticktem Jäckchen saß sie da, ließ uns Schokolade servieren (Pussy sollte zunehmen), rauchte unausgesetzt aus langen Bernsteinspitzen, stippte die Asche in den Becher. Ihre großen braunen ringgeschmückten Hände zogen meine Blicke magisch auf sich. Sie hatten etwas Schlangenhaftes.

Nie sah ich Frau Ehrlicher mit Pussy mütterlich beschäftigt. Wenn sie ihr, was dann und wann geschah, die Locken aus der Stirn streifte, geschah das in einer Weise, die mir mehr grausam als liebevoll schien.

Zu mir war Frau Ehrlicher das, was man »reizend« nennt. Sie sprach lebhaft zu mir, indem sie ihren glattgekämmten, über der Stirn gescheitelten Pagenkopf unaufhörlich hin und her wendete, sie fragte mich aus, wie Pussy lerne. Wenn ich dann verlegen zu stottern begann, lachte sie nur ein wenig scheppernd, als hätte sie ohnehin keine gute Auskunft erwartet. Lebhafter wurde sie, wenn irgendein Tratsch aufs Tapet kam: irgendwer hatte sich verlobt, irgendein fescher Mann hatte eine Position erlangt, ein neuer Garbo-Film stand in Aussicht: Frau Ehrlicher war ganz Ohr.

Plötzlich sprang sie auf: »Komm nur bald wieder!« und war aus der Tür.

Pussy liebte ihre Mutter nicht. Sie hatte mir schon bald die Geschichte ihres sagenhaften Aufstiegs erzählt. Die Geschichte ihres Niederganges sollte ich selbst miterleben.

Pussys Mutter war ein Hausmeisterskind in Favoriten. Mit vierzehn Jahren lernte das hübschgewachsene Mädchen tanzen, mit sechzehn trat sie in einem Nachtlokal auf. Als sie achtzehn war, wurde Pussy geboren. Der Vater? – Pussy zuckte die Achseln. Die Mutter hatte den Geiger angegeben.

Kurz darauf lernte sie Ehrlicher kennen. Er verliebte sich in sie, holte sie aus der Bar, steckte sie für eine Zeit in ein Institut. Dann nahm er sie zur Frau. Am Tag der Hochzeit wurde ihr Kind Philippine, genannt Pussy, vom alten Ehrlicher adoptiert. Er war sechzig und erwartete keine Erben mehr. Pussy, das Gassenkind aus Favoriten, wurde Prinzessin in Ehrlichers Marmorvilla.

Pussy war liebreizend. In Ehrlichers Salon standen ihre Kinderbilder in langer Reihe: Pussy mit drei Jahren, Pussy auf Ehrlichers Schoß, Pussy mit ihrem Pony, Pussy als Elfe: ein weißes Kätzchen, ein süßes weißes Menschenkätzchen mit einem süßen runden blütenhaft träumerischen Gesicht.

So ging das, bis Pussy fünfzehn war. Damals geschah das Unglück: Frau Ehrlicher bekam einen Sohn. Über siebzig war der Mann. Er mochte zuerst daran gezweifelt haben, ob dieses Kind das seine war, Frau Ehrlicher hatte längst begonnen, sich mit jüngeren Männern zu unterhalten. Doch in der Stunde nach der Geburt, als ihm die Hebamme, von zwei Ärzten assistiert, das Knäblein in die Arme legte, erkannte er: das war Blut von seinem Blut, Rasse von seiner Rasse, und der alte Mann entbrannte in einer wilden Liebe zu dem winzigen Sohn.

Damals stand Ehrlicher auf dem Zenit seiner Macht. Er hatte als kleiner Gelegenheitshändler begonnen, jetzt war er Besitzer von Berg- und Hüttenwerken, Hauptaktionär der bedeutendsten Fabriken, ein ungekrönter König; und endlich hatte er auch den Erben, für den er seine Reichtümer gesammelt hatte. Aber – wieviel Zeit blieb ihm noch, sein Reich zu verwalten? Wer sollte, wenn er starb, den komplizierten Apparat bedienen, in dem sein Vermögen bestand? Seiner Frau traute er – mit Recht – nicht das mindeste zu. Und dann war noch dieses Mädchen da, Pussy, die Adoptivtochter.

Er hatte sie lieb gehabt, gewiß, solange er nicht wußte, was es bedeutete, ein eigenes leibliches Kind zu haben. Er hatte Pussy verwöhnt, war an ihrem Bett gesessen, wenn sie krank war, hatte ihre fieberheißen Hände gehalten, wenn sie phantasierte, ihr ein Pony geschenkt, ihr die Kindereisenbahn bauen und sie jeden kindlichen Kummer an seiner Weste ausweinen lassen.

Aber schon als Pussy zehn Jahre alt war, hatte sich das Verhältnis abgekühlt. Er hatte die Erfahrung machen müssen, daß Pussy ihn belog. Das vertrug er nicht – von niemand. Auch sein Verhältnis zu ihrer Mutter hatte sich längst verändert. Der kurze heftige Liebesfrühling, zu dem er sich an ihr entflammt hatte, war vorüber und hatte den Alternden abgebraucht. Nun lebten sie nebeneinander her, Ehrlicher bei seinen Geschäften, die Frau in nichtstuerischem Luxus, von Unterhaltung zu Unterhaltung. Er kümmerte sich nicht mehr viel um sie. Seine einzige Bedingung, keine öffentlichen Skandale zu verursachen, erfüllte sie. Mehr verlangte er nicht.

Nun war das Kind da, der kleine Sohn: ein überzartes Geschöpf, das Ehrlicher am liebsten unter eine Glasglocke gelegt hätte. Er nahm eine Nurse auf, später ließ er zwei Pflegerinnen aus Deutschland kommen. Frau Ehrlicher hatte den Kleinen einmal zu Boden fallen lassen; von nun an durfte sie sich ihm kaum mehr nähern.

Auch Pussy begann er von ihrem Bruder zurückzuhalten. Ihr Anblick wurde ihm allmählich zur Qual. Er warf sich vor, seinen Sohn zugunsten der fremden Tochter beraubt zu haben; um die Hälfte seiner Besitztümer hatte er das Kind bestohlen, noch ehe es geboren war. Wenn er das blonde weißhäutige Mädchen mit dem Knäblein beschäftigt sah, traf es ihn wie ein Stoß ins Herz: die Goi!

Allmählich wurde Pussy zum Stiefkind degradiert. Bisher hatte Ehrlicher sie privat unterrichten lassen, jetzt schickte er sie in die öffentliche Schule. Lange brauchte ich, bis ich begriff, daß sie, die reichste, im Grunde die ärmste von uns allen war.

Denn wir alle, die wir aus kleinen und mittleren Verhältnissen kamen, erfuhren zu Hause Liebe in Fülle. Auch ich.

Meine Mutter war zwar gestorben, aber ich hatte meinen Vater und meine Großmutter, die gute alte Frau, bei der ich wohnte, sie hing mit aller Zärtlichkeit an mir. »Du bist alles, was ich habe«, sagte sie oft, »ohne dich läge ich lieber im Grab.«

Wir lebten in einer kleinen bescheidenen Wohnung, die man hätte düster nennen können, wenn nicht die Güte der alten Frau jeden Winkel gleichsam durchstrahlt hätte. Eine Magd war da, Minka, die schon meine Kinderfrau gewesen war, einer jener goldtreuen böhmischen Dienstboten, die im Aussterben begriffen sind. Auch mich bediente sie. Der ganze Haushalt drehte sich um mich, das junge Leben; an allem, was mich betraf, nahm meine Großmutter den innigsten Anteil. Sie hütete mich wie ihren Augapfel. Trotzdem duldete sie meine Freundschaft mit Pussy. Das war, muß ich mir heute sagen, eigentlich erstaunlich. Denn in dieser Freundschaft steckte ein Element der Unordnung, der Waghalsigkeit, der Gefahr für mich. So ließen jetzt auch meine Leistungen in der Schule nach: ich war zuviel mit Pussy unterwegs, und im zweiten Jahr unserer Freundschaft begannen wir, Pussy und ich, nachts auf der Straße herumzustreunen.

Wenn meine Großmutter schlief, stand ich aus meinem Bett auf, schlüpfte wieder in meine Kleider und schlich mich hinaus. Ängstlich setzte ich Schritt für Schritt, vermied die Fußbodenbretter, von denen ich wußte, daß sie knarren würden, leise schaudernd hörte ich das Geschirr im Glasschrank schwirren. An der Flurtür angekommen, horchte ich lange. Lautlos drehte ich den Schlüssel im Schloß. Endlich war ich draußen. Husch, die Treppe hinunter, aus dem Haus hinaus, die Straße entlang, immer im Schatten der Platanen. Manchmal erreichte ich noch die letzte Straßenbahn, um in das Villenviertel hinauszufahren, wo Ehrlichers Haus lag. Ich lehnte an dem Zaun aus gußeisernen Speeren und pfiff.

Ich wußte, Pussy lauschte auf dieses Zeichen.

Ihr Weg ins Freie war noch abenteuerlicher als der meine. Sie mußte aus dem Fenster steigen, auf die Terrasse klettern und sich durch die Äste des Glyzinienbaumes herunterlassen. Pussy war mutig – sie, die es in der Turnstunde immer ablehnte, eine gewagtere Übung zu machen, die nie in einem Sprung über das Pferd oder das Reck zu bringen war und immer nur wie ein krankes Kätzchen an der Sprossenleiter hing, gleichgültig ob die ganze Klasse darüber lachte, sie kam gewandt und rasch herunter und sogar über den hohen gefährlichen Zaun. Wir begrüßten uns wie Diebsgesellen, kichernd und von Abenteuerlust durchprickelt.

Was fingen wir nun mit unserer nächtlichen Freiheit an?

In ein Lokal konnten wir uns nicht wagen. Aber das wollten wir eigentlich auch nicht. Wir wanderten zusammen hinaus vor die Stadt zu einem Teich: dort warfen wir unsere Kleider ab und schwammen hinaus. Oder wir drangen durch eine Mauerbresche in einen alten Friedhof ein, beraubten die Gräber der Reichen ihres Blumenschmucks und legten ihn auf kahle verunkrautete Hügel, unter die Kreuze der Armen und Vergessenen. Schließlich wurden wir immer dreister. Eines Nachts, knapp vor Schulschluß, stahlen wir aus einem Park einen großen Strauß Rosen. Den brachten wir zur Abschiedsfeier, beschenkten damit unsere Lehrerinnen und hatten das unbändige Vergnügen, ihn in ein Glas gesetzt und auf das Pult gestellt zu sehen, hinter dem der Direktor und der Religionslehrer ihre salbungsvollen Schlußansprachen hielten.

Mit den letzten übriggebliebenen Knospen schmückten wir uns selbst und schlenderten dann, Arm in Arm, strahlend vor Übermut durch dieselben Anlagen, in denen wir nachts geplündert hatten.

Aber selbigen Tages gab mir unsere alte Minka zu verstehen, daß sie meine nächtlichen Eskapaden entdeckt hatte. Ich fühlte mich wie eine ertappte Verbrecherin und wäre am liebsten in den Erdboden versunken.

Minka hielt mir eine Predigt: »Das Fräulein ist zu jung für solche Sachen.«

»Was für Sachen, Minka? Was glaubt Sie denn? Es ist nicht so, wie Sie denkt –«

»Aber das Fräulein geht doch nicht allein?« – »Nein.« – »Aber wozu denn dann in der Nacht?« – »Weil es schöner ist in der Nacht.« – »Geht das Fräulein mit einer Kameradin?« – Ich antwortete nicht. »Also mit einer Kameradin?« – »Ja.« – »Dann ist's die Pussy?« – »Das sag ich nicht.« – »Ich hab's mir immer gedacht, die Pussy ist nichts wert.« – »Minka, du kennst die Pussy nicht.« – »Ah, lehr Sie mich die kennen, diese Sorte. Hab mich immer gewundert, daß die Frau Großmutter diese Freundschaft duldet. Wäre Sie meine Enkelin, Fräulein, die dürfte mir nicht ins Haus.«

»Wird Sie es der Großmutter sagen, Minka?« – »Ich sollte es sagen.« – »Tu es nicht, Minka!« Minka schwieg. »Bitte, bitte.« Minka schwieg noch immer. Dann holte sie aus: »Ich will dem Fräulein etwas sagen, ich, ein Dienstbote. Das Fräulein sollte es zwar selber wissen. Es liest Bücher, es studiert. Sollte es nicht alles besser wissen als unsereiner? Was das Fräulein tut, ist nicht gut. Nicht gut vor allem, weil es unnütz ist, und weil es nichts ist als bübischer Übermut. Was würde sein, wenn die Frau Großmutter davon erführe? Ich sage es ihr nicht, dazu habe ich die Frau Großmutter zu lieb. Und das Fräulein, hat es die Frau Großmutter nicht so lieb wie ich, die Minka? Hat es sie nicht zu lieb, um ihr so etwas anzutun?«

»Minka, ich werde nicht mehr gehen.«

Sie schaute mich an. »Kann mir das Fräulein das versprechen?«

»Ja, ich kann es versprechen.«

»Dann ist es gut, dann ist es sehr, sehr gut.« Sie ergriff meine Hand und lachte glücklich. Als ich ging, war ich von Herzen froh wie schon lange nicht mehr, ich fühlte mich erhoben, gerettet, gereinigt. Von dem Tag an zählte ich, seltsam zu sagen, einen neuen Abschnitt meines Lebens.

Als ich Pussy die Entdeckung durch Minka mitteilte und ihr gestand, daß ich der alten Magd versprochen hatte, nicht wieder auszuschwärmen, antwortete Pussy zu meiner größten Verwunderung mit vollkommener Gleichgültigkeit. Sie habe es ohnehin längst schon satt gehabt, mit mir in der Nacht herumzulaufen, aber ich sei ja so versessen gewesen auf die lächerlichen Abenteuer. Und sie lachte geringschätzig, wie ich gekränkt empfand. Wieso stellte sie sich plötzlich, als sei ihr an unseren Ausflügen, die sie doch ebenso leidenschaftlich wie ich betrieben hatte, nichts mehr gelegen? Was steckte dahinter, hatten wir beide mit verschiedenen Karten gespielt?

Zum erstenmal wurde mir bewußt, daß meine Freundschaft mit Pussy ein im Grunde gebrechliches Verhältnis war.

Bald darauf holte mich mein Vater ab. Wir fuhren in die Tatra.

Jener Sommer – jener Sommer in der Tatra! Wie glücklich war ich dort im tiefen Wald, wie frei!

Nie zuvor, nie nachher hab ich das Glück so vollkommener Freiheit genossen wie dort.

Mein Vater, Straßenbauer und Ingenieur, sollte dort in dem abgelegenen Tal die Trassierung einer Chaussee ausmachen. Wir wohnten in einem kleinen hölzernen Haus an einem von Regen- und Schmelzwasser aufgerissenen Karrenweg, die nächste menschliche Behausung war wohl eine Stunde weit entfernt. Jeden Morgen verließ mein Vater mit seinen beiden Helfern unsere Unterkunft, um seiner Arbeit nachzugehen. Ich blieb allein, mir selbst überlassen und war selig.

Seligkeit war schon das Schweifen im Wald, das Atmen in der vom Waldesduft stark durchwürzten Luft, das Springen von Stein zu Stein über das Gerinnsel der Bäche, das Wandern über die langen sonnenglühenden Schneisen: auf ihnen reiften die Erdbeeren.

In jenem Sommer verfiel ich dem Erdbeerzauber.

Von allen Früchten und Gaben des Waldes ist die Erdbeere die schönste und geheimnisvollste. Sie ist zart wie ein Tautropfen und, wenn sie gereift ist, vergänglicher als jede Blüte. Ihr Duft ist herb und berückend, keusche Verführung, und ihre Farbe, als hätte sich in ihr alle dunkelgärende Kraft des Erdbodens zu kostbarer Heiterkeit emporgeläutert. Wie purpurner Tau hängt die Beere im Grünen, duckt sich ins tiefe Gras, lauscht lachend unter den bergenden Blättern hervor. Am liebsten siedelt sie, wo der Sturm einen Baum entwurzelt hat, wo geschlägert wurde; sie ist die erste der Pflanzen, die den verwundeten Boden wieder zu besiedeln wagt.

Jeden Morgen rückte ich aus, um zu pflücken. Wie eine Traumwandlerin, den Kopf gesenkt unter der Sonnenglut, gegen die ich einen Strohhut oder ein Tüchlein trug, wanderte ich die Hügel hinauf und hinab, ein Krüglein in der Hand, ein Körbchen im Arm. Wenn ich das Krüglein gefüllt hatte, leerte ich es in den Korb; wenn auch der Korb voll war, trug ich ihn in das kleine Waldgasthaus, übergab ihn der Wirtin und holte neues Geschirr. Erdbeerwahnsinnig nannte mich mein Vater lachend, wenn er am Abend nach Hause kam und den Tisch mit Erdbeergerichten bestellt fand.

Selbst nachts sah ich das Blättergespinst vor mir, grün leuchtend, rot durchwirkt, und wenn ich erwachte, freute ich mich auf den Morgen und sann nur darüber nach, wo ich pflücken würde.

Da geschah es eines Tages in der Mittagszeit, daß ich auf eine Schlange trat und daß die Schlange mich biß.

Man belehrte mich später, was ich hätte tun sollen, um mich gegen das Tier zur Wehr zu setzen oder ihm auszuweichen, aber ich kann mich keines Sekundenbruchteils erinnern, in welchem mir noch die Wahl geblieben wäre zur Abwehr oder Flucht. Ich fühlte etwas Fremdes, lebendig Schnellendes an meinem linken Bein, und als ich erkannte, was geschah, war es schon geschehen. Mit einem scharfen Hieb hatte mir die Schlange die Zähne in die Kniekehle geschlagen. Ich sah das Zickzackband auf dem Rücken im Gras verschwinden, dann griff ich nach der Wunde und schrie laut.

Ja, ich schrie laut, gellend wahrscheinlich. Ohne Besinnung vor Grauen, wie wahnsinnig vor

Schreck und Schmerz rannte ich gegen das Haus hinab. Auf halbem Weg kauerte ich mich nieder und versuchte den Biß zu sehen.

Da fiel ein Schatten auf mich, ein Mann stand vor mir. »Was ist dir?«

Ich gab ihm keine Antwort, er hatte tschechisch gefragt, aber ich hätte ihm auch keine Antwort gegeben, wenn er mich deutsch angesprochen hätte, ich war sinnlos vor Angst.

Er beugte sich zu mir und ergriff meinen Arm. »Warst du es, die geschrien hat?«

Ich blickte auf. Jetzt erkannte ich den Mann, ich hatte ihn schon einige Male an unserem Haus vorbeigehen gesehen, einen städtisch gekleideten Fremden, mit einem schwarzen Lederköfferchen in der Hand, offenbar auf dem Weg zu dem nächsten Goralendorf. Nun stand er da und bückte sich zu mir nieder – ich versuchte, meine entblößten Schenkel mit dem Rock zu bedecken. Da mußte er begriffen haben. »Leg dich!« sagte er und drückte mich, als ich zögerte, zu Boden. »Halt still, du bist gebissen.«

Ich lag auf dem Bauch, die Hände ins Erdreich gekrallt. Vor meinen Augen wimmelte es grün und rot, auch hier lauschten und lachten die süßen Beeren aus dem Dickicht.

»Hast du ein Band bei dir? – Dann die Schürze!« Und ehe ich die Träger aufnesteln konnte, hatte er sie mir schon abgerissen. Er schnürte mein Bein über dem Knie ab. »Halt still!« sagte er noch einmal. Er beugte sich über mich, legte seinen bärtigen Mund in meine Kniekehle und sog die Wunde aus. Ich spürte seine Lippen, seine Zähne, seine Zunge. Über meine Schultern zurückblickend, sah ich seinen gebeugten Nacken und seine Hand neben mir im Gras.

Wunderlicherweise glaubte ich den Schmerz weichen zu fühlen, und irgend etwas sagte in mir, daß ich gerettet sei.

Jetzt richtete sich der Fremde wieder auf. »Ich muß dir weh tun!« sagte er. »Aber wenn du noch einmal stillhältst, dann –« Er fing an, in seinem Köfferchen zu kramen. Dann tupfte er die Stelle mit etwas Brennendem ab und stieß ein Messerchen in die Wunde. Ich schrie noch einmal auf, aber leise. Der kleine scharfe Schmerz war nach der giftig wütenden Qual vorher beinahe eine Wohltat. Ich fühlte das Blut über meine Schenkel laufen und brach in Tränen aus.

Der Fremde lächelte – ein sparsames dunkles Lächeln. Aus seinem Köfferchen holte er ein Fläschchen und einen Zuckerwürfel, auf diesen träufelte er eine dunkle Medizin und schob ihn mir in den Mund. »Nimm, es ist gut.«

»Wer sind Sie?« fragte ich. Aber darauf gab er keine Antwort. Er schob die Arme unter mich und hob mich auf. »Und jetzt gehen wir nach Hause.«

Er trug mich hinab durch den Wald. Ich verbarg mein Gesicht an seiner Schulter und weinte, ich weinte die ganze Zeit, bis wir das Haus erreichten; dort übergab er mich der Wirtin und sagte, ich müsse zu Bett. Ich weinte immer noch und konnte nicht aufhören, auch nachdem er längst fortgegangen war.

Dieses Weinen war wie ein dunkler Schoß, in dem ich versank. Es löste alle Trauer in mir, alle Furcht, schwemmte allen Schrecken aus meiner Seele. Ich weinte um meine Mutter, um meine Kindheit, um alles. Wie einem Verblutenden das Blut rinnt, so rannen mir die Tränen.

Endlich schlief ich ein.

Am anderen Tage schalt mich mein Vater, ich sei unvorsichtig gewesen. »Es war dein Glück, daß der Doktor des Weges kam.« Ich erfuhr, der Doktor war fremd in der Gegend, er war eben nur zur Aushilfe da, weil der eingesessene Doktor auf Urlaub gefahren war.

Ich erfuhr auch seinen Namen: Viktorin Zeman.

Wir blieben noch drei Wochen dort in dem Waldgasthaus. Alles hatte sich verwandelt. Es war nicht nur, daß trübes Wetter einfiel nach den blendend hellen, heißen Wochen. Ich war geheilt von meinem Erdbeerwahnsinn, geheilt von der Sucht, draußen umherzustreifen. Ich blieb viel im Hause, half der Wirtin in der Küche und stopfte meinem Vater die zerrissenen Strümpfe.

Eines Nachts schrie ich laut auf im Schlaf. Mein Vater schlug Licht und kam zu mir herein. »Was ist, Elisabeth?« Es war nichts. »Du hast nur geträumt.«

Nur geträumt. Aber was sind Träume, wissen wir's? Wie unterirdische Landschaften tragen sie die irdischen Landschaften unseres Taglebens. Wie unterirdische Ströme ziehen sie unter dem flachen Wellengeplätscher unserer Wachheit dahin. Wir wissen nichts von ihnen, einzelne Bilder höchstens, Fetzen, Fragmente. Drunten aber haben sie volle Macht. Drunten sind sie wirklich. Schlünde, Schluchten, Kontinente.

Was am Tage und in der Welt unseres Bewußtseins geschieht, hat dort seine rätselhafte Entsprechung. Was hier geheimnisvoll ist, dort läge es offenkundig und wäre erklärt. Was hier getrennt ist, ist dort verbunden, was hier geschmäht wird, dort triumphiert es.

Meine Freundschaft mit Pussy schien diesen Sommer nicht überstanden zu haben. Sie empfing mich mit kühler Miene. Sie hatte nun andere Freundinnen, von denen sie nach der Schule begleitet sein wollte. In den Pausen tuschelte sie mit ihnen und tat doppelt heimlich, wenn ich zu ihnen hinsah. Nur manchmal gewährte sie mir eine kurze Ansprache. Bei einer solchen Gelegenheit gab sie mir den Spitznamen »Hirtentäschel«.

Unsere Botaniklehrerin hatte uns ein Exemplar dieser Pflanze vorgeführt; sie sei ein Beispiel dafür, sagte sie, daß im Unscheinbaren oft bedeutende Heilkraft stecke. Da drehte sich Pussy nach mir um und rief halblaut: »Genau wie in dir, Elisabeth. Bist auch ein Hirtentäschel!« Die Kameradinnen lachten, die Lehrerin klopfte verärgert auf das Pult. Aber der Name blieb an mir hängen. Immer, wenn ich ihn hörte, traf er mich mit einem leisen schmerzhaften Stich.

Mit Pussy ging es jetzt rasch abwärts. Es war kein Geheimnis mehr, daß sich im Hause Ehrlicher tiefgreifende Veränderungen anbahnten.

Die Maßnahmen des alten Millionärs verrieten, daß er entschlossen war, gegen Pussys Mutter und auch gegen sie selbst vorzugehen. So verbot er ihr, sich mit dem Auto zur Schule fahren zu lassen. Sie mußte zu Fuß gehen oder die Straßenbahn benützen. Dann hörte er auf, ihr ein verschwenderisches Taschengeld zu spenden. Er weigerte sich, Pussys Garderobe weiterhin aus teuren Schneidersalons ergänzen zu lassen. Da sie nie gelernt hatte, auf ihre Sachen Sorgfalt zu verwenden, sah sie bald beinahe vernachlässigt aus.

Ähnlich erging es ihrer Mutter. Es mußten sich entsetzliche Szenen in Ehrlichers Haus abspielen, und bald sprach die ganze Stadt davon, daß der alte Jude die Scheidung eingereicht habe.

Pussy verlautete kein Wort über alle diese Dinge. Sie war sehr blaß in jener Zeit und magerte ab. Ihre Leistungen in der Schule ließen nach wie vor sehr zu wünschen übrig, doch ich glaubte zu bemerken, daß die Lehrer ihre Unkenntnis schonend übersahen. Man duldete stillschweigend, daß sie einen Spicker benützte, man rief sie nur auf, wenn sie sich ausdrücklich meldete. Als sie einmal an der Tafel stand – ich konnte ihr Gesicht nicht sehen –, mußte irgend etwas an ihrem Ausdruck den prüfenden Lehrer erschüttert haben; er fragte nicht weiter, nahm ihr die Kreide schweigend aus der Hand und entließ sie mit einer Gebärde des Mitleids.

Andere Stunden kamen, da war Pussy wieder ganz munter, hatte Lust, ins Kino zu gehen oder in Konditoreien zu schmausen. Da sie kein Geld hatte, fing sie zu borgen an. »Wie ist das mit dir?« hieß es dann, »voriges Jahr hast du mit den

Hundertern herumgeschmissen, jetzt hast du nicht mal einen Fünfer im Sack.« Sogleich begann Pussy zu reden, sie redete, als liefe eine aufgezogene Uhr in ihr ab: tausend Ausreden wußte sie vorzubringen und wollte um keinen Preis zugeben, wie es wirklich um sie stand.

Eines Tages tauchte in der Schule das Gerücht auf, daß Ehrlicher sie enterben und verstoßen wolle.

Es war knapp vor dem Acht-Uhr-Läuten, Pussy war noch nicht eingetroffen, aber sie konnte jeden Augenblick zur Tür hereinkommen. Ich rannte hinaus, um nach ihr auszuschauen, dann kehrte ich in das Schulzimmer zurück und schrie: »Wehe, wenn eine von euch den Mund aufmacht. Ihr seid imstande, sie zu quälen. Habt ihr gehört?« Ich stampfte vor Zorn. »Wenn eine auch nur ein Sterbenswort vor ihr verlautet, dann werdet ihr was von mir erleben.«

Die Klasse verstummte und duckte sich. Ich hatte im letzten Jahr zuerst unter der Lehrerschaft, dann aber auch bei den Kameradinnen an Ansehen gewonnen. Dieses Schuljahr sollte unser letztes sein. Am Ende stand die Reifeprüfung. Das Versprechen, das ich der alten Minka gegeben, und das Sommererlebnis in der Tatra hatten bei mir eine neue Epoche eingeleitet. Ich lernte eifrig und war schnell auf den Platz der Klassenbesten vorgerückt. Nichts und niemand konnte mich mehr von meinen Aufgaben weglocken. Allen Abenteuern und Waghalsigkeiten hatte ich abgesagt. Ich versuchte, mir eine kleine feste Welt zu bauen, und fand im Bewußtsein braver Pflichterfüllung mein Glück.

Es stand für mich fest, daß ich nach der Reifeprüfung auf die Universität gehen würde. Darauf freute ich mich und begann meinen Studienplan zu entwerfen.

Aber in jenem Frühjahr verlor mein Vater seinen Posten beim tschechoslowakischen Staatsdienst. Als Sprößling einer alten Offiziers- und Beamtenfamilie hatte er sich nie dazu verstehen können, in der Prager Republik die legitime Nachfolgerin der alten Monarchie zu erblicken. Seine Gesinnung konnte den vorgesetzten Behörden nicht verborgen bleiben. Sie verweigerten ihm die Pragmatisierung und kündigten ihm, als er sich darüber beschwerte, überhaupt.

Das war nun eine schlimme Sache für ihn, für uns alle. Da die Krankheit meiner Mutter viel Geld verschlungen hatte, stand mein Vater von heute auf morgen ohne Mittel da.

Was sollte nun mit mir geschehen? Meine Großmutter tröstete ihn hochherzig: »Lisas wegen brauchst du dir keine Sorgen zu machen, solange ich lebe, ist sie geborgen.«

Geborgen? Ja – vielleicht. Aber wer sollte mein Studium bezahlen?

Auch da wollte meine Großmutter einspringen. Doch der Vater wehrte ab. »Sie muß eine Stellung suchen, muß selbst ihr Brot verdienen.« Und zu mir gewandt: »Du solltest dich schämen, der alten Frau auf der Tasche zu liegen. Studieren kannst du später, wenn es besser geht – irgendwann.«

Alle Himmel stürzten mir ein: ich sah eine trostlose Zukunft vor mir.

Schon begann ich mich nach irgendeiner Arbeit umzusehen, da erhielt ich eines Tages einen Brief aus Ehrlichers Kanzlei. Der Brief war von seinem Privatsekretär unterzeichnet und enthielt die Aufforderung, mich in Ehrlichers Haus einzufinden.

Ich war verwirrt. Was konnte der Mächtige von mir wollen? Das böse Gewissen rührte sich in mir: ich hatte sein Haus oft und gegen seinen ausdrücklichen Willen betreten. Wollte er mich etwa deshalb jetzt – nach Jahresfrist – zur Verantwortung ziehen?

Dennoch war ich fest entschlossen hinzugehen.

Meiner Großmutter sagte ich nichts davon. Ich fürchtete ihren Einspruch. Kosmas Ehrlicher hatte seine Ehe und sein Familienleben in den letzten Monaten zum Gegenstand eines ungeheuren Skandals gemacht.

Nicht genug, daß er sich hatte von seiner Frau scheiden lassen. Er hatte auch Pussys Adoption rückgängig gemacht, indem er vorgab, von seiner Frau in bezug auf den Vater des adoptierten Kindes aufs gröblichste hintergangen worden zu sein.

Pussys Vater sei nicht der von der nachmaligen Ehrlicher angegebene Geiger, sondern ein übel beleumundetes Subjekt gewesen, das unterdessen im Zuchthaus Bory verstorben sei. Da er von dieser Tatsache erst jetzt Kenntnis erhalten, nehme er sein Recht wahr, die unter falschen Voraussetzungen seinerzeit getätigte An-Kindes-Statt-Annahme der Philippine für nichtig erklären zu lassen.

Alles das wurde von den Zeitungen als Sensation ersten Ranges aufgetischt und in allen erdenklichen Einzelheiten und Tonarten aufs genaueste durchgehechelt.

Die Öffentlichkeit war empört. In bürgerlichen Kreisen sprach man mit Verachtung von einer schamlosen Affaire. Selbst meine milde Großmutter reagierte mit kummervollem Kopfschütteln: »Hat man derlei schon je gehört? Gott sei Dank, hast du mit dieser Pussy nichts mehr zu schaffen.«

Nichts mehr zu schaffen? Jetzt war ich auf dem Weg zu Ehrlicher selbst.

Zum erstenmal betrat ich das Haus durch den Haupteingang. Ein Butler meldete mich; hinter den Flügeltüren sah ich Kosmas Ehrlicher an seinem Schreibtisch aus Palisander sitzen.

Es war bei weitem nicht das erstemal, daß ich Ehrlicher zu Gesicht bekam; oft hatte ich ihn schon gesehen, hinter Gardinen hervorlugend oder hinter den Thujahecken des Parks verborgen. Er war ein großer, dicker, dunkeläugiger Mann. Sein

Haupt war kahl. Am Kinn trug er einen Bart, der wie die Bärte altassyrischer Könige zu einem stumpfen, nach oben sich verjüngenden Kegel gestutzt, schon von weißen Fäden durchsponnen war.

Der Mann entbehrte nicht einer seltsamen, götzenhaft starren Schönheit. Man hätte ihn in einen goldenen Schrein setzen, seinen kahlen Scheitel unter einer kostbaren Mitra verbergen, seine Brust mit Jade panzern, seine Augen durch Emaillekugeln ersetzen können – es wäre nichts Widersinniges an dieser Vorstellung gewesen. Nein, dieser Mensch war mit gewöhnlichem Maßstab nicht zu messen, er stand für sich in einer eigenen Welt, diese Welt war – sein Wille, sein Reichtum, seine Macht.

Eine Minute verging. Kosmas Ehrlicher nahm keine Notiz von mir. Ich glaubte, mich bemerkbar machen zu müssen, nestelte den Brief hervor, stotterte etwas von Aufforderung und Einladung. Mit einer kleinen Bewegung brachte er mich zum Schweigen.

»Natürlich habe ich Sie rufen lassen, sonst wären Sie ja nicht hier. Es ist zwar nicht das erstemal, daß Sie in meinem Hause sind. Im Gegenteil. Sie sind schon oft hier gewesen, obwohl Sie wußten, daß ich Besuche verboten habe. Sie sind von hinten hereingekommen über die Dienertreppe und kamen sich sehr schlau vor, nicht wahr? Dachten Sie denn wirklich, ich wüßte nichts davon? Das war sehr dumm von Ihnen, Fräulein.«

Ich war dunkelrot geworden. Obwohl er mich nicht ansah, war ihm dieses widerwillige Eingeständnis meines Schuldgefühls nicht entgangen, es schien ihn zu erheitern, auch milder zu stimmen. Er fuhr fort: »Ich habe diese Besuche geduldet, nachdem ich mich nach Ihnen erkundigt hatte. Ich habe nichts gegen Sie.«

Jetzt faßte er mich ins Auge. »Sie heißen Türmer. Ihr Großvater war Oberst?« – »Ja.« – »Regimentskommandant in Olmütz 1879.« – »Ich glaube ja.«

Ein enigmatischer Zug erschien auf seinem Gesicht, Schwermut, Triumph, Bitterkeit. (Sehr viel später erfuhr ich: im Jahr 1879 hatte Ehrlicher in jenem Regiment seine Militärzeit als Gemeiner abgedient.)

»Ihr Vater«, fuhr er fort, »Hilfsingenieur in Plasy, verlor seine Stellung. Ich weiß auch warum. Er ist deutscher Nationalist. Das wird ihm teuer zu stehen kommen. Der deutsche Nationalismus ist unbeliebt in der ganzen Welt. Ihr Vater wird immer Schwierigkeiten haben.«

Ich blickte zu Boden. Warum sagte er das? Warum quälte er mich? Warum wollte er das Gefühl meiner Ohnmacht in mir erwecken?

»Und was werden Sie jetzt anfangen?«

»Ich – ich weiß es noch nicht.«

»Wovon leben Sie?«

»Leben?« fragte ich töricht zurück. Obwohl mir das Armselige meiner Lage dunkel bewußt war, hatte ich noch nie im geringsten daran gezweifelt, daß ich zu *leben* haben würde: Wohnung, Essen, Kleidung, daran konnte es doch nicht fehlen.

»Nun freilich: leben!« wiederholte er mit einem Anflug verächtlicher Ungeduld. »Sie verdienen kein Geld, haben kein Vermögen, also –«

»Ich lebe bei meiner Großmutter«, sagte ich. »Und wovon lebt Ihre Großmutter?« – »Sie hat eine Pension«, antwortete ich kleinlaut.

»Tausend Kronen.« Er wußte auch das. »Tausend Kronen – davon wollen Sie miternährt werden; nicht nur ernährt, auch gekleidet. Sie wollen sich sogar vergnügen – man geht gerne ins Kino, nicht wahr? – Sie wollen vielleicht sogar mal heiraten, dann ist eine Mitgift fällig. Von tausend Kronen.«

So war es. Ich hatte nichts zu entgegnen. Ich wußte es jetzt: ich war das nutzloseste und erbärmlichste Geschöpf auf Gottes Erde, ein schmählicher Schmarotzer an einer alten, armen Frau.

Plötzlich änderte Ehrlicher seinen Ton. »Sie waren Pussys Freundin, nicht wahr?« – »Ja.« – »Eine gute Freundin, wie? Haben Sie das Gefühl, Pussy habe Ihnen das gelohnt?«

Nein, dieses Gefühl hatte ich nicht. Aber es ging ihn nichts an. Ich sagte: »Darüber habe ich nie nachgedacht.«

»Nicht möglich! Nicht einmal nachgedacht! Sie scheinen mir wirklich sehr naiv zu sein, kleines Fräulein. Haben eine Menge investiert in diese Freundschaft, oder?« – »Investiert?« fragte ich dumm zurück. »Und riskiert!« fuhr Ehrlicher fort. Er lachte, indem er seine Unterlippe vorschob und die Augen zusammenkniff. »Die nächtlichen Spaziergänge im vorigen Jahr, zum Beispiel. Wenn man Sie erwischt hätte, Sie wären aus der Schule geflogen.« Ich schnappte nach Luft. »Sie wissen –?« – »Aber freilich –« Jetzt zitterte sein Bauch vor unterdrücktem Gelächter. »Gleich nach dem ersten Mal –. Ich ließ Sie beschatten. Der Gärtner –. Hat mir dann immer berichtet, was Sie getrieben haben. Nur dummes Zeug: im Teich baden, im Friedhof Gespensterspielen, dummes Zeug, sonst nichts.« – »Und – und Sie haben das geduldet?« – »Spaß muß sein. Ich wollte sehen, wie das weiterging. Aber Sie sind ja dann auch vernünftig geworden, ehe irgendwas andres passierte. Die Pussy hat's dann auch allein versucht. Da hab ich ihr schnell das Handwerk gelegt.« – »Davon«, murmelte ich, »hat sie nie was gesagt.«

»Das glaub ich!« Jetzt lachte er wieder. »Sie sagt ja nie die Wahrheit. Nur – was Sie betrifft, Fräulein. Auf Sie ließ Pussy nichts kommen.«

»Ach.« In mir wallte ein Gefühl der Wärme und Freude empor. Pussy, kleine, kleine Pussy – sie hatte mir meine Liebe doch gelohnt.

In diesem Augenblick wandte sich Ehrlicher von mir ab. Er drehte sich in seinem Stuhl um und blickte zum Fenster. Der dunstige Spätherbsttag hatte plötzlich aufgeklart. Ein Sonnenstrahl geisterte durch die Stores. Ehrlicher erhob sich, öffnete das Fenster, stützte die Pranke auf den äußeren Balken und witterte hinaus. Dann kehrte er an den Schreibtisch zurück, hob die weiße goldverzierte Telephonmuschel auf. »Hallo! Hallo! – Sie können ausgehen! Es ist doch noch sonnig geworden. Aber beeilen Sie sich. Man weiß nicht, wie lange – Ja. Ja. Ich erwarte Sie.«

Er hängte ab. Mich schien er vergessen zu haben. Wieder trat er ans Fenster und äugte hinaus. Dann klopfte er an den Barometer. Etliche Minuten vergingen. Abermals am Telephon: »Fertig? Ja? Gut, kommen Sie!« Und zu mir gewendet: »Gehen Sie jetzt hinaus. Warten Sie draußen, bis ich Sie wieder rufe. Mein Sohn wird gebracht. Ich liebe es nicht, wenn Fremde mit ihm zusammen in einem Zimmer sind.«

Hatte man derlei schon gehört? Benommen und verärgert, trotzdem zu einem Lachen gekitzelt, stolperte ich hinaus. War ich denn giftig oder hatte ich die Pest und dachte der Mann, ich könnte sein Herzblatt damit anstecken?

Da aber kamen schon zwei ältere Frauen mit den gesteiften Hauben einer deutschen Pflegerinnentracht die Treppe herab. Zwischen ihnen führten sie ein kleines weißflaumiges Etwas, das auf dünnen Beinchen hüpfte, den kleinen Ehrlicher.

Der Vater eilte ihm bis an die Schwelle entgegen. Ich konnte durch die offenstehende Flügeltür die Szene beobachten, wie eine der Schwestern das Kind aufhob und zur Begutachtung darreichte. »Wir haben das leichtere Mäntelchen gewählt, Herr Ehrlicher. Der Pelz schien uns beiden doch zu warm – Schwester Hedwig meinte auch, das hier dürfte genügen.«

Der Mann griff in den Mantel des Kindes und fühlte nach dem Futter. Zweifelnd wiegte er den Kopf.

»Er soll auch nicht in Schweiß geraten«, ließ sich jetzt Schwester Hedwig bestimmt vernehmen.

Gegen die Autorität dieser metallisch klingenden Stimme muckte auch Ehrlicher nicht mehr auf. Trotzdem fuhr er fort, die Kleidung seines Sohnes zu untersuchen: das weiße Gamaschenhöschen, die weichen, mit Pelz verbrämten weißen Stiefelchen – er umschloß sie mit beiden Händen, und es sah aus, als hätte er sie am liebsten geküßt.

Der Kleine hatte sich im Arm der Schwester gedreht und sein Gesicht vom Vater weg- und mir zugewendet.

Zwischen etwas Seidig- und Pelzigweißem, einem Häubchen aus Angoraflaum, blickte das kleinste, zarteste Kindergesicht zu mir her. Es war von erschreckender Blässe, mit dunklen Schatten in der gelblichen Haut, mit unnatürlich großen, von tuschschwarzen Wimpern umsäumten Augen. Es lächelte das leicht verzerrte Lächeln, das verwöhnte und von der Sorgfalt der Erwachsenen gepeinigte Kinder manches Mal haben. Die Zeremonie der Kleiderprüfung war zu Ende. Die Wärterin versuchte das Kind seinem Vater zuzuwenden. »Nun, Liebchen, sag deinem Vater Adieu!«

Das Kind sträubte sich. Es hatte mich angestaunt, war offenbar nicht gewohnt, Fremde zu sehen. Plötzlich blinkte etwas wie ein schelmisches Licht aus seinen Mienen. Es streckte die Hand aus, eine jämmerlich spindeldürre Hand, und zeigte auf mich.

»Sieh doch, Liebling, dein Vater. Sag hübsch: Auf Wiedersehen!«

»Schalom!« sagte Ehrlicher nun statt des Kindes. Er tippte ihm mit dem Zeigefinger auf die Backe. »Also: Bis nachher, mein Herz!«

Und zu den Wärterinnen: »Gehen Sie zum großen Rondell, dort wird es windstill sein. Lassen Sie ihn nicht in den Rasen laufen, er ist feucht. Bis halb vier – und wenn kein Wind aufkommt, bis vier in der Westallee.«

In der Westallee des Parks, den Ort kannte ich. Dort lagen, von Gras überwachsen, die verrosteten Schienen der einst für Pussy erbauten Eisenbahn.

Die Pflegerinnen ließen das Kind zu Boden. Sie streckten dem Kleinen die Hände hin. Gehorsam legte er die seinen hinein. Mit kläglich zaghaften, kraftlosen Sprüngen hüpfte er zwischen seinen Wächterinnen hinaus. Kosmas Ehrlicher folgte ihnen bis zur Treppe nach: »Nicht zu wild, Liebling, nicht so stürmisch«, rief er. Bis das Dreigespann verschwand, stand der Mann vorgebeugt, mit quellenden Augen und einem Lächeln, das mir ins Herz schnitt, ganz aufgelöst vor Elend und Liebe.

Jetzt begriff ich ihn; ich glaubte nun, alles begreifen zu können.

Als ich wieder vor seinen Schreibtisch trat, betrachtete er mich stumpf. »Ach ja – Sie –! Wo sind wir geblieben? Richtig – Pussy. Hm. Sie wissen, ich habe Pussy aus meiner Familie ausgeschieden. Die Zeitungen haben ja genug darüber geschrieben. Ich kann mir denken, wie in Ihren Kreisen darüber geredet worden ist. Ja. Gott sei Dank kann ich mir leisten zu tun, was mir paßt. Doch bin ich der Unmensch nicht, für den man mich hält, nicht ganz der Unmensch. Nein. – Was wollen Sie jetzt tun? Was haben Sie vor? Soviel mir Pussy erzählte, wollten Sie doch studieren?« – »Studieren?« sagte ich. Sofort fühlte ich einen Kloß im Hals und ein Brennen in den Augen. »Studieren!« wiederholte ich. »Wovon denn?« Und als er schwieg, fügte ich erbittert hinzu: »Haben Sie es nicht vorhin selbst gesagt: von tausend Kronen –«

»Ich gebe Ihnen viertausend«, sagte er, »viertausend monatlich unter einer Bedingung!« Er fixierte mich –. »Daß Pussy mit Ihnen zusammen ist.«

»Oh!«

»Ich will Ihnen reinen Wein einschenken, Fräulein«, fuhr er fort. »Ich halte Sie für die geeigneteste Person, auf Pussy aufzupassen. Irgendwer muß sich ja um sie kümmern. Ihre Mutter – hm – kommt keinesfalls in Frage. Aus einem Institut läuft sie davon, da gibt es nichts als Scherereien. Ich habe Ihnen in einer Pension in Prag ein Zimmer bestellt. Dort werden Sie mit Pussy zusammen wohnen. Sie können studieren. Auch Pussy kann studieren, irgend etwas muß sie ja tun. Das Geld wird Ihnen überwiesen. Sie geben Pussy nie mehr, als sie nachweislich braucht. Sie legen mir Rechnung über den Betrag und lassen Pussy möglichst wenig allein. Einmal im Monat erwarte ich Ihren Bericht.« Er machte eine Pause, überflog irgendwelche Notizen: er hatte sich alles, was Pussy und mich betraf, offenbar genauestens notiert. »Und falls –«, fuhr er mit einem spöttisch-melancholischem Lächeln fort, »in Ihrer Familie Bedenken gegen meinen Vorschlag auftauchen – Ehrenpunkte oder Ähnliches –, so werden wir auch dagegen Mittel und Wege finden und das ganze Arrangement als Stiftung aufziehen, Stiftung zur Förderung junger Talente – durch Ehrlicher & Cie.«

Zehn Tage später war ich – als förderungswürdiges Talent von der Stiftung Ehrlicher & Cie. – in einer Prager Pension einquartiert und konnte an der

Karolina immatrikulieren; und Pussy war bei mir. Ich teilte das Zimmer mit ihr und stand vor der Aufgabe, den Schmetterling zu hüten.

Obwohl ich lieber Sprachen studiert hätte, entschied ich mich für Jus, denn man sagte mir, diese Fakultät lasse den Hörern die meiste Zeit für anderweitige Beschäftigung – in meinem Fall: für das Amt der Aufpasserin. Pussy hatte sich mit mir zusammen inskribiert, die Wahl der Fächer fiel ihr schwer. Ein paar Vorlesungen stachen ihr verlockend ins Auge, doch waren sie leider über alle Disziplinen zerstreut. In ihrem Vorlesungsplan kam das bunteste Sammelsurium zustande: Kunstgeschichte, Literatur, Chirurgie und Eherecht. Ich war mir klar, daß ein solcher Studienplan zu nichts Rechtem führen konnte – aber sollte er das in Pussys Fall überhaupt? Ich hatte nur eine Sorge, die nämlich, daß sie ihre Vorlesungen so wählte, daß ich sie begleiten und abholen, daß ich sie immerfort beschatten konnte. Dazu war ich ja »gefördert« worden. Das war ja nun meine verdammte Pflicht und Schuldigkeit.

Anfangs versuchte ich mit Pussy über unser neues und in gewisser Weise ganz verändertes Verhältnis zu sprechen. Aber sie wich aus, sie zeigte kein Interesse für dieses Gespräch. Sie war offenbar froh, mich und keine härtere Kerkermeisterin erhalten zu haben. »Du warst doch immer lustig mit mir, Hirtentäschel.« Durch das, was ihr im letzten Jahr zugestoßen war, hatte sie einen Treff bekommen, sie duckte sich wie ein Kind, das bei jeder Gelegenheit einen Schlag zu erhalten gewärtig ist. Sie hatte eine Scheu, ihren Namen zu nennen. Wo sie konnte, schob sie meinen Namen vor. In der Pension hielt sie sich anfangs von allen Menschen fern, wollte das allgemeine Frühstückszimmer nie und schon gar nicht allein betreten. Die Besitzerin ließ uns den Kaffee auf dem Zimmer servieren.

Zu meiner Überraschung bemerkte ich, daß Pussy gegen Ehrlicher keine Abneigung hegte. Im Gegenteil, von ihm sprach sie noch immer wie früher als von ihrem »Paps«. Das Brüderchen erwähnte sie sogar mit Zärtlichkeit. Der einzige Mensch, den Pussy zu hassen schien, war ihre Mutter. Sie erwähnte sie selten, dann aber mit erschreckender Kälte, sprach immer nur von »Ihr«, von der »Rabenmutter«, bestenfalls von der »Alten«. Als ich ihr einmal entgegnete: »Immerhin verdankst du ihr dein Leben«, brach Pussy in ein Gelächter aus, das mir durch Mark und Bein ging. Plötzlich brach es ab. Ich schaute in Pussys kreideweißes Gesicht, sie hob die Hände, zu Fäusten geballt: »Hätte sie sich's doch behalten, das Luder!« zischte sie. »Hätte sie sich's doch nur behalten – oder mich gleich ersäuft wie eine junge Katze!«

»Aber, Pussy, ich bitte dich!«

»Wie eine Katze –« Und auf einmal war sie neben mir, an mich gedrängt, hatte meinen Hals umschlungen, ihren Mund an mein Ohr gedrückt, und ihre atemlose Stimme flüsterte: »Ich träume oft davon, daß ich ertränkt werde. Ich schwimme in einem See oder einem Fluß, und das Wasser ist tief und ich finde keinen Grund. Aber da kommt jemand auf mich zu, ein Mann, sein Gesicht ist dunkel, ich kenne ihn nicht, weiß nur, er will mich tauchen, ich habe Angst, große Angst, er steht vor mir, obwohl das Wasser so tief ist, dann faßt er mich am Nacken, ich spüre seine Hand, es ist süß, sie zu spüren, und er wirft sich auf mich, und wir gehen beide unter.«

Solche Geständnisse erschreckten mich. Aber wie sollte ich helfen? Ich wußte, daß Pussy nicht mehr unschuldig war. Ein früherer Liebhaber ihrer Mutter hatte sie verführt, als sie sechzehn war. Das Erlebnis hatte sie jedoch mehr schockiert als erweckt, und niemals, das gelobte ich mir, sollte sie, solange sie mir anvertraut war, in das Elend solcher Verwicklungen hinabgezogen werden.

Alles in allem muß ich sagen, daß das erste Jahr in Prag eine herrliche Zeit für mich war. Obgleich ich mich nur mit Widerwillen für das juristische Studium entschieden hatte, fühlte ich mich sehr bald davon gefesselt: die Vorlesungen über das römische Recht teilte die Welt in so wunderbar klare Bezüge, in fraglose Ordnungen logischer Figuren ein. Dagegen sprach mich das germanische Recht durch die

Fülle seiner poetischen Formulierungen an: es schien mir einem dunklen, von Wolkenballen durchfahrenen Himmel vergleichbar, der durch seine bald aufklarende, bald gewitterträchtig brodelnde Unabsehbarkeit zugleich berückte und beunruhigte. Da ich Pussy nicht aus den Augen verlieren mochte, hospitierte ich auch in ihren Kollegs. Nur in der Chirurgie konnte ich es durchaus nicht aushalten, mir wurde schlecht und ich wartete auf sie vor der Tür. Abends prüften wir uns gegenseitig den Stoff aus den Skripten ab. Manchmal mußte ich mich über Pussys herzzerreißend unlogische Antworten vor Lachen ausschütten. Dann hielt ich ihr lange Vorträge und redete mich heiser und versuchte, sie aus dem Nest ihrer konfusen Unwissenheit herauszulocken. Manchmal folgte sie mir auch ein paar Schrittchen auf diesem Weg. Doch schon am nächsten Tag mußte ich bemerken, daß sie sich wieder dahin zurückgezogen hatte und darin wohlbehalten saß wie eine kleine Raupe in ihrem Kokon.

Wenn sie auch immer die blieb, die sie war: in jenem ersten Jahr war es nicht schwierig, mit ihr zusammenzuhausen. Sie entfaltete viele liebenswerte Talente. Sie war zwar schrecklich schlampig, aber hatte es weg, ihre Schlamperei, wenn nötig, im Augenblick schwuppdiwupp verschwinden zu lassen. Wenn wir Gäste bekamen, wenn uns Kollegen oder Kolleginnen besuchten, verstand sie es, im

Handumdrehen den Tisch zu decken und auf unserem Spirituskocher eine schmackhafte Mahlzeit zu bereiten. Mit ein paar Wiesenblumen und Papierservietten zauberte sie einen Tafelschmuck hin, der sich sehen lassen konnte. Im Fasching bastelte sie Lampions und verwandelte unsere Bude mit einem Dutzend Papierschlangen und drei Bogen Goldpapier in ein Serail. Aus bunten Flicken stoppelte sie ein paar Handpuppen zusammen und führte ein kleines Spiel mit ihnen auf. Dazu hatte sie eine Menge Leute geladen, Studenten und Pensionsgäste, servierte Brötchen und Likör und schließlich noch Sekt. Unter ihr Bett hatte sie ein Grammophon postiert, zu seinen Klängen ließ sie Knallbonbons platzen, immer wieder hatte sie eine Überraschung für ihre Gäste, schlüpfte zwischen ihnen hin und her wie ein graziöses Kätzchen, nippte kokett an fremden Gläsern und entführte den grollenden Pensionsvater, der Ruhe forderte, zu einem Tänzchen in den Flur. Alle, die dabei waren, fanden, es sei ein reizender Abend gewesen. Aber als ich am nächsten Tag mein Portemonnaie untersuchte, fand ich zu meinem Entsetzen, daß mir Pussy dreihundert Kronen dafür aus der Tasche stibitzt hatte.

»Das eine Mal nur, Lisa, das eine Mal nur! Ich schwöre dir: nie mehr wieder!«

Daß Pussy nicht zu sparen verstand, versteht sich von selbst. Ehrlicher hatte nur zu gut gewußt, was er tat, indem er mich zur Verwalterin unserer Kasse bestellte. Ich war streng, aber Pussy war schlau. Unter der Vorspiegelung dringender Bedürfnisse ließ sie sich größere Summen von mir aushändigen. Flugs war sie damit davon; meist kam sie ohne die Dinge zurück, die besorgen zu wollen sie vorgegeben hatte. Statt einen Mantel aus dem Bügelgeschäft zu holen, war sie zum Friseur gegangen; statt eine Schuld im Bücherladen zu begleichen, hatte sie in der Konditorei geschleckt. Sie konnte nicht verstehen, daß man andere als zerbrechlichste Stöckelschuhe tragen konnte, daß man seine Seifen, Puder und Parfüms nicht aus den teuersten Spezialgeschäften beziehen mußte. Machte ich ihr Vorhaltungen, duckte sie sich und aß zum Abend nur ein Stückchen Brot. Aber bald war es wieder dasselbe: die Stadt bot zu viele Versuchungen, und Pussy war nicht imstande, Versuchungen zu widerstehen.

Die Stadt, das hunderttürmige, das, wie es heißt, goldene Prag! Nun, golden ist es nicht, und wenn, nur für wenige. Es ist eine Stadt, in der das Elend gedeiht neben dickfelliger, triefender Behaglichkeit. Eine Stadt, die den Puls des Lebens antreibt zu schärferem Tempo, die die Formen des Daseins ausprägt zu deutlicherer, konflikteschürender Profilierung. Prag ist aus schwerem Boden gewachsen, ist ernst und schwer, darin Rom verwandt, eine

Gestalt nicht aus Anmut oder Anspruch, sondern aus Dasein geboren.

Aber was ist Dasein anderes als Tat, Geschehen, Ausbruch – Ausbruch vor allem, Aufstand der unteren Kräfte gegen Vernunft, Gesetz und auferlegte Ordnung. Etwas Dumpf-Brodelndes liegt über der ganzen Stadt. Soll ich's Schicksals-Schwangerschaft nennen?

Das erste Jahr ging zu Ende. In den Ferien fuhren wir beide nach Pilsen, ich zu meiner Großmutter, Pussy zu Ehrlicher. Ich stellte mich vorher bei Kosmas ein und erstattete Bericht.

Ich fand ihn verändert. Damals kündigte sich die große Krise in der Weltwirtschaft an. Dem normalen Beobachter mochten die Alarmzeichen entgehen. Der große Industrie- und Bankherr mußte ihrer längst gewahr geworden sein. Und nicht nur das: er mußte erkannt haben, daß die Entwicklung im nachbarlichen Deutschland Entscheidungen zutrieb, die ihm, Ehrlicher, aus vielen Gründen furchtbar waren. Wahrscheinlich bereitete er sich darauf vor, aus seinen vielverzweigten, alle europäischen Länder durchflechtenden Beständen gewisse Anteile herauszuziehen und sie in andere Erdteile einzupflanzen.

Meinen Bericht über Pussy hörte er schweigend an. Er verlängerte den Bankauftrag, über den unsere Apanage lief, und bedeutete mir, er sei soweit zufrieden. Ich wurde sogar zugelassen, dem kleinen Ehrlicher die Hand zu reichen, ich fand das Kind womöglich noch zarter als das erstemal.

»Was für ein Pflänzchen«, sagte ich zu Schwester Hedwig. »Zum Umblasen!«

Sie nickte. »Ja, der Junge ist dünn. Aber um den Vater mach ich mir größere Sorgen.« – »Wieso? Ist er krank?« – »Sehen Sie ihn doch nur an! Der Schlagfluß wartet auf ihn, der Herzinfarkt. Zweihundertsiebzehn Pfund und hochsklerotisch –« – »Gott«, sagte ich, »und dann –« – »Dann gibt es mal einen gewaltigen Erdrutsch. Den werden viele Leute zu spüren bekommen. Nehmen Sie sich in acht, ich rate es Ihnen. – Uns beiden, meiner Mitschwester und mir, kann ja nichts passieren.« – »Und der Kleine?« – »Für ihn ist gesorgt, versteht sich. Herr Ehrlicher denkt an alles, woran ein Mensch nur denken kann. Aber das ist's ja eben. Gott lenkt, da bleibt alle Vorsicht hinten.«

Im zweiten Jahr ging es zwischen mir und Pussy nicht so gut wie im ersten. Nach wie vor ließ Ehrlicher unsern Monatswechsel an mich auszahlen. Pussy äußerte sich erbittert darüber. Sie versuchte allerlei Unterschleife, doch nicht so harmlose wie im vergangenen Jahr. Sie schien entschlossen zu sein, meine Aufsicht abzuschütteln. Kündigte ich ihr an, daß ich sie von einer Vorlesung abholen wollte, so schwänzte sie oder sie verließ den Hörsaal durch eine andere Tür. Im Kino verschwand sie neben mir im Gedränge des Foyers. Im Warenhaus verlor sie sich in einer anderen Abteilung. Hatten wir uns zu einem Treffen verabredet, so konnte ich beinahe wetten, daß Pussy nicht oder so spät erschien, daß es mir verleidet wurde zu warten. Einmal, als wir einen gemeinsamen Ausflug machen und mit dem Schiff die Moldau aufwärts fahren wollten, war sie auf der Lände plötzlich verschwunden, wie vom Erdboden verschluckt. Ich suchte sie hier und suchte sie dort, lief in dem kleinen Flußdampfer durch alle Räume, rief auf dem Verdeck – sie konnte doch nicht ins Wasser gefallen sein. Plötzlich erblickte ich sie auf einem anderen Boot, das sich soeben vom Ufer löste und zur Fahrt flußabwärts steuerte. »Pussy!« rief ich. »Pussy! Pussy!«

Sie winkte und rief zurück.

Ich wollte mein Schiff verlassen, es war zu spät. Ich kam mir dumm, geprellt, verspottet vor.

Als ich ihr am Abend Vorhaltungen machte, antwortete sie ganz unschuldig: »Aber, Elisabeth, ich verstehe nicht – du hast dich geirrt, hast das falsche Schiff bestiegen. Es war doch ausgemacht, daß wir flußabwärts fahren.«

»Aber nein doch! Nein. Wie kannst du nur so lügen?« – »Hast du nicht selbst gesagt, die Fahrt sei schöner?« – »Wie, was? Ja, irgendwann, aber doch nicht, als wir uns besprachen.« – »Du *hast* aber gesagt, dort sei es schöner.«

Ja, das stimmte. Ich begann selbst zu zweifeln. Hatte ich mich nicht eindeutig ausgedrückt? Trug ich doch am Ende die Schuld?

»So bist du immer«, klagte sie, »über meinen Kopf hinweg und so, als hätte ich kein einziges Wort zu sagen. Ist's denn nicht genug, daß du mich gängelst wie ein kleines Kind? Muß ich auch wie ein Hündchen hinter dir herlaufen?«

So war es nicht. Oder war es doch –? Ich begann: »Liebe Pussy –«

»Ach, laß mich in Ruhe!« rief sie aufstampfend. »Du quälst mich ja nur.«

Vielleicht verhielt es sich wirklich so: ich quälte sie.

In diesem Jahr konnte ich es nicht immer verhindern, daß sie auch allein ausging. »Was denkst du denn eigentlich von mir, daß du ständig hinter mir herspionierst?« So ließ ich sie ziehen. Aber ich fand keine Ruhe, solange sie ausblieb. Ich merkte, daß sich alle möglichen Männer an ihre Fersen hefteten, nicht nur Kollegen, die ich für mehr oder minder harmlos hielt. Wie sollte ich es verantworten, wenn ihr etwas zustieß? Qualvoll schlichen die Stunden für mich dahin. Ich legte mich nieder, aber ich konnte nicht schlafen. Ich hörte die Viertelstundenschläge der nahen Turmuhr und wartete. Auf der Straße erstarb das Leben, nur selten noch rollte ein Wagen vorbei. Ich sah die Lichtfiguren über die Decke und Wände wandern und starrte, dumpf klopfenden Herzens, wieder in die Finsternis. Endlich ein leises Stöckelgeklapper die Treppe herauf, das Klirren des Schlüssels, ein Huschen und meine Zimmertür. Ich drehte mich um und tat, als ob ich schliefe.

Woran lag es, daß ich gerade in jener Nacht, in der sie gar nicht heimkam, tief und fest und wie ein Stein schlief? – woran, wenn nicht im Grunde daran, daß ich zu oft gewartet, gewacht, mich zu oft schon gesorgt und abgekümmert hatte?

Kurz, damals schlief ich bis zum Morgen. Aber dann – mit einem Schrei sprang ich aus dem Bett und zu ihrem, Pussys, Bett hin. Es war leer. Unberührt die ganze Nacht. Entsetzt starrte ich es an.

Dann mit fliegenden Gliedern in meine Kleider gefahren; ich lief auf die Straße hinab, in die erstbeste Polizeiwache hinein.

»Meine Freundin ist heute nacht nicht nach Hause zurückgekommen.« – »Na – und?« – »Es kann ihr etwas zugestoßen sein.« – »Wie alt ist denn Ihre Freundin?« – »Zwanzig.« – »Zwanzig? Haha!«

»Aber sie ist immer noch heimgekommen –«

»Dann war sie dumm genug.« – »Reden Sie doch nicht so.« – »Wir reden immer noch, wie es uns paßt, kleine Nemca, kleine Deutsche. Merken Sie sich das.« Und aus dem Hintergrund rief einer: »Die ist bloß neidisch auf die andre.«

Ich ging. Ich war wütend. Doch offenbar noch nicht wütend genug, um nicht von den grausigsten

Angstvorstellungen gemartert zu werden. Pussy war leichtgläubig, sie ließ sich überall hinlocken, sie ging in jede Falle. Sie war der Typus, der die dunkelsten Elemente anlockt. Ich dachte an ihren Traum und entsetzte mich.

Aber auch dieser Tag verging. Ich hatte es zu Hause nicht mehr ausgehalten und war in die Stadt gelaufen, Pussy zu suchen. Natürlich vergeblich. Von Zeit zu Zeit rief ich in der Pension an, ob Fräulein Ehrlicher heimgekommen sei. Nein, hieß es, immer wieder: nein. Endlich – schon gegen Abend – lautete der Bescheid: Doch, Fräulein Ehrlicher sei auf ihrem Zimmer. Aber sie läge im Bett und wolle nicht gestört sein.

So! Wolle nicht gestört sein. Ich schmetterte die Tür des Telephonhäuschens ins Schloß und ging in das nächste Kino.

Am Ende mußte ich aber doch nach Hause zurück.

Von weitem schon sah ich, daß unser Fenster hell erleuchtet war. Sie war wach. Ich machte mich auf eine tränenreiche Szene gefaßt, auf Lügen, Ausflüchte, Entschuldigungen, auf alles, nur nicht darauf, was dann wirklich geschah.

Als ich ins Zimmer stürmte, fand ich Pussy vor dem Spiegel sitzend, im Unterkleid. Ihren Frisiermantel hatte sie von den Schultern gestreift, er lag, zu einem großen Rad ausgebreitet, wie eine blaßviolette, zartgekräuselte Blume zu ihren Füßen.

Pussy kehrte sich nicht nach mir um. Sie schien vollauf damit beschäftigt, ihr Haar mit einer Bürste zu strählen. Nach jedem Strich schüttelte sie ihre blonde Mähne nach vorn und warf einen Blick in den Spiegel, als wäre sie mit nichts anderem beschäftigt, als ihre Locken zu bewundern und die sanfte Empfindung zu genießen, ihr Haar über die Schläfen fallen zu fühlen.

Ich zog die Tür leise hinter mir ins Schloß. »Pussy!« sagte ich nach einer Weile. »Pussy!«

Sie beugte sich vor, um im Spiegel nach mir zu spähen. »Da bist du ja«, sagte sie. »Du bist aber lange ausgeblieben, muß ich sagen!«

Nein, dachte ich, nein. Nein. Das ist doch nicht möglich. Ich muß mich verhört haben.

Pussy legte die Bürste aus der Hand. Dann, sich vorneigend, betrachtete sie ihr Gesicht in der Scheibe, fuhr sich mit der Spitze des Zeigefingers wie suchend über Lippen und Kinn. »Was gibt es Neues?« fuhr sie in gedehntem Tonfall fort. »Du redest ja gar nichts, Elisabeth. Du bist heute nicht sehr unterhaltsam, meine Liebe –«

Das war zuviel. Ich sprang auf sie zu und schlug sie, weit ausholend, mit einer Wucht, die ich mir selbst nicht zugetraut hatte, auf die Backe. »Da«, schrie ich, »da, da!«

Sie hielt still, offenen Mundes, mit runden, starren, schreckhaft geweiteten Augen. Erst als ich von ihr zurücktrat, hob sie die Hände, als erwartete sie, noch einmal geschlagen zu werden. Aber ich holte nicht noch einmal aus. Ich war, als wäre ich selbst zurückgeschleudert worden, rücklings gegen die Tür getaumelt. Ich hatte Widerstand erwartet. Nichts davon. Und es fuhr mir vernichtend durch den Kopf: Ich habe nicht gewußt, wie hilflos sie ist. – An den Pfosten der Tür geklammert, drehte ich mich um, stand bebend, wie von einem Krampf geschüttelt, das Gesicht in die Armbeuge gepreßt. Es ist alles aus, dachte ich, alles, alles, ich habe alles verloren.

So verging eine Zeit, ich weiß nicht wie lange. Dann hörte ich etwas, ein Rascheln. Ich hob den Kopf und blickte hin. Pussy hatte sich bewegt. Sie schaute an sich hinab. Sie hob ihren Arm und dort, an der Innenseite, wo das milchige Weiß seiner Haut blau unterlaufen und von den Spuren rasender Liebkosungen gezeichnet war, hob sie ihn gegen ihr Gesicht – und dort küßte sie ihn.

Drei Tage später kam nachmittags das Stubenmädchen herein. Jemand sei da, der Pussy sprechen wolle, ein Herr –. Hinter der vorgehaltenen Hand flüsterte sie mir zu: »Kein Herr, ein Mann.«

Pussy war ausgegangen. Sie war jetzt fast immer fort, auch in den Nächten. Sie hatte mir keine Erklärung gegeben. Wir sprachen nicht miteinander.

Ich trat in den Flur. Unter der spärlich brennenden Lampe stand eine fremde dunkle gedrungene

Gestalt. »Wer sind Sie? Sie suchen Fräulein Ehrlicher?«

»Ist sie nicht hier? Ich habe ihr eine Nachricht zu bringen.«

Irgend etwas durchfuhr mich beim Klang dieser Stimme. Mir war, als kennte ich sie, und als ich den Mann hereinbat und er in die graue Helle des Zimmers trat, fuhr ich zurück: »Sie –! Doktor Zeman?«

»Sie kennen mich?«

Er ist es, dachte ich, ist es, ist es: Im Erdbeerwald, auf der Jacobsleiter, das grüngrüne Seidengras und der Biß der Schlange. Und Pussys lockige Mähne, ihr milchweißer Arm, von Küssen gefleckt –. Ich schlug das Bild weg. Aber er war es.

Mit unsicherer Stimme bat ich ihn, Platz zu nehmen.

»Hat Ihnen Pussy von mir erzählt? Nein –? Woher wissen Sie dann –? Es ist sehr schade, daß sie ausgegangen ist. Wann wird Sie wiederkommen?«

»Ich weiß es nicht.«

Nun saß er da, hatte die Ellenbogen auf die Knie gestützt, er blickte um sich: »Ist das Ihr Zimmer?«

»Pussys und meines.«

»Sind Sie das Mädchen Hirtentäschel?«

»Mein Name ist Türmer.«

»Verzeihen Sie, Fräulein Türmer.«

Wieder Schweigen. Ich stand noch immer. Er saß – drei Schritte vor mir – in seinem schäbigen

Anzug, die Füße in den schweren schwarzen Bauernschuhen unter sich gezogen, den Hut in der Hand, den er unablässig drehte, indem er den Rand der speckig vergriffenen Krämpe durch seine Finger zog.

»Ist es wahr, daß Fräulein Ehrlicher die Tochter des Kosmas Ehrlicher ist?«

»Sie war es. Seine Stieftochter.«

»Ach. Ich habe es ihr nicht geglaubt.«

Nun setzte ich mich, weit weg von ihm, auf einen Stuhl, der neben dem Fenster stand. »Ich kenne Sie, Doktor Zeman.«

»Wirklich? Wieso? Wenn Pussy nicht von mir erzählt hat?«

Ich faltete die Hände im Schoß und antwortete leise und langsam: »Vor drei Jahren in der Tatra.«

Seine Mienen belebten sich. »Richtig. Ich war zur Aushilfe dort –«

»Sie erinnern sich nicht mehr. Sie fanden mich im Wald. Eine Kreuzotter hatte mich gebissen.«

»Das waren Sie? Nicht möglich. Ein Kind –«

»Vor drei Jahren –«, erinnerte ich ihn.

»Wie alt sind Sie?«

»Zwanzig.«

»Wie Pussy.«

»Genau – wie Pussy.«

Wieder herrschte eine Minute Stille.

»Hat sie Ihnen nicht gesagt, wer ich bin? – Herr Ehrlicher hat mir den Auftrag gegeben, mit Pussy zu leben.« Ich schämte mich zu sagen: auf Pussy aufzupassen. So sagte ich nur: »Und ihr zur Seite zu stehen.«

Der Mann sah mich aufmerksam an. »Und?«

Ich begann zu zittern. »Und?« wiederholte ich. »Muß ich Ihnen noch etwas erklären? Sie sind es doch, nicht wahr, bei dem Pussy die letzten Nächte verbracht hat, oder sind Sie es etwa nicht?«

Zeman blickte zu Boden. Er schwieg.

»So, wie die Dinge liegen, Herr Doktor Zeman, kann ich nicht weitermachen. Ich habe eine Verpflichtung übernommen. Wenn ich sie nicht erfüllen kann –« Ich stand auf. »Ich habe Ehrlicher geschrieben – ich mußte ihm schreiben. Gestern habe ich den Brief weggeschickt. Damit ist alles zu Ende, zu Ende für mich, Herr Doktor Zeman, mein Studium, alles. Ich habe von Ehrlichers Gnaden gelebt bis jetzt. – Was haben Sie mit Pussy angestellt? Wohin haben Sie sie gebracht? Was wollen Sie von ihr? Sie bringen sie ins Unglück und mich –«, jetzt schrie ich beinahe, »und mich dazu!«

Nun stand auch er auf. »Was Sie angeht, Fräulein Türmer, tut es mir leid. Was Pussy betrifft –« Er stockte. Dann fuhr er mit veränderter Stimme fort. »Ich habe endlich Aussicht, eine Praxis zu bekommen – eine Praxis auf dem Land, aber ich kenne die Gegend, ich stamme selbst von dort und ich hoffe: sie wird nicht schlecht sein. Und darum dachte ich: Wenn Pussy will, werde ich sie heiraten.«

In mir zog sich etwas zusammen, ich weiß nicht, was es war, aber es saß noch tiefer als die Angst davor, Ehrlichers Apanage zu verlieren, mein Studium aufgeben und einer ungewissen Zukunft entgegengehen zu müssen. Ich sagte: »Heiraten? Das müssen Sie sich gut überlegen.«

Er antwortete – um eine Nuance zu rasch: »Ich habe schon überlegt – und entschieden. Es kommt nur darauf an, ob Pussy will.«

Ich lachte auf. Mein Lachen klang unschön, und ich schämte mich dafür. »Sie können sicher sein, daß Pussy will.«

Ich sah es in seinen Augen aufstrahlen. »Meinen Sie wirklich?« Dann senkte er wieder den Kopf und begann wieder seinen Hut zu drehen. »Ich bin hierher gekommen, um Pussy zu fragen. – Ich habe nämlich eine Einladung bekommen, ich solle mich im Bezirk vorstellen, der Stelle wegen: ich könnte Gemeindearzt werden, unter Umständen, wenn ich entspreche. Sie verstehen. Und da wollte ich Pussy fragen, ob sie mich begleiten will. Sie sollte die Gegend kennen, ehe sie sich entscheidet.«

»Ja«, sagte ich. »Ja.« Und ich dachte: er redet von ihr, als wenn sie ein Mensch wäre, der einen freien Willen hat, als wenn sie überhaupt ein Mensch wäre, aber sie ist nur ein kleines Tier, das ihm folgen wird, wohin er will, solange das dauert, was zwischen ihnen ist, heute, morgen, übermorgen, aber dann – dann –.

Er stand auf. »Ich wollte eigentlich noch heute fahren. Sagen Sie Pussy, ich erwarte sie morgen um sieben am Bahnhof. Sie soll alles sehen, ehe sie Ja sagt. Dann werde ich mit Ehrlicher reden. Ich will nichts von ihm – glauben Sie, daß ich nichts von ihm will. Aber Pussy sagt, er war gut zu ihr, trotz allem. Auch Sie waren gut zu ihr, immer.«

»Das ist nicht wahr.« Ich stockte, und dann sagte ich es doch: »Ich habe sie neulich sogar geschlagen.«

Er zuckte zusammen. »Geschlagen?« fragte er dumpf zurück.

»Ja.«

»War es meinetwegen?«

»Ja.«

»Ach«, sagte er. Er schüttelte den Kopf und fuhr sich mit der Hand über das Gesicht, als hätte er den Schlag empfangen. »Sie hat mir nichts davon gesagt.«

Am anderen Morgen fuhr Pussy wirklich mit Doktor Zeman nach Kukus, um ihre künftige Heimat in Augenschein zu nehmen. Wie ich erwartet hatte, erklärte sie sich mit allem einverstanden, was er ihr vorschlug. Doch zu einer Unterredung zwischen Zeman und Ehrlicher kam es nicht mehr. Wir wurden aus Ehrlichers Privatbüro angerufen: Herr Ehrlicher sei schwer erkrankt, mit Flugzeug nach Prag geschafft worden und liege dort in einer

Privatklinik. Als wir in das Sanatorium kamen, erfuhren wir nur, daß er zwei Stunden vorher an den Folgen eines Schlaganfalles gestorben sei.

So war es nun, wie Schwester Hedwig vorausgesehen und vorausgesagt hatte. Der mächtige Mann war von der Bühne abgetreten. Die Nachricht von seinem Tod durcheilte alle Agenturen der Welt und wurde in großen Lettern in den Zeitungen bekanntgegeben. Bei der Eröffnung des Testamentes zeigte es sich, daß einzig sein Sohn, der kleine Samuel Ehrlicher, als Erbe bedacht war. Keine Legate, keine Stiftungen; auch Pussys Mutter hatte nichts weiter als ihre vom Gericht festgesetzte monatliche Apanage zu erwarten. Sie weigerte sich sofort, Pussy daran auch nur mit einem kleinen Hundertsatz zu beteiligen.

Die Vormundschaft gestattete Pussy nicht einmal mehr den Zutritt in Ehrlichers Villa in Pilsen. Sie konnte nehmen, was ihr der Stiefvater mit nach Prag in die Pension gegeben hatte: ein paar Möbel, zwei, drei Teppiche.

Sechs Wochen später heirateten Viktorin Zeman und Pussy in Prag.

Ich war neben den beiden Zeugen der einzige Gast an ihrer Hochzeitstafel. Sie fand in einem zweitklassigen Restaurant auf der Kleinseite statt. Einer der Zeugen war Viktorins Stiefvater, ein sehr grobschlächtiger ungebildeter Mensch. Noch schlimmer erschien mir der zweite, ein geschniegelter Laffe mit einer gedrehten Tolle über dem grinsenden Spitzbubengesicht. Er sei, sagte mir Viktorin, sein langjähriger Hausherr am Barandow gewesen.

Ich blieb nicht lange in der fatalen Gesellschaft. Auch das Brautpaar brach auf, sobald es anging. Ich kehrte in die Pension zurück, nahm die letzten übriggebliebenen zweitausend Kronen von Ehrlichers Gnadengabe und packte meine Koffer für eine Reise nach Berlin.

Die Eheleute

Kurze Zeit, nachdem Pussy Zeman geheiratet hatte, heiratete ihre Freundin Elisabeth Türmer ihren Vetter Leonhart Jering.

Es schien, als sollte das Verhältnis der beiden ungleichen Frauen nicht so bald ein Ende finden, denn Elisabeths neuer Wohnort Klein-Pernau war von Kukus nur einen Katzensprung weit entfernt. Das war eine seltsame Fügung und wurde von ihnen beiden als glücklicher Zufall belacht, und gleich besprachen sie sich, daß sie ihn auch weidlich nützen wollten, sie phantasierten von gegenseitigen Familienzusammenkünften, von Besuchen von Haus zu Haus, in der gedankenlosen Voraussetzung, daß auch ihre Männer an einem solchen Verkehr Gefallen finden würden.

Elisabeth erschrak allerdings, als sie Pussys neues Heim zum erstenmal besichtigte: es kam ihr recht armselig vor. Noch schien Pussy das gleichgültig zu sein, doch als sie dann etliche Wochen später nach Pernau kam und das Jeringsche Haus sah, schlich sie mit einem kränklichen Lächeln von Raum zu Raum: »Jetzt bist du die Prinzessin, Lisa!« sagte sie, »und ich die arme Kirchenmaus.«

Zeman hatte es nicht erreichen können, bestallter Gemeindearzt zu werden. Er müsse sich erst bewähren, hieß es. Mit größtem Eifer stürzte er sich in seine Arbeit, war immer unterwegs. Selten kam er pünktlich zu einer Mahlzeit. Kam er dann endlich an, schlang er in der Küche das Essen stehend in sich hinein. Dann verschwand er in der Ordination.

Elisabeth fand es merkwürdig, daß sie den Hausherrn, wenn sie zu Pussy zu Besuch kam, gar nicht oder nur für einen Augenblick zu Gesicht bekam. »Willst du deinen Mann nicht bitten, für eine Weile hereinzukommen?« Pussy schüttelte den Kopf. »Ist er denn immer so beschäftigt?«

»Fast immer. Und er sagt: Wenn Frauen schwatzen, hat ein Mann dabei nichts zu suchen. Dabei gefällst du ihm, Hirtentäschel. Ja, bestimmt, du gefällst ihm sehr!«

»Unsinn!« Elisabeth ärgerte sich, weil sie errötete.

»Stundenlang hat er mich nach dir ausgefragt. Das tut er sonst nie. Ich glaube, er ist sogar verliebt in dich.«

»Aber – Pussy!«

»Denkst du vielleicht, ich sei eifersüchtig?« Pussy lachte. »Ihr solltet Brüderschaft machen, ihr beide. – Ja, das solltet ihr wirklich.«

Im vierten oder fünften Monat der Zemanschen Ehe wurde es offensichtlich, daß Pussy ein Kind erwartete. Sie wurde dick, und ihr kleines Gesicht verfiel auf die merkwürdige Art, wie das Gesicht eines kränklichen Kindes verfällt, das in einer kalten ungesunden Wohnung eingesperrt ist. Pussy war außer sich über ihre Entstellung.

»Sieh mich nur an! Scheußlich, nicht wahr? Ich mag nicht mehr in den Spiegel schauen. Pfui!«

Elisabeth, die selbst sehnsüchtig auf ein erstes Zeichen einer Schwangerschaft wartete, verstand das nicht. »Aber du freust dich doch, Pussy?! Freust du dich denn nicht?«

»Ich freu mich, bis ich das los bin. Ach. Hirtentäschel – ob ich jemals wieder so werde, wie ich war?«

»Aber sicher. Und – wenn nicht – ist das so wichtig?«

Pussy drehte sich nach Elisabeth um. In ihren großen eisblauen Augen blitzte es kalt. Dann brach sie in ein Lachen aus. »Du bist einfach süß, einfach süß, Hirtentäschel. Ach, ach, zum Totlachen.«

Eines Nachts erwachte Zeman davon, daß Pussy stöhnend im Bett saß und den Namen der Freundin vor sich hin jammerte. Er fuhr auf: »Pussy? Was ist?«

»Elisabeth! Hol mir Elisabeth!«

»Hast du Schmerzen?«

»Hol mir Elisabeth!«

Zeman sprang auf, lief hinaus und klopfte die Magd aus der Kammer. »Geh um die Hebamme, Betty. Es ist soweit –«

Aus dem Schlafzimmer erscholl der klägliche Ruf: »Viktorin, Viktorin!« Als er zurückkehrte, kauerte Pussy zitternd da. »Hast du um sie geschickt?«

»Ja. Das heißt –. Nein. Ich hab um die Hebamme geschickt. Du mußt vernünftig sein, Pussy! – Mein Gott, was starrst du mich denn so an? Es ist doch an der Zeit!«

»Nein, nein«, schrie Pussy. »Noch nicht. Ich will noch nicht. Ich will Elisabeth.«

Später saß er da und hielt ihre Hand. Es dauerte noch lange. Am Morgen rief er wirklich Pernau an und bat Frau Jering, mit dem Frühzug herüberzukommen.

Leonhart brummte, daß Elisabeth so eilig nach Kukus fahren sollte. Aber sie hastete schon aus dem Haus.

Als sie in Kukus ankam, war das Kind soeben geboren. Die Hebamme wickelte es gerade in seine erste Windel ein. Elisabeth beugte sich über das winzige Wesen, sie hatte noch nie ein Neugeborenes gesehen. Beim Anblick des flaumig feuchten Köpfchens, der komisch verschrumpelten zwetschgenblauen Händchen schossen ihr die Tränen in die Augen. Zugleich lachte sie auf: sie fühlte mit einer sie blitzartig durchdringenden Gewißheit, daß auch sie sehr bald ein solches neues Leben in sich bergen, ein ähnliches kleines Geschöpf in ihren Armen halten werde. Von Rührung und Entzükken übermannt, trat sie an Pussys Bett.

Die junge Mutter war erschreckend verändert. Zu einem Schatten ihrer selbst verfallen, lag sie flach und gerade ausgestreckt unter den Laken da. Ihr Gesicht zeigte die ausgeronnene bläuliche Blässe willenloser Ermattung.

Als Elisabeth sie ansprach, drehte sie ihren Kopf um eine Viertelwendung weg.

»Es war wohl sehr schlimm?« wandte sich Elisabeth flüsternd an die Hebamme.

Diese zuckte grollend die Achseln. »Was heißt hier: schlimm? Nicht schlimmer als jedes andere Mal. Aber es gibt Frauen, die –« Sie vollendete nicht. Sie hatte den Knaben fertig eingepackt und legte ihn nun mit der resoluten Schwenkbewegung der erfahrenen Wehmutter in Pussys Arm. »So! Nun werden wir dich mal deiner Mutter geben!«

In Pussys Gesicht zuckte es kaum. Ein wenig flatterten ihre Lider, doch nur, um sich desto fester zu schließen. »Geht weg!« flüsterte sie. »Nehmt es weg! Ich will schlafen.«

Zeman und Elisabeth standen über sie gebeugt. »Pussy! Ein Junge!« bat die Freundin, »so lieb, so süß! Willst du ihn nicht ansehen, Pussylein?«

»Schlafen!« wiederholte die junge Mutter mit dem Ausdruck schmerzlichen Eigensinns.

Zeman ergriff Elisabeth am Arm. »Lassen Sie sie!« flüsterte er rauh. »Es hat keinen Zweck. – Ich habe mich geirrt. Ich hätte es ihr nie zumuten sollen. Sie – sie wird nie eine Mutter werden.«

Damit schien Zeman recht zu behalten. Sooft Elisabeth in den folgenden Monaten nach Kukus kam, fand sie den kleinen Arno nicht in der Obhut seiner Mutter, sondern bei Betty, der Magd. Doch dann setzten ihre Besuche aus: sie hatte richtig gefühlt, als sie sich das erstemal über das Neugeborene gebeugt hatte, es kam nun auch für sie die Zeit der Erwartung.

Eine festliche Zeit für sie und Leonhart; obgleich die Frau allerlei Unpäßlichkeiten auszustehen hatte, sie nahm sie mit Freuden in Kauf. Und als das Kind endlich erschien, ein Mädchen, empfing sie es in ihren Armen, als wäre es der Inbegriff alles Wunderbaren.

Die Taufe der kleinen Barbara wurde als großes Fest im Jeringschen Hause begangen. Zwischen den überreichen Geschenken, die aus der Verwandtschaft dazu angekommen waren, lag auch ein unscheinbares Geschenk aus Kukus. Leonhart rollte das zerknitterte Seidenpapier auseinander. Ein weiß-graues, etwas verschmuddeltes Wolljäckchen kam zum Vorschein, zerzaust und unordentlich gestrickt. Leonhart hielt es mit zwei Fingern empor. »Was soll denn das sein, Elisabeth, sag mir mal!«

Elisabeth lachte verlegen. »Ich glaube, das hat Pussy geschickt.«

»So sieht es aus«, sagte Leonhart. Dann, in ein wenig schärferem Ton: »Soll mal für ihr Kind stricken. Uns brauchen Zemans nichts zu schenken. Sind Hungerleider ohnehin.«

Hungerleider –? Das war übertrieben. Aber es sprach sich in der Gegend herum: Gut ging es den Zemans nicht. Zwar bemühte sich der Doktor und war Tag und Nacht unterwegs. Aber er hatte nicht viel Geschick im Umgang mit den Leuten hier. Er war gewohnt, Patienten der städtischen Kliniken zu behandeln. Dort hatte er komplizierte Kuren anwenden können. Hier hatte er Bauern vor sich, Kleinhäusler, die seine Anweisungen nicht oder nur zur Hälfte oder falsch durchführten. Das zeitigte Mißerfolge. Wohl erklärte er genau und anfangs auch geduldig, was zu tun, was zu lassen und zu meiden sei, doch auch dabei machte er Fehler: er gebrauchte Ausdrücke, die den Leuten fremd waren und sie erschreckten. Statt die Bauern bei ihrer vorgefaßten Meinung über die Art ihrer Leiden zu lassen, glaubte er, sie aufklären zu müssen. Das ärgerte sie noch einmal, und bald kehrten sie lieber zu ihren Hausmitteln und zu abergläubischen Quacksalbereien zurück. Wenn er sie dann zur Rede stellte, schwiegen sie verstockt. Doch kaum hatte er ihnen den Rücken zugewandt, verständigten sie sich untereinander und hetzten einander gegen ihn auf.

Eine seltsame Rolle spielte dabei der neue Wirt von Kukus, Wostuda. Er spielte sich als des Doktors Busenfreund und Gönner auf. »Der Zemanek«, pflegte er zu sagen, »was nicht gar! Der! Den kenn ich besser als der Jude seinen Beutel, hehe! Solange er studiert hat, hat er bei mir gewohnt in Zlata Praha, für Gottes Lohn, hab ihn aus dem dicksten Dreck gefischt. Laßt euch nur von ihm kurieren, er versteht's.«

Diese Reden machten Zeman den Leuten um so verdächtiger. Es schadete ihm, daß Wostuda so vertraulich von ihm sprach. Das Volk ist streng im Urteil, vom Arzt und vom Priester verlangt es untadeligen Umgang, da ist es mit Mißtrauen gleich bei der Hand, wenn es auch anderswo gern durch die Finger schaut und krumm für grade nimmt; so war's auch nachsichtiger in bezug auf den neuen Wirt. »Tüchtig ist er«, hieß es bald, »einer, der Grütze hat.«

Wostuda hatte das Haus gleich von oben bis unten verputzen lassen. Dann hatte er an die Landstraße eine große gelb- und blaubemalte Tafel aufstellen lassen: »Neu eröffnet: Haus Vaterland in Kukus.« Darunter: »Biere, Weine, beste Küche, allabendlich Musik.«

Das hatte es freilich noch nie gegeben in dem abgelegenen Dorf. Man mußte es Wostuda lassen, er packte sein Geschäft an. In einem Raum neben der alten Gaststube richtete er eine Bar ein, schaffte einen Musikautomat an und ersetzte die nüchternen Lampen durch rot und lila getöntes Stimmungslicht. An die Wände hängte er allerlei mondän sein sollende Bilder – nicht gerade die nackten Mädchen, mit denen er seine Baracke am Barandow austapeziert hatte, das wagte er hier auf dem Lande doch nicht. Aber er hielt derlei Ware für seine männlichen Besucher bereit, Heftchen und Scherzkarten, mit denen er bei den plumpen Bauernburschen ein gutes Geschäft machte.

Einmal kamen auch Leonhart und Elisabeth an dem Wirtshaus vorbei. Sie waren über Land gewandert, hatten Durst und wollten gern etwas trinken. Doch kaum, daß sie die Wirtsstube betreten hatten, kehrten sie um. »Scheußliche Bude«, sagte Leonhart. »War doch mal ganz gemütlich und bieder. Der neue Wirt soll ein Freund von Zeman sein. Stimmt das? Weißt du etwas davon?«

Elisabeth zuckte die Achseln und schwieg. Sie blieben vor dem Haus auf einer der Wirtshausbänke sitzen. Das Mädchen brachte ihnen das Bier hinaus. Sie tranken hastig. Elisabeth wollte Pussy aufsuchen.

Leonhart blieb im Dorf zurück.

»Komm doch mit!« bat die Frau.

»Lieber nicht. Wenn ich mitgehe, kommen wir am Ende gar nicht mehr weg.«

Elisabeth hatte für Pussys kleinen Arno, ihr Patenkind, ein paar Geschenke eingepackt. Der Junge war nun zwei Jahre alt, ein kleines, blasses, in sich verschlossenes Kerlchen, das oft krank war. Er betrachtete, was man ihm gab, lange mit ernsthaft grübelnder Miene und drehte es hin und her, als wäre der Sache nicht zu trauen. Spät erst und meist, wenn der Geber längst gegangen war, verbreitete sich der Ausdruck der Freude und Befriedigung auf seinem Gesicht. Noch immer kümmerte sich seine Mutter nicht viel um Arno. Sie hatte sich ein Mädchen gewünscht und beneidete Elisabeth um ihre niedliche Barbara. »Ein Mädchen hätte mir Spaß gemacht«, sagte sie. »Ein Mädchen kann man herausputzen. Aber sieh dir Arno an, er hat nicht einmal Locken.«

»Um Gottes willen, versündige dich nicht, Pussy!«

»Warum soll ich das nicht sagen?« Pussy blickte schräg an der Freundin vorbei, eine ungewisse Trauer verschattete sie. »Nie soll ich sagen, was ich wirklich meine? – Ich hatte einmal eine Puppe«, fuhr sie fort – sie lag bäuchlings auf dem Sofa. »Eine Puppe. Ich muß sie damals bekommen haben, als ich noch bei den Zatlokals in Favoriten war, lange, ehe Paps Ehrlicher mich holte. Ich weiß nur noch wenig von dieser Zeit, aber an die Puppe kann ich mich noch genau erinnern. Wahrscheinlich hat sie mir jemand aus dem Haus geschenkt, wir wohnten im Keller. Wenn ich im Bett lag, saß sie mir gegenüber auf der Kommode der Großmutter. Die Kammer war dämmrig, nie wurde es richtig hell bei uns, aber von der Puppe ging etwas aus wie ein Rosenlicht.

Ehrlicher kam und nahm mich mit, und ich bekam ein Dutzend Puppen, eine teurer als die andere. Aber die eine, erste, war nicht mehr da. Ich habe nie mehr etwas so liebgehabt auf der Welt wie sie, auch keinen Menschen. – Ach, du meinst: Viktorin? Ja, Viktorin. Er ist mein Mann, und ich habe ihn ja wohl lieb. Aber – kann man das eigentlich liebhaben nennen? Er hat mich nur aus Sinneslust genommen.« Pussy stockte. Ihr verschleierter Blick glitt zur Seite. »Jetzt ist's nur noch manchmal und danach immer, als sollte es besser nicht gewesen sein.«

»Ach nein –«

»Früher sagte er zu mir: ›Kleines Tier, wie bist du warm und süß.‹ – Jetzt sagt er: ›Lügnerin.‹ Ich lüge ihn an, sagt er, wenn ich gleich gar nicht rede, lüge ihn an mit jedem Kuß. Aber ich kann doch nicht anders als ihn eben küssen. Ich weiß nicht, was er will.«

Es war an einem schönen Junitag, als Elisabeth – das erstemal nach längerer Zeit – wieder nach Kukus hinüberfuhr. Als sie bei Zemans anklopfte, war niemand zu Hause als Betty, die Arno hütete. Die Herrschaften seien eben zum Baden gegangen, sagte die Magd; wenn sich die gnädige Frau beeile, vielleicht könnte sie sie noch einholen; sie gingen immer zum Fluß, an das Wehr. »Dort schwimmen sie –. Ich sage immer: Vorsicht, es ist gefährlich. Aber die beiden haben ja keinen Verstand.«

»Hm.« Elisabeth kannte die Magd, eine treue alte Seele, eine von der Sorte, die immer besorgt ist; sie räsonierte gern und nahm den Mund voll, auch über ihre Herrschaft. »Ob ich sie finden werde?«

Die Magd beschrieb ihr den Weg, und Elisabeth machte sich auf, Zemans an den Fluß zu folgen. Sie schritt rasch aus, sie wünschte die beiden einzuholen, hinter jeder Biegung hoffte sie ihre Gestalten zu erblicken. Warum laufe ich denn so? dachte sie und zwang sich, langsamer zu gehen; aber bald beschleunigte sie wieder ihre Schritte, als wäre ihr um jede Minute zu tun.

Der Pfad führte am Stift, an Wald und Buschschöpfen vorbei, dann wogte offenes Feld heran, junges Getreide, noch silbrig grün, doch schon hoch in die Halme geschossen, vom Wind bewegt, der dem Weg vorauslief, in sanften Wellen huschte der Glanz dahin, hügelauf, hügelab, als wäre auch er ungeduldig, den Rand zu erreichen, in dem die Ackerbreiten gegen das Flußbett abbrachen: dort stand der Waldrand mit dunkel gezackten Wipfeln, verstreute Felstrümmer dämmerten grau im Schatten.

Ich sollte mir Zeit lassen, dachte Elisabeth wieder, und die Gegend betrachten, diese schöne Gegend von Kukus: hier liegt ein Hof, dort eine Keusche, auf diesen Wegen geht Viktorin, wie oft, am Tag und in der Nacht, wenn der Schneesturm fegt, wenn der Nebel braut, unter strömendem

Regen und in glühender Sonne, von einem Kranken zum andern, seine Tasche unter dem Arm, wie ich ihn das eine Mal sah dort in der Tatra, wie er kam, mir zu helfen, das Gift aus den Adern zu saugen, er hielt mich an sich gepreßt, als er mich dann hinuntertrug: das war das Ende meiner Kindheit. Aber er – er hat mich nachher nicht einmal wiedererkannt.

Da hatte er Pussy schon, und sie hatte ihn, einen Menschen, den sie nie begreifen wird in seiner Schwere und Besessenheit: einen Besessenen seines Berufs, der nie einen Schritt von seinem Weg gewichen ist, er mag ansonsten sein, wie er will. Ich an Pussys Stelle würde seine Besessenheit zu teilen versuchen, ich würde sie verstehen; so habe ich niemandes Besessenheit zu verstehen, geschweige zu teilen. Leonhart und ich leben in einer wohltemperierten Welt.

Auch Leonhart hätte einmal einen Weg gehen können, seinen Weg, damals, als er in Berlin war; aber er schlug das Angebot aus und übernahm die Brennerei und heiratete mich. Er wählte die Sicherheit. – Wohltemperiert.

Als Elisabeth am Fluß ankam, hatte sie Viktorin und Pussy noch immer nicht eingeholt. Sie ging über den Steg und den Steig entlang, der zum Wehr führte, hier war das Wasser gestaut und breitete sich zu einer größeren Fläche aus, in der sich der Wald, der Himmel und die Wolken spiegelten. Zwei

Schwimmer trieben sich darin herum. In dem schon schräg einfallenden Licht sah Elisabeth Pussys blonde Mähne leuchten.

Aber – was taten sie denn? Die Frau blieb stehen, der Ruf erstarb ihr auf den Lippen. Sie schwammen ans Wehr heran, viel zu nah, Betty hatte die Wahrheit gesagt, viel zu weit in die Rinne hinaus, in der das Wasser zog. Waren sie denn verrückt geworden, die beiden, dort mußte sie der Sog erfassen und niederstrudeln.

»Pussy, Viktorin!«

Sie sah den Mann mit starken Stößen schwimmen, knapp neben ihm die Frau, jetzt verschwand ihr Kopf, nur ihr Arm peitschte noch, weiß blinkend, das Wasser. Elisabeths Herz stand still – da tauchte Pussy wieder auf, zur anderen Seite des Mannes, und wieder hinab und wieder hinauf, immer das Wehr entlang, ein wildes gefährliches Spiel.

Elisabeth rannte in die kleine Sandbucht hinab, wo die Kleider der Schwimmer lagen, sie winkte und schrie zu ihnen hinüber – und atmete erst auf, als Zemans sie endlich bemerkten, umkehrten und das Ufer zurückgewannen. Atemlos klatschte sich Pussy zu ihren Füßen nieder. Elisabeth begann sofort lauthals zu schelten: »Ihr seid wohl nicht recht bei Sinnen! Denkt doch an euern Jungen! – ihr spielt mit dem Tod.«

Pussy lachte nur. Sie schlüpfte aus ihrem roten Trikot und machte sich, notdürftig mit einem Tuch bedeckt, daran, ihr triefendes Haar zu strählen. Zeman schwieg, er saß abseits, ließ Elisabeth reden und blickte mit immer finsterer werdender Miene auf den Fluß hinaus.

Später fing er an, Figuren in den Sand zu zeichnen. Elisabeth schien es, als schriebe er ein Wort, immer wieder dasselbe Wort, doch als sie sich ihm einmal näherte, um einen Blick darauf zu werfen, wischte er drüber hin und löschte es aus.

Die Jahre vergingen. Immer seltener kam Elisabeth aus dem Haus. Die Wirtschaft fraß ihre Zeit, die Mühsal mit den Kindern, mit der hinfälliger werdenden Schwiegermutter. In ihrem vierten oder fünften Ehejahr aber wurde das anders, jetzt fuhr sie öfter nach Prag, sie hatte auch einen Grund dazu oder konnte sich wenigstens einen nennen: ihre alte Großmutter hatte nach Minkas Tod ihren Haushalt in Pilsen aufgelöst und war in ein Prager Altersheim gezogen. Elisabeth besuchte sie; meist reiste sie allein, blieb eine Nacht im Hotel und kehrte am anderen Tag nach Hause zurück.

Die alte Frau war bettlägerig geworden. Solange die Besuchsstunden währten, saß Elisabeth bei ihr. Aber die Vormittage und Abende hatte sie für sich allein. Eine ungewisse, ihr selbst nicht erklärliche Unruhe trieb sie umher, sie besuchte Kirchen, saß in Kaffeehäusern, spazierte zur Moldau, auf den Hradschin, in die Neue Welt, alle die alten Wege, die sie auch in ihrer Studienzeit gegangen war.

An einem solchen Tag – im Winter – begegnete sie Viktorin Zeman in der Wassergasse.

»Ach – du bist es! Dich hätte ich hier nicht gesucht.«

Elisabeth fragte nach Pussy und dem Kleinen. Statt einer Antwort fragte er sie, ob sie nicht zusammen irgendwohin gehen könnten, es sei kalt; Elisabeth sehe aus, als friere sie.

Elisabeth trippelte auf dem vereisten Pflaster. Ach ja, Zehen und Finger seien klamm und schmerzten.

Zeman sagte: »Komm, gib mir deine Hand, stecke sie in meine Manteltasche. Und hier, nimm meinen Handschuh, er ist warm.« Sie zögerte. »Du wirst dich doch nicht zieren? Weshalb? Wegen der Leute? Sie gehen uns nichts an. Siehst du, so ist es besser. – Und da sind wir auch schon.«

Er führte sie in eine kleine Weinstube in einem Kellergelaß. Hier war es still und leer um diese Tageszeit. Zeman bestellte. Elisabeth nippte an ihrem Wermut.

»Du trinkst ja nicht. Erwartest wohl wieder ein Kind? Nein? Frauen wie du müssen Kinder haben. Je mehr, desto besser.« Und als Elisabeth nickte: »Kinder sind ein mächtiger Schutz gegen die Dämonen.«

»Wie meinst du das?« fragte Elisabeth.

Er antwortete nicht. Aber nach einer Weile, nachdem sie hin und her gesprochen und nachdem er einiges getrunken hatte, sagte er: »Ich will es dir erklären. Wenn du nun keine Kinder hättest, und ich würde dir so begegnet sein, wie ich dir heute begegnet bin, und wir säßen hier, wie wir wirklich sitzen, dann –«, er hob sein Schnapsglas gegen das Licht, kniff ein Auge ein und blinzelte gegen das regenbogenfarbene Strahlenspiel, »dann, Elisabeth, würde ich dich fragen. – Nun, du kannst dir denken, was ich dich fragen würde.«

Die Frau wurde rot. Sie runzelte die Brauen und rückte weg, sie fürchtete solche Reden. »An Pussy«, sagte sie und machte ihre Stimme streng, »und an Leonhart dächtest du nicht dabei?«

Er kippte den Schnaps. »Leonhart«, erwiderte er, »geht mich nichts an. Und Pussy!« Er lachte ein wenig. »Oh, an Pussy dächte ich freilich. Aber eben, weil ich an sie denke.«

»Das verstehe ich nicht.«

Zeman klopfte an das Glas. Der Kellner kam, er bestellte nach. »Du sollst mich auch nicht verstehen«, sagte er dann. »Es gibt verfluchte Dinge auf der Welt, ganz verfluchte Dinge.«

»Trink nicht soviel!« bat Elisabeth.

Der Kellner kam und brachte einen Brand. Zeman stürzte ihn in sich hinein. Jetzt merkte man, daß sein Blick zu schwimmen begann. »Habe ich dir einmal davon erzählt? Ich hatte eine Schwester. Ich sollte sagen: Ich habe eine Schwester. Aber sie ist verschwunden. Seit Jahr und Tag weiß ich nichts mehr von ihr. Ich habe ihr einmal gesagt: Scher dich zum Teufel. Und sie hat sich zum Teufel geschert. Ich habe sie auf dem Gewissen.«

»Aber – Viktorin.«

»Auf dem Gewissen. So ist es. Heißt es nicht in der Bibel: Wer Ärgernis gibt einem meiner Kleinen, dem wäre es besser, man hängte ihm einen Mühlstein um den Hals!«

»Liest du in der Bibel, Viktorin?«

»Ja, dann und wann. Aber nicht so, wie du meinst: mit Glaube, Liebe, Hoffnung. Ich war als Bub in einer Klosterschule, das spukt noch in mir herum. Aber ich finde nicht, daß die Bibel ein tröstliches Buch ist. Kennst du das Evangelium von den Arbeitern im Weinberg? Oder das von den vergrabenen Talenten? Oder die Prophezeiung: Berge, bedecket uns, Hügel, fallet über uns! Die letzten Dinge werden ärger als die ersten sein. – Alle diese Drohungen, Doppeldeutigkeiten – ah.«

Elisabeth schüttelte den Kopf. »Doch soviel Schönes und Erhebendes auch –«

»Schönes und Erhebendes!« Zeman lachte auf. »Jetzt redest du wie eine höhere Tochter!«

Wieder wurde Elisabeth rot. Nach einigem Stillschweigen sagte sie: »Es wird Zeit, daß ich gehe. Meine Großmutter wartet.«

»Ich gehe mit dir.«

Am Ziel wollte sich Elisabeth verabschieden. »Nein«, sagte Zeman, »ich warte hier.«

»Das kannst du nicht – hier im Freien. Es ist viel zu kalt.«

»Ein bißchen frieren macht mir Spaß.«

Zwei Stunden saß Elisabeth bei der Großmutter. Sie dachte nicht im Ernst daran, daß Zeman wirklich auf sie warten könnte. Als sie endlich aus dem Hause kam, die kahle, winddurchfegte Allee betrat, stand er da, rotgefrorenen Gesichts, die Hände tief in die Manteltaschen gesenkt.

»Mein Gott, du bist noch hier?! Ich habe dir doch gesagt, es dauert lange.«

»Ich wußte das.«

»Hätte ich das geahnt. – Warum hast du gewartet?«

Der Mann blickte sie an. Etwas Unenträtselbares war in seinen Augen. »Nun komm schon«, sagte er. »Ich will mich warmlaufen.«

Elisabeth wohnte im Terminus-Hotel in der Nähe des Bahnhofs. Als sie ankamen, begann es in den Gassen schon zu dämmern. Zeman sagte: »Wir könnten abends ins Theater gehen. Laß mich zu dir in dein Zimmer, bis es Zeit wird. Ich habe ein paar Briefe zu schreiben. Du kannst dich ausruhen. Erlaubst du's mir?«

Elisabeth erlaubte es. Der Portier kannte sie und hätte nicht gewagt, Einspruch zu erheben, weil sie einen Gast zu sich hinaufnahm. Auch hätte sie sich geschämt, vor Zeman zu zögern. Droben im Zimmer drehte er die kleine Schreibtischlampe an. Aus seiner Mappe packte er Papier hervor. Elisabeth legte ein Kissen aus dem Bett auf das Sofa und holte eine Decke herbei. Sie legte sich. Bald hörte sie Zemans Feder über das Papier kratzen. Sie schaute hin: er saß, seinen borstigen Kopf gegen das Licht geneigt, ohne aufzublicken und schrieb. Elisabeth schloß die Augen und versuchte zu schlafen. Nun war es beinahe Nacht, die frühe Nacht des Wintertags, der helle Abend der Großstadt. Das Haus war still, noch schienen alle Gäste auswärts zu sein, leer die vielen Zimmer stockauf, stockab, verödet die Treppen, kein Schritt, kein Ruf. Hie und da summte der Lift durch seinen Schacht. Vor den Fenstern war Straßenlärm, aber auch er gedämpft und heimelig anzuhören, beinahe wie das gleichmäßige Geräusch eines Wassers unter dem Wehr. An den innen feuchtbeschlagenen Scheiben der Fenster liefen Lichtfinger hinauf und hinunter, manchmal glomm es bläulich auf, wechselte in Rosa, Lila, flackerte zitternd und verging.

Endlich war Zeman fertig. Er löschte mit dem Bügel das zuletzt Geschriebene, schob seine Blätter zusammen und schraubte die Feder zu. »Wir müssen gehen«, sagte er, »wenn wir zurechtkommen wollen.«

Elisabeth schlug die Decke zurück, um sich zu erheben. Dankbar gewahrte sie, daß der Mann die Augen wegwandte. Er las ihr das Programm aus der Zeitung vor. Sie hatten Auswahl unter einer Oper, einem Schwank und der Kleistischen Penthesilea. Zeman sagte: »Mit dir möchte ich in die Penthesilea gehen.«

»Warum?« fragte Elisabeth in leicht gekränkter, spöttischer Anspielung. »Weil sie etwas ›Erhebendes‹ ist?«

»Deshalb«, antwortete er.

Als sie dann nebeneinander in dem halbdunklen Theaterraum saßen und oben auf der Bühne das Stück vorüberging, das ein rasendes Herz sich erdacht hatte, seinem rasenden Stolz, seiner selbstmörderischen Haßliebe und seinem wütenden Selbsthaß einen Spiegel aufzurichten, als die wilden, von zerstörerischem Fluß fortgetriebenen Wortkaskaden über sie herabbrausten, da war ihnen doch plötzlich seltsam und beinahe elend zumute, als wäre Furcht das einzige Gefühl, das beim Anhören dieses Stückes erlaubt sei. Die Aufführung war schlecht, die Amazonen ein Rudel herausgeputzter Halbhuren, doch die Dichtung triumphierte über alles, wie die Flamme triumphiert, wo sie lodert, gleichgültig, ob sie einen Palast oder einen Haufen modriger Vorstadthütten verzehrt und in Funkengarben zum Himmel schleudert.

In der Pause, als das Publikum hinausströmte, um sich in den Vorsälen zu ergehen, blieben beide, Zeman und Elisabeth, beinahe als einzige im Parkett allein. Elisabeth hatte ihr Gesicht in den Händen verborgen. Schweigend starrte Zeman an ihr vorbei.

Im letzten Akt hatte Elisabeth Mühe, ihre Tränen zurückzuhalten. Zuletzt gab sie nach. Ihr Gesicht war heiß, naßgeweint und verzerrt, als sie nach dem Ende hinausgingen. Immer noch schweigend half Zeman ihr in den Mantel. Sie hatten vom Theater nur ein paar Schritte bis zu Elisabeths Hotel zu gehen. Es hatte frisch geschneit, und das schwarze, vereiste Pflaster war mit jungem Flaum überzogen. Zeman legte seinen Arm um Elisabeths Schulter. So brachte er sie bis an ihre Tür.

Im Jahr darauf ging es Elisabeth schlecht. Der Arzt sagte, sie habe sich überanstrengt, die Geburten seien zu schnell hintereinander erfolgt und er rate Leonhart, seine Frau in dieser Hinsicht von nun an zu schonen.

Gleich darauf mußte sie ins Krankenhaus gebracht werden und lag dort etliche Wochen auf Leben und Tod.

Leonhart lief verstört umher. Obgleich er auch in gesunden Tagen um sie besorgt war, hatte er doch so etwas bei ihr nie in Betracht gezogen. Wenn er zu ihr kam und sie ihn im Fieberdelirium kaum erkannte, erfüllte ihn Entsetzen. Er fühlte nicht nur Angst, sie zu verlieren, er hatte manchmal das Gefühl, sie bereits verloren zu haben.

Erst allmählich schien die alte Elisabeth aus der fremden, durch Schmerz und Fieber entstellten Kranken emporzutauchen. Der Arzt ordnete an, die Genesende solle auf einen langen Urlaub ins Gebirge fahren. Leonhart schlug vor: »In den Böhmerwald!« Elisabeth bat: »Laß mich in die Tatra.«

Leonhart willfahrte ihr. Aber der Platz, an den er sie brachte, gefiel ihr nicht. Er war ganz anders als jener, an den sie heimlich gedacht und nach dem sie sich gesehnt hatte. Es war eine Kolonie vornehmer Hotels und Kurhäuser, kiesbestreute Wege zwischen geschorenen Rasenbahnen. Hinter den Häusern blauten die Berge, doch Elisabeth war zu schwach, dahin zu gehen, und es war ihr ein geringer Trost, auf den Terrassen zu sitzen und durch die Anlagen zu promenieren, während eine dicke, asthmatisch atmende Dame ihr von den unglücklichen Ehen ihrer Töchter erzählte.

»Das Schlimmste ist das Mißtrauen«, sagte sie. »Glauben Sie mir, junge Frau, das Mißtrauen richtet die Menschen zugrunde.«

Plötzlich tauchte Zeman auf. Er sei auf der Fahrt nach Kaschau, sagte er, und könne nur eine Stunde bleiben.

Er blieb dann doch einen halben Tag. Im Kurhaus ließ er sich vom Chefarzt die Einrichtungen erklären. Er bestand darauf, daß Elisabeth seines Besuches wegen keine Mahlzeit versäumte. Während sie an der Table d'hote speiste und von den sechs Gängen appetitlos ein paar Bissen zu sich nahm, verzehrte er drunten auf dem Platz an der Würstelbude eine Knackwurst und trank ein Bier aus der Flasche dazu. Erst als er zur Bahn ging, erlaubte er ihr, ihn zu begleiten.

»Warst du eigentlich schon einmal in dieser Gegend?«

»Aber du weißt es doch. Damals. Du hast mir doch das Leben gerettet.«

»Mag sein.«

»Ich denke oft daran.«

»Tu das nicht.«

»Warum nicht?«

»Ich will dir etwas erzählen. Ich habe einmal bei zwei Schwestern gewohnt. Die eine war lahm, die andere pflegte sie. Die Lahme hab ich geliebt. Das hat ihr beinahe das Leben gekostet, denn die andere, die Gesunde, hat das nicht ertragen und wollte sie vergiften. Im letzten Augenblick, als sie die Schwester schon röcheln sah, mag sie die Reue gepackt haben, sie holte Hilfe. – Damals war ich fünfundzwanzig.«

»Ja, und –?«

»Ist das nicht eine schlimme Geschichte?«

»Für die beiden sicher.«

»Auch für mich. – So ist es mir in meinem Leben mehrere Male gegangen. Immer, wenn ein Mensch sein Herz an mich hängte, schlug es ihm zum Unheil aus. Ein alter Pater, der mir viel Gutes getan hat, verlor durch mich einen ihm lieben Menschen. Und dieser – ein angehender Priester – ihm hab ich das Leben gekostet. Immer, wo ich liebte oder Liebe empfing, war etwas Dunkles im Spiel. Das ist doch sonst nicht so, es muß in mir selbst liegen. Abyssus invocat abyssum. Verstehst du das?«

Es war später Abend geworden, und sie gingen von dem hochgelegenen Kurort zum Bahnhof hinab. Unter dem umbuschten Serpentinenpfad liefen die Geleise der Bahn, schwarzglänzend, wo der Strahl eines Signallichts den Schienenstrang streifte. Zeman und Elisabeth blieben stehen. Hinter einem Brückengeländer zog ein Gießbach in weißen Gischtfetzen unter ihnen hinweg.

»Noch etwas wollte ich dir erzählen, Elisabeth. Ich weiß nur nicht, ob ich darf –. Ich habe einmal ein Mädchen gefunden, eine Slowakin – ein Bauernmädchen. Sie sah aus wie ein Hinterglasbild. Irgendwie glich sie dir. Wenn du auch eine Bauerntochter gewesen wärest, ich glaube, ihr würdet einander sehr ähnlich gewesen sein. – Ja, also dieses Mädchen kam zu mir nach Barandow. Und in der Nacht kam Wostuda nach Hause. Er war nicht allein, und sie lärmten drüben – und alles, was bei uns schön gewesen war, klang von dort herüber, aber verzerrt und gemein. Und als ich dann für eine Weile hinausging, da lief mir das Mädchen davon. Sie sprang einfach aus dem Fenster, barfuß, und es lag Schnee, und ich sah noch ihre Spuren, aber sie nicht mehr. Nie mehr. Das hättest du vielleicht an ihrer Stelle auch getan, Elisabeth, auch du wärst davongelaufen, genau wie sie. – An jenes Mädchen denke ich oft. Ich habe sie zwar kaum gekannt, aber ich hatte doch, wenigstens ein paar Stunden lang gedacht, in ihr einen Menschen gefunden zu haben. Und nun –«

»Nun hast du Pussy gefunden«, sagte Elisabeth.

Der Mann wandte sich ihr so heftig zu, daß der Kies unter seinem Schuh knirschte. Er hob die Faust, und den Bruchteil einer Sekunde sah es aus, als wolle er sie gegen Elisabeth erheben. Sie zuckte zurück, da ließ er den Arm sinken. – »Ja, allerdings«, sagte er langsam, »ich habe Pussy gefunden.«

Und nach einer Weile, sie waren schon unten bei den Geleisen angekommen, und der Laut des nahenden Zuges schütterte dumpf von den Felsen herüber, da fügte der Mann hinzu: »Manchmal wünschte ich, sie lebte nicht mehr.«

Diese Worte im Ohr kehrte Elisabeth in ihr Kurheim zurück. Sie drückte sich durch eine Hintertür herein und lief auf ihr Zimmer, sie wollte niemand begegnen.

Droben angekommen warf sie sich, wie sie war, im Mantel aufs Bett. Sie hatte kein Licht gemacht. So lag sie eine Zeit – später trat sie durch die Tür auf den Balkon hinaus. Die Luft war schneidend kalt, feuchte Finsternis wehte von den Bergen herüber. Der ganze Ort war von Bächen und Wasserfällen umflochten, überall her kam ihr dumpfes Getöse. Elisabeth sah Zemans Gesicht vor sich aus dem Dunkel tauchen, so wie sie es unten am Bahndamm eine Sekunde lang gesehen, grünlich beschienen vom wandernden Schein einer Laterne, schmerzhaft verzerrt unter den tiefgehöhlten Augen, eine Maske aus verwitterndem Stein. »Manchmal wünschte ich, sie lebte nicht mehr.«

Hilf Himmel, hilf Himmel, dachte Elisabeth, eines Tages wird er sie töten.

Bald darauf holte Leonhart Jering seine Frau aus der Tatra ab. Er fand sie in der Gesellschaft anderer Kurgäste auf der Terrasse sitzen. Die Damen strickten, daneben saßen andere, die Karten spielten. Elisabeth eilte Leonhart entgegen.

Doch kaum hatten sie einander begrüßt, so mußte sie ihn ihren Tischnachbarn vorstellen, der asthmatischen Dame, und einem alten Oberst. Leonhart mußte Platz nehmen, sich betrachten, begutachten und fragen lassen, mußte selbst ein paar Fragen stellen und die Versicherung hinnehmen, daß er eine reizende Frau habe, daß man nicht glauben könne, er werde sie morgen schon entführen, und daß man Elisabeth, sollte sie wirklich abreisen, schrecklich vermissen werde.

Leonhart antwortete spärlich, Elisabeth lächelte gequält, der Mann gab seiner Frau ein Zeichen, endlich konnten sie sich loseisen, um allein miteinander zu reden.

»Du siehst nicht sehr erholt aus, meine Liebe«, sagte er. »Ich hätte gehofft, der Aufenthalt dahier würde dir besser bekommen.«

»Ach nein, es war ganz gut. Nur die Leute – du hast sie ja jetzt auch genossen –; ein bißchen mühsam waren sie manchmal.«

»Du hättest dich nicht von ihnen einfangen lassen sollen«, sagte Leonhart. »Diese Schwätzer! Mir war schon ganz flau von der halben Stunde.«

»Ja, dir!« Elisabeth strich dem Mann flüchtig über die Wange. »Dir werden Fremde schnell zuviel.«

Er nahm ihr Gesicht zwischen seine Hände. »Nun kommst du wieder zu uns.« – »Natürlich.« – »Freust du dich denn?« – »Zweifelst du?« – »Aber –«, er ließ sie los. »Du hast noch nicht einmal nach den Kindern gefragt.«

Elisabeth erschrak. Dann besann sie sich. »Doch, Leonhart, ich habe gefragt. Gleich, als du ankamst, und da sagtest du: Alles in Ordnung, Gott sei Dank.«

»Das war doch keine Frage.« – »Du meinst: eine Phrase?« – »Etwas Ähnliches.« – »Leonhart!«

»Ja, ja«, sagte er, »so ist das. Der Mensch löst sich schnell ab, wenn er in einer fremden Umgebung ist. Aber nein«, fügte er dann hinzu, »verzeih! Du solltest ja hier an nichts anderes denken als daran, gesund zu werden.«

Elisabeth blickte auf. Dann sagte sie: »Und ich *bin* gesund.« Der Mann zog sie eng an sich. Er küßte sie. »Wir brauchen dich«, sagte er an ihrem Ohr, »wir brauchen dich, Elisabeth.«

In dieser Stunde entschloß sie sich, Viktorin Zeman ihre Freundschaft aufzukündigen. Sie führte diesen Entschluß bei ihrem nächsten Zusammentreffen aus. Sie wolle nicht mehr, daß er sie aufsuche, ihr schreibe. Das Band zwischen ihnen solle zerschnitten sein.

Er antwortete auf diese Forderung mit einem halb bitter, halb ungläubig klingenden Gelächter. Als sie sich, künstlich dringend, dabei ungeschickt und stotternd wiederholte und sogar meinte, er solle ihr ein Versprechen geben in dieser Richtung, bleckte er höhnisch die Zähne und sagte: »Aber gern –«

Das Ärgernis

Vier Wochen später wurde Dr. Viktorin Zeman unter dem Verdacht, die Polin Helena Jacubowska genotzüchtigt, ermordet und ausgeraubt zu haben, verhaftet. Dieser Fall erregte das ganze Land. Manche solcher Verbrechen geschehen und werden vom Bewußtsein der Öffentlichkeit nur oberflächlich aufgenommen. In manchen aber wittert man etwas Ungemeines, Exemplarisches, etwas, was jederman angeht und zu Abscheu und Empörung auffordert. Im Falle Jacubowska war es so. Die Nachricht, daß ein Arzt der scheußlichen Untat verdächtig erscheine, erregte ungeheures Aufsehen. Gleich wallte die Entrüstung hoch, ganz so, als wäre der Doktor des Mordes schon überführt, und machte sich in offenen und versteckten Anwürfen gegen den ganzen Stand Luft. Die Ärztekammer erließ einen formalen Protest, aber unter sich waren auch die Kollegen beunruhigt, beriefen Beratungen ein, forderten einesteils eine rasche Untersuchung von den Behörden, gaben andernteils zu erkennen, daß sie über Zeman erbittert waren und seine dem offenkundigen Augenschein widersprechenden Aussagen verurteilten.

Denn nach wie vor blieb der Kardinalpunkt der Anklage Zemans Weigerung zuzugeben, daß er die Jacubowska gekannt habe. Diese Aussage war falsch, mußte falsch sein und blieb allen ein Rätsel. Dennoch verstand sich Zeman zu keiner anderen Erklärung. So verfügte die Staatsanwaltschaft, daß er weiterhin in Untersuchungshaft zu halten sei.

Indessen wurden andere Indizien, die man gegen ihn in Betracht gezogen hatte, durch Fachgutachten entkräftet. So hatte man Zemans Mantel, nachdem man auf ihm dunkle Spritzer entdeckt hatte, die man allenfalls für Blut halten konnte, in ein gerichtsmedizinisches Institut eingeschickt. Die Flecke wurden als Fliegenkot identifiziert. Auch die Fußtapfen, die man im Strelapark gefunden hatte, konnten nicht als die seinen erkannt werden, wenn man der Annahme nicht nachgab, er habe an diesem Tag übermäßig großes Schuhwerk getragen. Das schien unwahrscheinlich, es fand sich jedenfalls kein Paar solcher Stiefel in seinem Besitz noch ein Zeuge, der angegeben hätte, ihn einmal in derartigem Schuhwerk gesehen zu haben. Die Polizei verfolgte nun auch andere Spuren. Ein Bäckerbursche wurde verhaftet, der sich, wie es hieß, am Tage der Tat im Strelapark herumgetrieben hatte. Aber auch bei ihm konnten weitere Indizien nicht gefunden werden. Das Geheimnis um die Polin Jacubowska verdichtete sich immer mehr. Erhebungen ergaben, daß ihr Paß gefälscht gewesen sei, in ihrem angeblichen Heimatort Radom sei keine Frauensperson dieses Namens bekannt geworden.

Nun verfügte die Gerichtsbehörde, Doktor Zeman auf freien Fuß zu setzen.

Am Tage vor seiner Enthaftung – es war an einem Samstag – war er noch einmal einem langen Verhör unterworfen worden. In der Nacht darauf erlitt er einen Herzanfall. Der Direktor des Gefängnisses fühlte sich beunruhigt. Hatte man den Häftling zu scharf hergenommen? Er fragte den behandelnden Arzt, ob Zemans Zustand zu Besorgnissen Anlaß gebe. »Keine Angst«, sagte dieser. »Ein solcher Anfall – nur zu begreiflich. Aber sonst: ein Herz wie aus Eisen, ein Kerl wie ein Stier.«

Trotzdem blieb Zeman noch vier Tage im Revier liegen. Er hatte Angst, nach Hause zurückzukehren. Gleich, nachdem er von seiner Entlassung erfahren hatte, hatte er in Kukus beim Gendarmerieposten angerufen: man solle seine Frau verständigen. Jetzt wartete er darauf, daß Pussy ihn abholte. Er hatte seit langer Zeit keine Nachricht von ihr.

Sie hatte ihn auch nie besucht. Vierzehn Tage nach seiner Verhaftung war ein Paket für ihn abgegeben worden, es enthielt Kleider und Wäsche und einen Kuchen, der ganz mit Schimmel überzogen war. Voll Ärger hatte er das Ganze wieder in das Papier gesteckt und nach Kukus zurückgeschickt.

Einen Brief von Elisabeth hatte er ungeöffnet zerrissen.

In den frühen Nachmittagsstunden des Donnerstags klingelte der Pförtner des Inquisitenspitals die Männerabteilung an: Doktor Zeman werde abgeholt.

Er erhob sich aus dem Bett. »Meine Frau?« fragte er erblassend.

Der Krankenwärter fragte zurück. »Nein, Ihre Frau ist es nicht. Ein Mann.« – »Ein Mann?« – »Jawohl, ein Mann.«

Zeman stand hastig auf, fuhr in seine Kleider, raffte seine Habseligkeiten zusammen. Den Mantel hatte er noch nicht zurückerhalten. Sein Rock war dünn, schäbig und abgewetzt, ein Knopf fehlte. Mit einer Sicherheitsnadel steckte er den Kragen zu. Einer der Wärter trug ihm einen Shawl an. Es war kalt, es fror.

Nun ging er. Die Knie zitterten ihm, und in seinen Ohren war ein Brausen wie von stürzenden Wassern. Unten im Flur stand riesig und ungeschlacht, in einen braunen, bis zu den Knöcheln reichenden Ledermantel gehüllt, die Kappe mit der Autobrille nach hinten geschoben, Jan Wostuda.

»Du bist es?« fragte Zeman erstarrend.

»Ich bin es, haha! der Wostuda. Das hast du dir nicht gedacht. Unverhofft kommt oft, haha! Schau mich nur an! Was hast du für Sachen gemacht! Chlapce, chlapce, Jungchen, Jungchen, solche Sachen, in allen Zeitungen bist du gestanden, und die Rotzer auf der Straße spielen Zeman und Jacubowska statt Räuber und Gendarm. Na, brauchst dich nicht zu erschrecken, ich glaube schon an deine Unschuld, wär ja auch sonst nicht hier, haha. Was zwischen uns gewesen ist: vergeben und vergessen, auch die Schulden, gestrichen aus der Kreide, der Wostuda ist nicht kleinlich, großzügig ist er, und wenn er schon einen berühmten Vetter hat ...«

Zeman zog seine Hand aus der eisigkalten roten Pranke. »Und meine Frau ist nicht hier?«

»Deine Frau – haha! Die Weiber! Hast immer noch die Weiber im Kopf, chlapce, laß die Weiber, wo du gerade erst aus dem Palawatsch kommst, den sie dir eingebrockt haben, der Wostuda rät dir gut.«

»Aber –« In Zeman stieg es übermächtig auf. »Warum holst *du* mich ab?«

»Warum? warum? hätt' dich wer andrer geholt? Sei froh! Du kommst ja nicht von allein. Wächst hier an wie ein Schwamm in der Kiste. Hab mein Motorrad mit, damit fahr ich dich nach Hause.« – »Ich hätte mit der Bahn –« – »Spuck auf die Bahn! Mein Motorrad, sapperlot! Eine dolle Maschine! Die Leute in Kukus reden alle darüber und sagen: ›Der Wirt, unser Wirt wird ein feiner Hund.‹«

Als sie auf die Straße traten, begann es leicht zu dämmern. Der frostige Dezembertag drückte mit grauem Nebelflor vom Fluß herauf. Ein paar Gestalten hasteten dunkel und in sich zusammengekrümmt durch die leere Gasse. Der Atem rauchte vor ihren Mündern.

»Wo hast du deine Maschine?« fragte Zeman.

»Hinten eingestellt«, sagte Wostuda. »Was glaubst du, ich lasse sie so auf der Straße stehen? – Aber zuerst gehn wir was trinken, ich habe Durst.«

Zeman schob die schäbige Aktentasche, in der er seine Habseligkeiten trug, von einem Arm unter den andern. »Und was ist – weißt du was von Pussy?«

»Schon wieder die Weiber, ich sag's ja, Zeman. Gescheiter wirst du nie. Ob ich was von ihr weiß, von Pussy? Nicht viel. – Da sind wir. Hab ein Zimmer allein für uns zwei bestellt. Es ist besser so. Wenn dich die Leute erkennen …«

Sie waren in einer Taverne angekommen. Wostuda ging bestellen.

Die Kellnerin brachte Schnaps, fragte auch, ob etwas zu essen gewünscht werde. Zeman klebte die Zunge am Gaumen. Er trank. Seit fünf Wochen hatte er keinen Alkohol mehr genossen. Der überscharfe Brand trieb ihm das Wasser aus den Schleimhäuten. Sofort überkam ihn die Gier. »Noch! Noch! heute besaufe ich mich.«

Wostuda füllte ihm nach. »Jetzt will ich's dir doch sagen von der Pussy – da du ja so versessen auf sie bist. Sie ist fort, fort mit dem Buben; die Betty hat sie gleich weggeschickt. Du kommst in ein leeres Nest. So sind die Weiber, lehr du sie mich kennen. Prost, Zemanek, laß sie laufen.«

Zeman war einen Augenblick nicht fähig zu sprechen. »Fort?« sagte er dann. »Was heißt das? Wohin ist sie denn gegangen?«

»Was weiß ich? Zu ihrer Mutter nach Hause, irgendwohin. Vorgestern war der Möbelwagen da.«

»Der Möbelwagen?«

»Der Möbelwagen, freilich. Und alles hat sie mitgenommen, alles.«

Als sie nach Stunden wieder ins Freie kamen, waren sie beide betrunken. Mit Mühe machten sie die Maschine in ihrem Versteck ausfindig. »Du darfst nicht fahren«, lallte Zeman, »du bist zu besoffen, Wostuda. Du fährst wen tot.«

»Wenn schon, wenn schon. Ist's nicht ein schönes Maschinchen? Schau her! Auf neunzig läuft sie, auf hundert. Die Leute von Kukus sagen: ›Unser Wirt, unser Wirt wird ein feiner Hund.‹«

Unter Wostudas Tritten begann der Motor zu blubbern. Das Rad zitterte unter dem Standgas. Der Hinterhof widerhallte von dem rohen Geknatter.

»Du darfst nicht fahren – es ist gefährlich.«

»Red keinen Mist! Steig auf und los!«

Die Maschine sprang mit einem Satz an. Unter wildem Getöse brach sie aus dem Hof in die Straße ein. Wostuda raste den Randstein entlang. Eine Frau lief ihnen beinahe in die Bahn. »Hab die Ehre, gnä' Frau, jetzt hätten Sie bald Ihren Hintern verloren. Zum Donnerwetter, Polyp, du glotzt aber blöd! – Der Henker hol dich, Idiot.«

Endlich gewannen sie die offene Chaussee, Häuser und Lichter blieben zurück, auf dem hohen Damm führte die Straße gradaus. Scheinwerfer blendeten ferne auf, näherten sich, gingen nieder. Wostuda fuhr in der Mitte der Bahn, mit unvermindertem Licht. Wütend warnten die Entgegenkommenden mit Lichtsignalen. Wostuda fuchtelte höhnisch und plärrte sie an. Er hupte, kurvte, der Rausch hatte die Oberhand. Um Haaresbreite riß er das schleudernde Rad an den Wagen vorbei.

Plötzlich bremste er scharf, hielt an. Der Motor starb ab. Wostuda drehte sich nach Zeman um. »Das möcht ich ja wissen, warum du's nicht gesagt hast, wer sie war, diese Jacubowska: deine Toni –. Du Narr, warum hast du's nicht gesagt, daß sie die Toni war?«

Sie standen, grätschbeinig beide, über der Maschine in vollkommener Finsternis. Mit dem Motor war zugleich die Lampe erloschen. Wostuda hielt noch immer die Griffe der Lenkstange umklammert, das Lederzeug knarrte an seinem Körper. Dieses Knarren war jetzt der einzige Laut in der totenstillen eisigen Nacht.

Zeman, hinter ihm, rührte sich nicht. So verstrich eine Zeit – eine Minute vielleicht. Dann schob er sich langsam rücklings vom Sitz und über das Hinterrad. Und wieder dauerte es, bis seine brüchig rauhe Stimme dem andern ans Ohr drang: »Und du – du hast es gewußt?«

»Sie war doch bei dir – hehe, und vorher bei mir, hat mich nach dir ausgefratschelt –«

»Ah – und dann?«

»Ich hab ihr gesagt, was ich weiß –«

»Und dann?«

»Dann ist sie zu dir gegangen.«

»Und nachher?«

»Nachher? Nichts weiter. Nichts weiter. – Was denkst du denn?« Plötzlich schrie es Wostuda: »Du wirst doch nicht etwa denken, *ich* hab sie umgebracht?«

Zeman wich über die Straße zurück. Er sagte: »Ich habe es auch nicht getan.«

Wostuda schien sich gefaßt zu haben. »Ich nicht und du nicht – dann wird es schon irgendeiner ihrer Schamster gewesen sein. Ist ja 'ne Schlumpe geworden, deine Antoinetta, 'ne richtige Schlumpe, haha.«

Jetzt war Zeman am Straßengraben angekommen. Ohne zu wissen, was er tat, ohne sich Rechenschaft abzulegen über den Grund, duckte er sich hinein. Mit der Linken hielt er sich am Rand der Böschung fest, mit der Rechten tastete er nach irgend etwas: Ästen, Stecken oder Steinen. Er spannte Ohr und Blick: stieg der andere von der Maschine? Ein Wagen tauchte über dem Hügelrand auf, suchte den Himmelsrand mit seinen Lichtfächern ab, kam näher, tutete, fuhr vorbei. Wostuda war mit seinem Rad zwei Schritt breit zur Seite gerückt und hielt, über seiner Maschine stehend, wie vorher. Zemans Hand hatte einen Stein gefunden, aus dem gefrorenen Boden gerissen, wog ihn zum Wurf. Aber Wostuda schien nüchtern zu werden. »Komm doch! Was kriechst du dort herum? Wir fahren weiter.«

Zeman rührte sich nicht.

»Komm, los! Ich bin schon vernünftig. Werd nicht mehr rasen.«

»Mit dir fahr ich nicht mehr«, sagte Zeman aus der Finsternis.

»Und warum nicht?« Wostudas Stimme klang drohend.

»Du – du bist ja noch immer besoffen.«

»Nur deshalb?«

Zeman schwieg. Eine Weile herrschte tödliche Stille. Dann begann der Ledermantel wieder zu knarren. Zeman erriet, daß der andere abstieg.

»Bleib droben, du!« rief er. »Ich rat es dir.«

Der Ledermantel hörte zu knarren auf.

»Fahr zu!« schrie Zeman.

Einige Sekunden später begann der Motor zu knattern. Das Licht ging an, setzte sich in Bewegung, schwankte im Anfahren einige Male hin und her, dann schoß es brüllend davon.

Aus Zemans Hand kollerte der Feldstein ins Gras.

»Mörder!« murmelte er.

Ja, sie war es gewesen, Antoinetta, seine Schwester – zurückgekehrt nach Jahr und Tag, eingekehrt bei ihm, dem Bruder, für eine Stunde, bei Nacht, heimlich, wie eine Diebin ins Haus geschlichen: niemand sollte wissen, daß sie gekommen war. Niemand sollte sie sehen.

Aber bei Wostuda war sie gewesen, ihn hatte sie ausgefragt –.

Auf ihre Spur hatte sie ihn gesetzt: so kam ihr das Ende.

Es war vor acht Wochen, zwei Tage vor ihrem Tod. Er, Zeman, war nachts allein in seiner Ordination gesessen, wie er es oft tat, bei Kaffee und Zigaretten und, wenn der Kaffee zu Ende ging, von Giften aufgeputscht, die er seinem Medikamentenkasten entnahm, weißen weckenden Giften, zu denen er oft und öfter griff, weil ihm diese einsam durchwachten Nächte teuer waren, weil er nicht schlafen mochte, sondern lesen und grübeln, hellsichtig, von Bildern heimgesucht, die ihm die Drogen erregten, und zugleich Herr dieses Zustands, unablässig bemüht, sich Rechenschaft abzulegen, wie die Dosierungen wirkten, vorab in Kombination: schreckliche süße Proben auf seine Macht über sich selbst.

In einer solchen Nacht: hätte er nicht wach gesessen, ihm wäre das leise Schleichen ums Haus entgangen, das vorsichtige Tasten nach der Schnalle der Hintertür, der leise quietschende Laut, mit dem sich diese in den Angeln drehte.

Auf der Treppe faßte er im Finstern ein Fell: das Fell ihrer Jacke, schäbiges abgewetztes Katzenfell, bunt getigert unter dem auffahrenden Flämmchen seines Feuerzeugs.

»Du bist es, Toni? Wo kommst du her?«

Bibbernd stolperte sie vor ihm in die Ordination.

»Huh, mir ist kalt!« Sie drückte sich an den Ofen.

»Setz dich. Ich schüre gleich nach. Und dann was Warmes – hast du Hunger? Betty soll dir was richten.«

»Wer ist das, Betty?«

»Unsere Magd.«

»Ah. Ihr habt eine Magd. Feine Leute – ja, ich seh's. Teppiche, Bilder. Hast wohl Pinke. 'ne reiche Frau, wie –?«

»Nein.«

»Weck niemand auf, will das nicht. Niemand braucht zu wissen, daß ich da bin. Du –. Wenn ich nicht Licht gesehen hätt', ich wär wieder gegangen.«

Da saß sie auf dem Hocker vor dem eisernen Ofen, in den der Bruder eine neue Ladung Kohlen auf die schon ersterbende Glut geschüttet hatte; sie wollte sich nicht in den bequemen Lehnstuhl setzen, ihr Gesicht war grau und fleckig, vor Kälte wahrscheinlich, vielleicht auch von Krankheit, hager und hart, ein Gesicht, das viel verriet, nichts Gutes: der Blick flackerte unstet unter den zusammenstrebenden Brauen.

»Du bist lange fortgewesen, Toni. Nie hast du geschrieben.«

»Geschrieben? Hähä – was hätt' ich schreiben sollen? Solche wie ich schreiben nicht.«

»Das versteh ich nicht, Toni.«

»Toni – Toni!« Sie kicherte. »So heiße ich längst nicht mehr.« Sie nestelte einen Paß aus ihrer Handtasche hervor. »Da sieh her: Helena Jacubowska.«

Der Bruder warf einen Blick hinein: fremde Daten. »Was soll das heißen?«

Hastig barg sie den Ausweis wieder. »Feines Papierchen, wie? Gutes Papierchen. – War auch teuer genug.«

Zeman schwieg betreten. »Bist du verheiratet?« fragte er dann.

»Nein. Das heißt: ja. Ich war's, aber nicht lange. Er hat mir zum Abschied das Papierchen verschafft. Schau nicht so dumm: seinen richtigen Namen hab ich nie erfahren.«

Zeman stand stumm: er blickte auf die kauernde Gestalt, auf ihr dunkles strähnig stumpfes Haar, das sich am Hals krauste, auf die breiten kurzfingerigen Hände, die keine Sekunde ruhig blieben: unausgesetzt knüllten sie an etwas Giftgrünem herum, einem dünnen Georgetteshawl, der aus dem Ausschnitt der räudigen Jacke quoll. Er erinnerte den Bruder an etwas lange Vergessenes, was war es nur?

»Und jetzt – bleibst du hier?« fragte er.

»Bei dir vielleicht? Ne! – Du hast es ja damals eilig gehabt mich loszuwerden, mich fortzuschicken. Wie 'nen Hund hast du mich weggejagt.«

»Das ist nicht wahr. Ich hab dich zum Vater geschickt, nach Hause –«

»In den Stall. So dumm war ich nicht, nicht mal damals, die Kuhdirn zu machen –« In ihren Blicken glomm etwas wie Haß. »Aber das will ich dir sagen: Wie dreckig es mir auch oft ergangen ist, das Allerschlimmste war doch das Kloster, dein Kloster, Viktorin. Oh –«, sie ballte die Fäuste. »Wie hab ich die Fuchteln gehaßt.«

Zeman runzelte die Brauen. War sie gekommen, ihm das zu sagen?

O nein, so billig kam er nicht davon.

Sie schaltete auf einen anderen Ton. »Das ist jetzt alles vorbei und vergessen. Bruderherz, goldenes Bruderherz – weißt du's noch? so hab ich dich immer genannt. Und jetzt – jetzt, Viktorin, mußt du mir helfen!«

Er fuhr zurück. »Helfen?« wiederholte er dumpf.

Er wußte sofort, was sie meinte. Er sah es ihr an: so, wie sie ihn jetzt zu fixieren suchte, wie ihre Hand nach der seinen haschte: dafür gab es nur eine Deutung.

»Nein.«

Sie zuckte zusammen. »Was heißt hier: nein?«

»Nein heißt hier nein. Ich tu es nicht. Ich tu es niemals und bei dir erst recht nicht.«

»Oh. Ich bin von Warschau eigens hergefahren.«

»Das hättest du dir sparen können.«

»Ich kann kein Kind brauchen. Ein Kind – bring mich selbst kaum fort – und dann noch: ein Kind!«

»Hast du denn keinen Vater dazu?«

Toni lachte nur.

»Du wirst doch wissen, von wem es ist?«

»Als ob mir das was nutzte. Puh –«

Zeman schwieg. Dann sagte er: »Ich weiß nicht, was das für ein Leben ist, Toni, aus dem du kommst. Und ich weiß erst recht nicht, warum du dieses Leben führen mußt. Falsche Papiere –. Sucht man dich?«

»Wie du fragst! – Ja.«

»Und weshalb?«

»Einschleichdiebstahl und Versicherungsschwindel. Das und jenes. Was verstehst du davon? Hab nicht mal alles gedreht, weshalb sie hinter mir her sind. Mach das du ihnen weis – unsereinem glaubt niemand, niemand auch nur ein einziges Sterbenswort. Immer gejagt wie'n Wild. Und jetzt – jetzt hätte ich endlich was Gutes, 'ne richtige Chance.«

Zeman rieb sich die Stirn.

»'ne richtige Chance, hörst du, 'nen ruhigen Platz, bei einer älteren Frau, 'ner Dame, verstehst du? Ist krank, sitzt im Rollstuhl. 's ist auch ein Mann da, ihr Gärtner, der würde mich heiraten. Heiraten – richtig heiraten, Viktorin, denn meine erste Ehe gilt ja nicht, er war ja selbst längst verheiratet – ach Gott, was weißt denn du?«

»Arme Toni«, murmelte Zeman.

»Dem anderen kann ich's doch nicht sagen, daß ich schwanger bin! Auch der lahmen Frau kann ich's nicht sagen. Kein Mensch nimmt eine Person, die so einen Bankert am Kittel hängen hat. Und es wäre das erstemal«, fuhr sie jammernd fort, »das erstemal, daß ich was Ordentliches hätte und nicht so: Lumpenhandel und Hehlerei und –. Ich bin's müde, Viktorin, müde.«

Zeman schwieg. Dann sagte er: »Hör mich an, Toni. Gib das dort auf. Komm zu uns. Wir haben nicht viel – nein, wirklich. Aber du könntest dein Kind behalten. Wir haben auch eins, einen Buben von sechs –. Wir könnten Betty entlassen, und du könntest Pussy helfen, meiner Frau.«

»Eure Magd mach ich nicht«, erwiderte Antoinetta heftig.

»Denk an unsere Mutter! Wie hätte sie dir geraten?«

»Schweig du von ihr, du! Du hast es nötig, von unserer Mutter anzufangen. Hast dich 'nen Dreck um sie geschert, bist niemals heimgekommen. Was hat sie gebretscht nach dir –. Und erst, als es was zu erben gab, da hast du sie gefunden.«

»So war das nicht.«

»Wie denn?« Sie war aufgesprungen; aus ihren Zügen fletschte Wut. Und plötzlich hob sie die Hände und fuhr dem Bruder ins Gesicht.

Er fing sie ab und warf sie zurück auf den Hocker. Der grüne Shawl blieb in seiner Faust, und jetzt entsann er sich, woran ihn das Ding erinnerte: an das junggrüne Laubgewind, das sich die kleine Toni um den Hals geschlungen, als sie durchs Moldautal wanderten, singend und selig: eine Ewigkeit her.

Jetzt saß sie da und krümmte sich und weinte. Er sah auf sie nieder und schämte sich.

Sie blieb bis gegen Morgen bei ihm. Er gab ihr Geld, tausend Kronen, alles, was er noch hatte. Er schrieb ihr auch ein Rezept: Chinin grammata septem. Für Helena Jacubowska, Bezovsky dvur.

Ehe der Morgen dämmerte, begleitete er sie zum ersten Zug.

Es war nicht wahr, was Wostuda gesagt hatte: Pussy hatte nicht alles mitgenommen. Zeman sah es, als er – lange nach Mitternacht – zu Hause ankam. Zwar waren Wohn- und Schlafzimmer ausgeräumt, alle guten Möbel verschwunden. Aber in der Küche war einiges Gerümpel stehengeblieben, und in der Ordination fehlte beinahe nichts.

Zeman war durch alle Räume gegangen, sie waren finster, die Lampen abmontiert. Mit Zündholzflammen leuchtete Zeman Wände und Winkel ab: hier lagen zu einem Bündel geschichtet seine Kleider, dort nur ein Wust zerknüllten Papiers. Überall war es eisig kalt.

Nach einigem Suchen fand Zeman eine Decke, ein Kissen. Er warf sie in der Ordination auf das mit Wachstuch bespannte Untersuchungsbett. Dann setzte er sich, begrub das Gesicht in den Händen und stöhnte laut.

Nach einer Weile legte er sich nieder, rollte sich in die Decke, versuchte zu schlafen. Plötzlich kam ihm ein Gedanke: er sprang auf, stürzte an den Schreibtisch und durchwühlte ihn nach einem steifen Blatt Papier. Als er endlich eines fand, schrieb er mit Tintenstift darauf: *Dr. Zeman zurückgekommen.* Dann bedachte er sich und suchte nach einem Wort, das einprägsam und einfach genug war, von den Dorfleuten, seinen Patienten verstanden zu werden. Er benetzte den Stift mit Speichel und malte mit fetten Buchstaben: *Freigesprochen.* –

Freigesprochen! war er es nicht? – Darunter: *Ordiniert wieder täglich von neun bis zwölf.*

Dann zog er einen Nagel aus der Mauer, daran hatte früher Arnos erstes Bild gehangen, Pussy hatte es mitgenommen. Mit der Tafel und dem Nagel schlich er die Treppe hinab. Er öffnete das Tor und befestigte das Blatt unter seinem Namensschild. Hier war es gut sichtbar. Am Morgen würde es jeder, der vorüberkam, lesen können. Zeman lachte heimlich in sich hinein. Freude ergriff ihn: Was auch geschehen sein mochte, sein Beruf, sein Beruf war ihm geblieben.

Als er am Morgen erwachte, schien die Sonne schon durch das Fenster. Einen Augenblick lag Zeman verwirrt. Wo war er? Im Untersuchungsgefängnis war der Tag nur langsam und gleichsam widerwillig durch die trüben vergitterten Scheiben gekrochen. Hier funkelte es blau und diamanten hinter den Gläsern. Eisblumen hatten sie mit ihren kristallenen Mustern bedeckt.

Zeman sprang auf. Er hatte gut geschlafen, war zuletzt sogar warm geworden, er fühlte sich befreit, erquickt, zu neuem Leben berufen. Er war hungrig, doch daran zu denken, hatte er jetzt keine Zeit. Es ging auf neun. In wenigen Minuten begann seine Sprechstunde. Er wusch sich an der Leitung, dann lief er in den Keller hinab: er mußte heizen. Wenn die Patienten kamen, mußte es warm sein.

Aber der Kohlenkeller war leer, auch die Holzlege ausgeräumt. Ach ja – dem Mann fiel ein: Pussy hatte wohl kein Geld gehabt, Winterholz zu bestellen. Er klaubte ein paar Späne zusammen, dazu einen alten Schaufelstiel, einen haarlosen Besen, einen zerbrochenen Stiefelknecht. Zuletzt fiel sein Blick auf Arnos schwarzes Schaukelpferd: der Junge hatte nie darauf reiten mögen. Mit ein paar Beilhieben war es zertrümmert.

Er trug seine Beute in die Ordination und schichtete sie über Papier in dem kleinen Kanonenofen auf. Nun gierte er selbst nach Wärme. Ah, gleich würde das Feuer drinnen knistern und krachen. Zemans Hände waren klamm, er zitterte vor Kälte.

Er wollte schon anzünden, da hielt er inne: Wie, wenn die Leute doch nicht gleich kämen, nicht jetzt schon – sondern erst am Nachmittag. Sie hielten sich nie an die angegebenen Stunden, und es dauerte gewiß seine Zeit, ehe sich die Kunde von der Rückkehr des Doktors im Dorf verbreitet hatte. Dann würde die Wärme wieder verpufft sein. Zeman blies das angerissene Zündholz aus. Er mußte noch warten. Bis dahin –. Auf dem Spirituskocher, auf dem er zu sterilisieren pflegte, setzte er einen Blechbecher mit Wasser auf. Tee fand sich noch in einer Dose. Er schlürfte das Getränk und wärmte sich die Hände an der heißen Schale.

So verging die Zeit. Schritte unten im Hof –. Zeman schlich spähend ans Fenster. Kam wer die Treppe herauf? Es hörte sich fast so an. Nein. Nichts. Nichts und niemand. Zeman wartete weiter.

Um sich die Zeit zu verkürzen, begann er geschäftig zu werden. Jetzt erst, bei Tageslicht, konnte er ausmachen, was alles fehlte, was zu tun nötig war. Er trug die Küchenbank in den leeren Warteraum. Er kochte seine Instrumente aus, nahm die Hausapotheke in Augenschein und das Buch mit den Krankengeschichten; hier ergänzte er seine letzten Eintragungen. Er war mit sich selbst nicht zufrieden. Er hatte nicht alles genau genug notiert. Der alte Krejci fiel ihm ein: wer würde ihm die letzte Injektion verabreicht haben? Und die alte Laun, deren offene Beine einen so gräßlichen Geruch verbreiteten, daß nicht einmal die eigene Tochter sie hatte verbinden wollen; er, der Doktor, hatte es tun müssen Tag für Tag. Wie hatte sich wohl die alte Laun während seiner Abwesenheit beholfen? Und der alte Schuster Schwetz, dessen Bruch ihm so viele Beschwerden verursachte, und der kleine Uzel, dem es so elend erging bei den Zieheltern: er wurde gezwungen, schwere Arbeit zu leisten, und hatte einen Schatten in der linken Lunge. Man mußte ihn in eine Anstalt überweisen, es war Zeit, höchste Zeit.

Zeman sprang auf und lauschte. Wieder war ihm gewesen, als habe sich etwas auf dem Flur gerührt: Schuster Schwetz oder doch wenigstens die alte Laun mit den faulenden Beinen –?

Doch auch dieses Mal hatte er sich geirrt.

Gegen Abend konnte er nicht mehr: ihn schwindelte vor Hunger, die Kälte hatte ihn zermürbt. Er ging, riß ein Zündholz an und hielt es in den Ofen. Er sah zu, wie die Flamme aufwärtskroch, über Papier und Späne leckte. Dann drückte er das Türchen zu. Gegen das eiserne Rohr gepreßt, hörte er, wie das Feuer drinnen um sich fraß, wie die Trümmer loderten und endlich verglühten.

Am nächsten Tag war es das Gleiche wie am ersten: Zeman wartete vergeblich. Er lag und döste, dann rannte er wieder sinnlos in den leeren Räumen umher. Die Kälte zerstörte ihn, aber er verließ die Wohnung nicht, es sei denn abends, wenn es finster geworden war, um an das Haustor zu schleichen und nachzusehen, ob das Schild noch steckte. Es steckte.

Seinen Hunger stillte er aus einem alten Marmeladentopf, den er im Küchenschrank herausgestöbert hatte, Schimmel bedeckte seinen Inhalt. Er zog den grauen Pelz herunter und aß.

Er hatte sich geschworen, keinen Schritt hinauszutun, ehe nicht jemand zu ihm gekommen war. Wievielen hatte er geholfen! Alle die vergangenen Jahre hatte er nicht viel mehr gekannt als Hilfeleistung bei Tag und Nacht, oft unbelohnt, oft ohne triftigen Grund gerufen, manchmal nur von übertriebener Ängstlichkeit oder Launen belästigt. Jetzt fand sich keiner zu ihm; keiner fand sich, der ihn rief oder um Hilfe anging, keiner von den vielen, der ihm Vertrauen erwiesen, der ihn gerechtfertigt hätte. Sie alle hielten ihn für schuldig.

Nun fühlte er die Versuchung stärker als im Gefängnis, als selbst bei den endlosen Verhören in sich aufsteigen, die Versuchung, das Geheimnis preiszugeben: wer sich in Helena Jacubowska verborgen hatte; und auch das rasende Verlangen, die Spur aufzudecken, die zu Wostuda führte; Wostuda, zu dem Toni gegangen war, ehe sie den Bruder aufsuchte; Wostuda, dem Toni, soviel glaubte Zeman als sicher erraten zu können, ihre Anschrift in der Stadt gegeben hatte; Wostuda, der ihr nachgefahren war, um ihn, den Doktor, mit der Schwester zu demütigen; Wostuda mit den Stiefeln –.

Aber in Zemans Verlangen, den Mann auszuliefern, mischte sich ein anderes, noch rachsüchtigeres: Wostuda hatte sich im Rausch verraten und wußte, daß er sich verraten hatte. Er zitterte jetzt vor Zeman; er sollte zittern, lange und ausgiebig; er sollte nicht zu früh von dem Schlag erreicht werden, zu dem Zeman auszuholen begonnen hatte, als er dort in der Nacht vom Motorrad stieg und den anderen allein nach Hause fahren ließ, allein und von der siedenden Gewißheit erfüllt, sich das Verderben an den Hals gebracht zu haben.

So mochte Wostuda gar kochen in seinem eigenen Schlamm.

In der dritten Nacht nach seiner Rückkunft saß Zeman lange wach, von Gedanken des Hasses und der Verzweiflung erfüllt. Abgeschnitten von jeder Art von Benachrichtigung, wußte er nicht, daß am Tag zuvor durch Rundfunk und Presse seine Enthaftung bekanntgegeben worden war.

Er lag in seiner kalten Bude im ersten, von konturlosen Traumbildern unruhig durchschossenen Schlaf; da schreckte ihn etwas Ungewohntes daraus hervor: das Surren eines Autos hinter dem Hause, die unruhig fächernde Lichtflut eines Scheinwerfers vor den Fenstern. Zeman riß die Augen gewaltsam auf. Ein Wagen im Hof! das geschah doch nie, das galt ihm.

Ihm galt es. Er stürzte ans Fenster. Eine schwere Limousine schob sich schrittweise durch das enge Hoftor. »Ich komme! ich komme sofort!« Sein Herz klopfte stürmisch vor Freude. Endlich! er wurde geholt.

Als er hinunterkam, war das Scheinwerferlicht erloschen. Nur im Inneren des Autos leuchtete es schwach vom Schaltbrett. Zeman nahm in dem ungewissen Schummern den Umriß einer Frau wahr, sie saß drinnen, dick vermummt, hinter dem Lenkrad. »Suchen Sie mich?«

»Sind Sie Doktor Zeman?« – »Ja, der bin ich.« – »Können Sie mit mir kommen?« – »Natürlich. Sofort. Aber – warum sind Sie in den Hof hereingefahren? Sie hätten auf der Straße bleiben sollen.«

»Ich kenne mich nicht aus«, ächzte die Frau.

Die Einfahrt in den Hof führte über eine Brücke, die heuer im Herbst unter einem Fuder Heu zusammengebrochen war. Man hatte sie nicht erneuert, hatte nur ein paar Bretter über das Loch gelegt.

»Und – wo kommen Sie überhaupt her?«

»Aus Lischa.«

»Aus Lischa?« Der Ort war von Kukus dreißig Kilometer entfernt.

Jetzt konnte Zeman das Gesicht der Frau ausnehmen. Es war von Schweiß bedeckt, unter dem Hut hingen weiße zerraufte Strähnen hervor und bis auf den Kragen des Persianermantels herab.

»Haben Sie denn keinen anderen Arzt in der Nähe gefunden?«

Sie schüttelte den Kopf.

»Und was ist?«

»Meine Tochter!« flüsterte die Frau. »Blutungen.«

»Aha. Warten Sie. Ich muß mich fertigmachen. Bin gleich wieder da. Oder kommen Sie mit hinauf?«

Wieder das rauhe Flüstern wie aus der Kehle eines Narren: »Nein, nein. Machen Sie rasch.«

»Fahren Sie indessen hinaus auf die Straße.«

Zeman rannte hinauf. Mit fliegenden Händen – noch immer im Innern frohlockend – packte er das Nötige zusammen: Spritzen, Medikamente, Curetten. Irgend etwas beunruhigte ihn dabei. Der Motor ging an und blubberte heftig. Das Scheinwerferlicht spielte vor dem Fenster. Dann bumste es: Zeman rannte ans Fenster. Der Wagen war gegen einen Pfeiler des Hoftors geprallt. »Was treiben Sie denn, in Satans Namen?«

Er beeilte sich fieberhaft. Als er hinunterkam, fand er die Frau untätig hinter dem Volant. »Warum haben Sie nicht gewendet?«

»Ich kann nicht.«

»Was heißt: Ich kann nicht?«

»Kann nicht fahren!«

»Nicht fahren – Sie sind doch von Lischa herübergekommen!«

»Ja – eben.«

»Sie haben keinen Schein?«

»Nein.«

»Rücken Sie weg. Ich werde –« werde fahren, dachte er. Er biß die Zähne zusammen. Er hatte nie fahren gelernt, immer nur zugesehen, wie es andere machen. Verdammt: der Wagen ist ihm gänzlich fremd, ist einer von den neuen teuren, von denen erst wenige laufen. Die Frau wußte doch wenigstens mit den Hebeln Bescheid. Aber sie ist fertig – er muß sich selbst zurechtfinden. Verfluchter Dreck. Auch er kann in dem engen Hof nicht wenden. Im Rückwärtsgang muß er zum Tor hinaus, über die Bretterbrücke auf die Straße hinauf. Was Schönes hat ihm die Alte eingebrockt.

»Steigen Sie aus. Lassen Sie mich allein! Los! rasch! Wenn der Wagen absackt, was dann?«

Die Frau gehorcht und kriecht hinaus. Zeman schaltet um. Der Wagen schiebt sich durch das Hoftor. Zemans Schläfen feuchten sich. Wenn er die Brücke nur nicht verfehlt, er muß sie schnell nehmen, sonst rumpelt ihm der Krempel unter den Rädern weg. Entsetzt fühlt er, wie der Wagen losschießt, die Bretter poltern auf –. Geschafft. Hier ist die Straße, er schert in sie ein. Er hält, stößt die Wagentür auf. Die Frau hastet herbei und schiebt sich neben ihn auf den Sitz. Der Mann trocknet den Schweiß vom Hutrand ab.

»Also wohin? – nach Lischa?«

Dreißig Kilometer. Die Nacht liegt vor ihm auf der Fahrbahn, eine dunkle, schwarzverhängte Welt. Der Scheinwerfer schiebt seinen weißen Kegel vor sich her, aber bei jeder Kurve stürzt die Straße in Finsternis ab. Bäume, Böschungen, Mauern rennen auf Zeman zu, neigen sich gegen ihn, drehen im letzten Augenblick weg: mit zitternden Händen bewegt er das Lenkrad.

»Können Sie nicht schneller fahren, Herr Doktor?«

»Ich kann so wenig fahren wie Sie.«

»Meine Tochter, Herr Doktor, meine Tochter –«

»Ja – ja!« Zeman schaltet auf den vierten Gang. Mit einem raschen Blick späht er nach dem Weib neben sich, ihr eulenhaft rundes, scharfnäsig-blasses Gesicht ist von Angst verzerrt. Dreißig Kilometer bis Lischa. Warum hat sie ihn, gerade ihn geholt?

»Meine Tochter, Herr Doktor, Sie müssen wissen, ein braves Mädchen, ein gutes Kind. – Ich habe sie immer gewarnt. Aber die Kerle sind schlecht, gewissenlos. Ach, das Kind, wie hat sie geweint. Wußte sich nicht zu helfen. Die Freundin versprach ihr, die ist schon erfahren –«

Zeman murmelte: »Das können Sie mir alles später erzählen.«

Doch die Frau kann nicht schweigen: »Und gestern abend kam sie dann. Ich wollte gleich zu Ihnen fahren, Sie holen. Hätte ich es nur getan. Aber die Freundin sagte: sie könne es bestimmt. Erst als die Blutungen eintraten, bekam sie es mit der Angst zu tun. Ihr kam es nicht mehr geheuer vor. Herr Doktor, meinen Sie, es kann gefährlich werden: mit einer Stri –?«

»Schweigen Sie!« Der Wagen schleudert durch eine Kurve. »Das darf ich doch nicht wissen, begreifen Sie denn nicht –?«

»Nicht wissen?« fragt die Frau. »Wieso? Sie –!«

Zeman tritt auf die Bremse. Der Wagen hält so

jäh, daß sie beide nach vorn gerissen werden. Der Mann wendet sich gegen die Frau, er starrt ihr haßerfüllt in das eulenhafte Gesicht. »Ach – darum haben Sie mich geholt –. Dreißig Kilometer weit – zehn Ärzte wohnen in Ihrer Nähe – *mich* haben Sie geholt.«

»Es stand in der Zeitung: Sie seien frei. Da haben wir gedacht: bei Ihnen – sind wir sicher.«

Zeman stößt einen Laut aus, er hebt die Faust. Am liebsten hätte er sie der Alten ins Gesicht gehauen. Aber er klinkt nur die Tür auf, schwingt die Beine hinaus und steht auf der Straße. Er beugt sich vor und spricht in den finsteren Wagen hinein: »Sie irren sich. Sie irren sich.« Und dann schreiend: »Verdammte Vettel.« Damit schlägt er die Tür zu.

Hier, zehn Kilometer von Kukus entfernt steht er auf der nächtlichen Straße. »Bis gegen Morgen werde ich wieder zu Hause sein.« –

Da schallt hinter ihm ein Schrei: »Herr Doktor!«

Zeman beeilt sich.

»Herr Doktor, Herr Doktor, was tun Sie? Um Gottes willen, wo laufen Sie denn hin?«

Nur weiter, weiter, denkt Zeman.

»Sie werden doch nicht fortgehen, Herr Doktor!« Nun ist die Stimme hinter ihm her, jammernd, ein heiser plärrendes Geheul. »Ich habe doch nichts gesagt, ich wollte Sie nicht beleidigen. Meine Tochter, Herr Doktor, meine Tochter verblutet.«

»Weiter!« murmelt Zeman vor sich hin. »Was gehn sie mich an? Die Alte, die Junge! Mögt doch krepieren, ist die Erde ärmer an Geschmeiß.«

Aber die Mutter holt ihn ein, die dicke, alte Frau. »Fünfhundert Kronen, Herr Doktor!« Nun ist sie neben ihm. »Achthundert, wenn Sie wollen. Achthundert, Herr Doktor, meine Tochter verblutet.«

»Holen Sie sich wen andern«, keucht Zeman.

»Tausend Kronen!« Sie fleht und brüllt. »Fünfzehnhundert, Herr Doktor, haben Sie Erbarmen.«

»Wen andern!« schluchzt Zeman in sich hinein.

Die Frau kann nicht mehr. Sie bleibt zurück. Ihre Stimme gellt: »Sie haben Schuld, wenn sie stirbt, wenn meine Tochter stirbt, haben Sie die Schuld. O mein Gott, mein Kind, mein einziges Kind.«

Eine Weile später sitzen sie beide wieder in dem Wagen. Zeman tritt auf den Anlasser. Die Frau weint und wimmert an seiner Seite.

In den späten Vormittagsstunden verläßt Dr. Viktorin Zeman die Villa in Lischa. Es ist ein stattliches Haus mit Garten und gepflastertem Vorplatz. Zwischen mit Stroh umwickelten Rosenstöcken steht ein Vorgartenzwerg breitbeinig im bleichen Gras und grinst rotnasig aus seinem weißen Bart.

Zeman ist müde, er fühlt sich ausgehöhlt, leer und schwindlig. Sein Rücken schmerzt ihn, stundenlang hat er über das Mädchen gebeugt gestanden, Herzschlag, Atmung, Reflexe kontrolliert. Es war höchste, allerhöchste Zeit. Bleibt noch abzuwarten, ob eine Sepsis auftritt. Verfluchtes Luder, die Mutter; die Freundin; das ganze Pack. Zeman lehnt sich gegen ein Gartengitter, stellt seine Tasche ab. Sie haben ihm zuletzt einen Umschlag zugesteckt. Er will sehen, was der enthält. Der Umschlag ist zugeklebt. Zeman schlitzt ihn auf und zieht die Scheine heraus, es sind zwei große Noten, noch steif vor Neuheit, zweitausend Kronen.

Nicht mehr lange blieb Doktor Viktorin Zeman nach seiner Freilassung aus dem Gefängnis allein, nicht mehr lange gemieden. Die Frau, die ihn nach Lischa zu ihrer Tochter geholt hatte, weil sie nur ihm glaubte zumuten zu dürfen, er werde gemeinsame Sache mit ihnen machen, blieb nicht die einzige Besucherin. Sie war – im Gegenteil – nur die erste, die Anführerin eines langen Reigens.

Die durch die Presse und den Rundfunk verbreitete Nachricht von der Enthaftung des Doktors hatte in gewissen Kreisen wie eine Zündung gewirkt. Sie lief sofort von Mund zu Mund: »Haben Sie schon gehört? Zeman ist frei –. Was sagen Sie dazu? Skandal? Gewiß! Immerhin ein interessanter Fall. – Man sollte den Burschen in Augenschein nehmen, nicht?«

Reporter kamen und suchten zu Zeman vorzudringen. Er empfing sie unwirsch und warf sie, als sie ihm Fragen stellten, hinaus. Das hielt die Leute nicht davon ab, über ihn zu berichten. In einer Bildzeitung erschien ein mit allen möglichen Lappalien aufgeputzter Bericht unter dem Titel: Das Rätsel von Kukus. Photos von Zemans Haus, von ihm selbst, dem Tatplatz im Strelapark illustrierten das elende Machwerk.

Die Zeitungsverkäufer, die das Blatt auf den Straßen feilboten, schrien Zemans Namen in die

Menge. Im Nu war es vergriffen. Die Maschinen wurden angekurbelt, die Auflage nachzudrucken.

Ein zweites Blatt suchte es dem ersten nachzutun. Wieder kamen Reporter, wieder klickten die Kameras. Dieses Mal erschienen auch Pussys und Arnos Bilder.

In den nahen Badeorten war die Saison zwar abgelaufen. Doch gab es hier immer noch Gäste genug, die sich langweilten; eine Fahrt nach Kukus versprach Abwechslung, ein angenehm gruseliges Erlebnis: besonders, wenn man das Glück haben sollte, den unheimlichen Doktor selbst zu Gesicht zu bekommen – oder noch besser – mit ihm zu sprechen. Das einfachste Mittel: ihn zu konsultieren. Welcher Arzt darf Konsultation verweigern? Auf nach Kukus!

Was zuerst von einigen Witzköpfen ausgeheckt worden war, trug Frucht bei solchen, die, mit krankhaften Anlagen behaftet, mit sich selbst nie ins reine gekommen, einem wollüstigen und zugleich selbstmörderischen Trieb verfallen waren. Es waren vorab Frauen, die sich, von Langeweile zerfressen, die abenteuerliche Fahrt gestatteten; reiche Frauen, die mit eigenem Wagen oder in Taxen kamen, manche bei Nacht, andere, schamlos, am hellichten Tag, allein oder zu zweit, planlos oder mit bestimmten Anliegen; es waren Süchtige unter ihnen, die sich von Zeman Verschreibung bestimmter Drogen und andere Ungesetzlichkeiten erhofften; auch solche, die selbst irgendeinmal eine Schuld auf sich geladen hatten, über die sie mit niemand sprechen zu können glaubten als eben mit diesem einen Arzt, der selbst unter dem Verdacht schwerster Verschuldung stand.

Zeman reagierte auf die ersten Besucher wie ein Mensch, der, durch die Lage verwirrt, sich nicht zu zeigen getraut, daß er die Motive seiner Partner durchschaue. Dann begann er sich in Unzugänglichkeit zu verschalen; fertigte ab oder verwies an zuständige Kollegen. Aber allmählich konnte er sich dem Vorteil nicht verschließen, der sich ihm anbot, um so weniger als diese falschen Patienten nach wie vor seine einzigen blieben: das Dorf verharrte in Ablehnung gegen ihn. Kein Bauer erschien in seiner Ordination; kein Keuschler schickte nach ihm. Nicht einmal die alte Laun vertraute ihre offenen Beine seiner Pflege an; und sein Antrag beim Bürgermeisteramt, den kleinen Uzel mit der verschatteten Lunge seinen verständnislosen Zieheltern wegzunehmen und auf Gemeindekosten in eine Anstalt zu schicken, wurde abgelehnt.

Zeman war sich längst klar darüber, daß er hier im Dorf ein verlorener Mann war: abgeschrieben bei diesen, für die er sich jahrelang gemüht hatte. Wo er sich auf der Straße zeigte, begegnete er offenem Haß. Um so weniger konnte er es sich leisten, auf jene zu verzichten, die von auswärts angereist kamen. Er war ein Gezeichneter. Er mußte sich mit denen abfinden, die ihn, weil er es war, in Anspruch nahmen.

Seit jener Fahrt nach Lischa war sein Gewissen nicht mehr rein. Er hätte, um ehrlich zu bleiben, Anzeige erstatten müssen. Statt dessen hatte er sich bezahlen, einen Wucherpreis bezahlen lassen. Mit den zweitausend Kronen in der Tasche war er ins nächste Wirtshaus gestürzt, hatte sich dort eine Mahlzeit bestellt, die erste ordentliche Mahlzeit nach Tagen. Erst, als er die Banknote zur Bezahlung wechseln ließ, hatte er begriffen: jetzt hatte er den Mühlstein angenommen, der ihm an den Hals gebunden war. Jetzt blieb ihm nichts weiter übrig als darauf zu warten, daß er ihn in die Tiefe zog.

Zugleich erstarb die Versuchung in ihm, der Behörde den wahren Namen der Helena Jacubowska mitzuteilen; zugleich: die Versuchung, Wostuda anzuzeigen. Er haßte den Menschen, wie er ihn noch nie gehaßt hatte, nicht einmal in jener Nacht der Entdeckung. Aber das alte Gerücht summte von neuem in ihm, Zeman auf, das über Wostuda umging: er sei ein lediges Kind aus der Verwandtschaft von Zemans Stiefvater; der kleine Jan sei durch das Auftauchen von Zemans Mutter aus der Familie verdrängt worden.

In diesem Winter hütete sich Wostuda, des Doktors Haus zu betreten. Der Doktor wieder machte einen weiten Bogen um das »Haus Vaterland«. Trotzdem wußte er, daß jener an seinen Patienten profitierte. Sie kehrten dort ein, die Wagen, die zuerst vor des Doktors Wohnung geparkt hatten, standen dann vor Wostudas Tür oder umgekehrt. Der Wirt wußte die Lage zu nützen, er hielt teure Getränke feil und setzte Kaviar und Hummer auf seine Karte. Waren die Gäste seßhaft, kam er zu ihnen an den Tisch und leitete ein sachtes Gespräch mit ihnen ein. Nach einigen vorfühlenden Redensarten kam Zeman aufs Tapet. Wostuda äußerte sich vorsichtig. Auf die Frage, ob er den Doktor für unschuldig halte, pflegte er mit vielsagendem Feixen zu antworten: Man müsse es wohl glauben, nachdem ihn die Hohe Justiz auf freien Fuß gesetzt habe. Er wartete mit Einzelheiten aus Zemans Leben auf, und man kann sich denken, welche Deutungen er den verschiedenen Episoden unterlegte.

In Zemans äußere Umstände trat in diesen Wochen und Monaten eine große Veränderung ein. Als in den benachbarten Badeorten die Frühjahrssaison mit einem lebhaften Zustrom an Gästen einsetzte, erhöhte sich auch die Frequenz seiner Ordination. Es wurde nachgerade zur Mode, ihn aufzusuchen. Er kassierte höhere Honorare denn je. Er nahm eine Haushälterin auf, möblierte seine ausgeraubte Wohnung, ließ eine Fernsprechleitung legen, schaffte sich neue Anzüge, einen teuren

Rundfunkapparat, ein Gramola und eine Collektion Platten an. Er aß gut und trank viel. Dann griff er wieder zu den Giften.

Kurze Zeit, nachdem er aus dem Untersuchungsgefängnis entlassen worden war, hatte er die Nachricht erhalten, daß Pussy die Scheidung eingereicht habe. Zeman erklärte sich einverstanden. Pussy war zu ihrer Mutter, der ehemaligen Ehrlicher gefahren. Arno hatte sie in ein Heim gegeben. Eine Zeit hörte Zeman nichts von den beiden.

Im Spätwinter wurde ihm mitgeteilt, daß seine Frau die Klage zurückgezogen habe, und bald darauf kam von Pussy ein Brief, der auf einen ganz anderen Ton als ihre ersten Briefe gestimmt war: sie fragte schüchtern an, ob sie nicht zu ihm zurückkehren dürfe.

Zeman antwortete nicht.

Es wurde Sommer. Und wieder kam ein Brief, der ihn daran erinnern sollte, daß sie einander doch sehr geliebt hätten und daß sie, Pussy, es bei ihrer Mutter nicht aushalten könne. Auch sei es ein Unrecht, den Jungen des Elternhauses zu berauben ... Zeman zerriß den Brief. Jetzt zweifelte er nicht mehr daran, daß Pussy hier in Kukus einen Vertrauensmann besaß, der ihr berichtete.

Eines Tages im August hörte er in seiner Ordination, daß drüben im Wohnzimmer der Plattenspieler in Gang gesetzt worden war. Zeman stutzte.

Die Haushälterin schaltete manchmal das Radio ein, um sich bei einer langweiligen Arbeit unterhalten zu lassen. Aber den Plattenspieler hatte sie noch nie angerührt.

Ein Stück folgte dem anderen. Zeman lauschte mit wachsender Unruhe. Er fertigte die Patientin, die bei ihm saß, beinahe grob ab. Als sie gegangen war, spähte er in das Wartezimmer: es war leer.

Drüben erschallte der Triumphmarsch aus der Aida.

Zeman fühlte sein Herz bis in den Hals klopfen. Er riß die Tür auf: da stand Pussy vor ihm.

»Das habe ich mir gedacht –«

Pussy wollte ihm an den Hals fliegen.

Zeman stellte die Musik ab, die Nadel kratzte quer über die Platte. »Laß das. Ich mag nicht mehr.«

Pussy brach in Tränen aus.

Sie war sehr hübsch herausgeputzt, war rougiert und gepudert, hatte eine neue Frisur, und aus ihren Kleidern wehte eine Wolke Parfum, die zu intensiv war, um angenehm zu wirken. Auf dem Sofa lag neben Pussys Täschchen ihr Hut, ein breitkrämpiger Florentiner mit rosa Band.

Pussy griff nach ihrem Taschentuch. Zeman ließ sie eine Weile schluchzen. Dann sagte er: »Das hättest du dir und mir ersparen können. Hast du vielleicht auch den Jungen mitgebracht?«

Pussy blickte auf. Der Ton seiner Stimme hatte sie erschreckt. Sie zögerte, dann versuchte sie ein klägliches Lächeln, haschte nach Viktorins Hand und führte ihn an die Tür des Schlafzimmers.

Drinnen lag Arno in Kleidern auf Zemans Bett. Er schlief.

Der Mann drehte sich auf dem Absatz um, ging hinaus und schmetterte die Tür hinter sich ins Schloß.

Er ging in seine Ordination und schob den Riegel vor. Er blieb den ganzen Abend drüben, die ganze Nacht. Einige Male kam Pussy, klopfte, bat um Gehör, trommelte mit den Fäusten. Dann gab sie es auf.

Am anderen Tag saßen sie zu dritt am Tisch.

»Wie seid ihr denn gestern hierhergekommen, Arno?«

Es war das erstemal, daß der Vater den Knaben ansprach. Arnos Augen leuchteten auf, er hatte dieselben schmalen moorbraun funkelnden Augen wie sein Vater, auch dasselbe borstige Stichelhaar, dieselbe Stirn – der Mutter glich er nicht.

Das Kind tat den Löffel vom Mund und antwortete so eifrig, daß es sich beinah verschluckte: »Ganz fein, Papa, in Onkel Jans neuem Auto sind wir gekommen, was glaubst du, wie das schnell fahren kann!«

»Onkel Jan?« fragte Zeman. »Welcher Onkel Jan?«

»Weißt du nicht? er hat einen Wagen, einen grünen Tatra – mit offenem Dach –«

Zeman fiel das Messer aus der Hand. Ein paar Sekunden lang konnte er nicht einmal atmen. Ein grüner Tatra – Wostudas neues Auto. »Also Wostuda«, sagte er dann, »du hast dich von Wostuda holen lassen, Pussy.«

Pussy war tief errötet. Sie stotterte: »Warum denn nicht? er hat es mir angeboten.«

»Er hat dir auch geschrieben, nicht wahr? immer wieder geschrieben?« Ihm versagte die Stimme. »Durch ihn hast du auch gewußt –?«

Pussy begann auf ihrem Stuhl hin- und herzuwetzen. »Gar nichts hat er mir geschrieben. Nichts Besonderes jedenfalls. – Was hast du denn, Viktorin?«

»Geh hinaus, Arno!« sagte der Vater.

Das Kind blickte erschrocken von ihm zur Mutter und wieder zurück. Dann rutschte es von seinem Sitz und bewegte sich zur Tür.

»Bleib hier, Arno!« rief die Mutter.

Unschlüssig trippelte das Kind vor der Tür. Es wäre gern auf seinen Platz zurückgekehrt und hätte fertiggegessen: ein Stück Kuchen lag noch auf seinem Teller bereit. Aber es wagte weder zu bleiben noch zu gehen. Es sah, wie des Vaters Hände schlotterten, als er jetzt seine Serviette ergriff und zusammenknüllte. Die Mutter fing zu weinen an. Warum war der Vater böse, warum weinte die Mutter? gestern war sie so lustig gewesen, hatte mit Onkel Jan geschwatzt und gekichert und ihm, Arno, goldene Berge versprochen: »Jetzt ist dein Papa ein gemachter Mann. Wirst sehen, jetzt werden wir es lustig haben, Arnolein, jetzt kriegst du deine Eisenbahn.«

Als das Schweigen der Eltern andauerte, ging das Kind hinaus. Die Haushälterin räumte den Tisch ab. Arno aß seinen Kuchen in der Küche.

Als er eben bei den letzten Krümeln angelangt war, kam die Mutter zu ihm heraus, sie weinte nicht mehr, schien im Gegenteil heiter und wieder guter Dinge. Sie neigte sich zu ihm, schmiegte ihre Wange an die seine und versuchte ihn, wie sie das in letzter Zeit öfter tat, mit ihren Wimpern zu kitzeln. Das Kind lachte und rieb sich die Backe.

»Höre, Arnolein«, flüsterte sie, »Papa und ich gehen jetzt zum Baden, du weißt ja noch wo, unten am Wehr. Papa will mit mir allein gehen. Aber warum sollst du nicht mitkommen? Wart eine Weile, wenn wir gegangen sind, dann lauf uns nach. Du kannst ja sagen, dir sei bange gewesen –«

Es war ein heißer Tag, einer der späten Augusttage, in denen die langsam gesteigerte Glut des Sommers ihren Höhepunkt erreicht; die durchwärmte Erde atmet, die durchbackenen Steine strahlen Hitze aus, Gras, Dickicht und Holz sind vom Sonnenlicht durchschmort. Es sind die Tage, da die hochbeladenen Erntewagen die Krume der

Straßen zu Staub zermahlen, da das Kartoffelkraut braun dahinstirbt und die erdgeborene Frucht allein läßt zur letzten Reife. Es sind die Tage, in denen sich die Einbeere färbt, in denen die Silberdistel ihr hartbewimpertes Auge aufschlägt. Noch feiert das Leben sein Hochfest, und über die Reste geschlagener Tiere fallen die Aasverzehrer zu Myriaden her.

Der Weg zum Fluß führte vom Haus des Doktors über den Ackerbuckel am Stift vorüber. Arno blieb auf der Schwelle stehen, bis die Eltern hinter den Büschen im Hohlweg verschwunden waren. Dann folgte er ihnen von weitem. Nach einer Weile sah er sie vor sich auf der Höhe einer Hügelkuppe, klein, dunkel und zierlich in den Himmel gezeichnet. Gleich darauf tauchten sie die Böschung hinab.

Arno setzte, immer in ihrer Spur, seinen Weg fort.

Er war nun acht Jahre, ein stilles, ernstes, frühgealtertes Kind. Er hatte sich heimgesehnt, hatte sich gefreut, als die Mutter kam, ihn aus dem Heim zu holen. Aber es setzte ihm zu, daß es, wie er begriff, gegen den Willen des Vaters geschehen war. So beeilte er sich nicht, die Eltern einzuholen. Der Riemen seiner einen Sandale war gerissen, er schlürfte durchs Gras, saß auch wohl nieder, nestelte an seinem Schuhwerk, ließ die Zeit verstreichen. Er dachte, die Eltern müßten schon längst auf dem

Badeplatz sein, erst, als er das Rauschen des Flusses schon hörte, setzte er sich in Trab.

Der Fluß war schön, und Arno liebte ihn, besonders die Stelle, wo sich das Tal verengte und die Strömung rasch dahinschoß. Der Pfad lief zwischen Ufer und Gebüsch, manchmal hart am Wasser hin, manchmal versteckt im Grünen fort. Am Ufer selbst wechselten Sandbänke mit felsigen Stellen, große, flache, ausgewaschene Steine lagen in der Flut.

Arno sah etwas Helles zwischen den Sträuchern blitzen, er erkannte der Mutter geblümtes Kleid. Ach, nun waren sie immer noch nicht im Wasser. Arno duckte sich. Der Vater und die Mutter standen bei einem Mann. Es war der Fischer, so nannten ihn alle, er wohnte droben im Dorf, ein großer, schwerer Mensch, dessen dunkles Gesicht ganz von weißen Bartstoppeln umwuchert war, ein ungeselliger Mann, den man nie anders als mit seinem Fischzeug sah. Nun stand er an einer Felsnase, hielt die Angel und fischte nach Forellen.

Arno schlich hinzu. Der Vater redete mit dem Fischer.

»Guter Fang«, sagte er.

»Guter Fang«, bestätigte der Fischer.

»Die Fische springen«, sagte der Vater.

»Morgen wird es regnen«, sagte der Fischer.

»Der Regen von morgen bringt die Fische heute an den Köder«, sagte der Vater.

»So ist es«, sagte der Fischer. An seinem Haken schnellte eine Forelle.

Vater und Mutter gingen weiter. Arno trat hinter dem Fischer hervor. Zu seinen Füßen hing ein Netz ins Wasser, es war oben mit einem Stein beschwert, daß die Flut es nicht wegreißen konnte. In dem Netz sprangen und schnellten die Forellen.

Auch die eben gefangenen tat der Fischer hinein. Dann hing er das Netz wieder ins Wasser. Der Knabe kauerte sich hin und betrachtete die Tiere. Sie dauerten ihn. Er hätte nicht gewagt, sie anzurühren. Ihre starren Augen entsetzten ihn, aber das Silberlicht ihrer Kehlen, ihre spielenden Sprenkelfarben gefielen ihm sehr. Der Knabe spähte ängstlich nach dem Mann. Der hielt seinen Blick geradeaus auf die Stelle, wo seine Schnur in die Strömung tauchte. Er fischte ohne Schwimmer, mit Fliegen. Als er des Knaben Aufregung bemerkte, erschien etwas wie ein Lächeln auf seinem dunklen Gesicht. »Bleib nur«, sagte er, »gleich wird eine beißen.«

Und wirklich, wieder biß eine an.

Der Knabe blieb. Er vergaß, den Eltern zu folgen; der Badeplatz lag noch ein Stück stromabwärts. Dort war das Wasser tief, Arno erinnerte sich: er mußte immer am Rande bleiben. Der Vater schwamm hinaus bis ans Wehr, die Mutter folgte ihm, sie zappelte mit den weißen, scherenden Schenkeln, ihr Körper schien seltsam verzerrt. Der Vater kam mit langen, federnden Stößen herbei, er zog die Mutter an sich und wiegte sie in der Flut. Manchmal hatten sie auch nach dem bunten Ball gehascht, den Arno ihnen zugeworfen; heute hatte er keinen Ball, er blieb bei dem Fischer.

Die Sonne ging unter. Das warme Licht erstarb, ein fahles Blau kroch aus den Dingen hervor. Der Fischer zog die Angel ein, er hatte keine Köder mehr, sein Netz war voll. Er wickelte die Schnur um die Gerte und machte den Haken fest. Dann zog er das Netz unter dem Stein hervor und aus dem Wasser, er griff hinein, sogleich begannen die Forellen heftiger zu schnellen. Sie warfen sich hin und her und suchten seinem Griff zu entgehen. Aber er faßte eine nach der anderen, hieb sie mit den Köpfen gegen den Fels, dann begann er sie auszuweiden.

Arno sah ihm zu. Es graute ihm, und doch gefiel es ihm auch wieder, wie das Messer in der Hand des Mannes blitzte, wie seine Schneide unter den Kiemen in die Fischleiber drang. Eine Lache wäßrigen Blutes bildete sich, Arno trat zur Seite, um seine Füße nicht zu besudeln.

Da fuhr er zusammen, er stieß an etwas. Er schaute sich um, es war der Vater.

Doktor Viktorin Zeman stand da, er mußte leise den unteren Pfad heraufgekommen sein. Sein Gesicht war bleich, hohlwangig und verzerrt, er sah aus wie ein Mensch, dem entsetzlich kalt ist. Sein Haar war naß, sein Rock voll Sand, die Ränder seiner Hosen trieften, als hätten sie ins Wasser gehangen.

Arno wollte des Vaters Hand fassen, doch als er sie berührte, ließ er sie auch gleich wieder los, so eisig schien sie ihm. Er sah die Härchen auf dieser Hand gesträubt und das Blut blau unter den Nägeln.

Indessen war der Fischer mit seiner Arbeit fertig geworden. Er füllte die ausgenommenen Forellen in das Netz zurück. Die Gedärme, die sich auf der Felsplatte zu einem Häufchen türmten, schob er mit dem Schuh über den Rand hinaus in das Wasser.

Zeman machte eine Bewegung, als wollte er den Fischer daran hindern, den Unrat in den Fluß zu werfen. Dann aber hielt er sich zurück, stand nur da und schaute der Strömung nach. Arno zupfte ihn am Ärmel. Das Kind zeigte auf die Forellen und sagte: »Tut es ihnen noch weh?«

Der Mann schrak zusammen. »Was –? hast du was gesagt?«

»Ob es ihnen noch weh tut?«

»Nein.« Zeman antwortete langsam, mühselig, als erwachte er aus einem schweren Traum: »Nein, nichts mehr. Nichts tut ihnen mehr weh.«

Vater und Sohn kehrten nach Hause zurück. Der Fischer schlug den anderen Weg ein. Erst, als sie bei Tische saßen – in der Stube brannte schon die Lampe –, fragte das Kind nach seiner Mutter.

Zum letzten Mal war Viktorin Zeman allein in seiner Ordination. Er hatte alle Schubladen seines Schreibtisches geöffnet, Briefe und nutzlosen Kram ausgefegt und in den Ofen geworfen. Dann hatte er seinen Instrumentenschrank geleert und alle Geräte, die er tadellos fand, in einer Pappschachtel verpackt. Auf die Schachtel schrieb er den Namen eines jungen Mediziners, den er kannte, der sein Studium erhungerte, wie er, Zeman, es einmal getan hatte: ihm sollten die Dinge zugute kommen.

Endlich sperrte er das Medikamentenschränkchen auf und entnahm ihm die Phiolen, in denen er die Gifte aufbewahrte. Er öffnete sie, schüttete die weißen leichten Oblaten in seine hohle Hand: sie waren seit langem sein teuerster Besitz, seine Zuflucht, sein geheimes Paradies gewesen. Von ihren Wirkungen durchdrungen, hatte er Elend, Haß und Erniedrigung vergessen können; ihre Gnaden waren sein Sakrament gewesen.

Heute –. Er führte eine Tablette zu seinem Mund, legte sie auf seine Zunge wie eine Hostie. Aber, ehe er sie schluckte, spie er sie aus.

Dann stand er auf und warf das Gift zum übrigen Abfall in den Ofen. Er verbrannte alles.

Dann ging er an den Fernsprecher, rief das Amt an und ließ sich eine Verbindung geben: Klein-Pernau.

Es dauerte eine Weile, bis sich drüben eine Stimme meldete: »Hier Elisabeth Jering. Wer spricht?«

»Zeman.«

Aus der Muschel kam ein Ton, als schnappte jemand heftig nach Luft. Dann dieselbe Stimme, aber brüchig, schwankend: »Ich habe nicht verstanden.«

»Zeman.«

»Du, Viktorin –«

»Ja. Ich.«

Einige Sekunden blieb es still; dann leise, rasch: »Ist irgend etwas geschehen?«

»Allerdings.«

»Mein Gott! – Pussy?«

»Auch.«

»Was heißt: auch?«

»Ich verabschiede mich von dir, Elisabeth.«

»Ich verstehe nicht. Gehst du fort?«

»Man kann es so nennen.«

»Und Arno?«

Der Mann schwieg.

»Und Arno?« Es hörte sich an, als riefe die Frau drüben in großer Angst. »Gib doch Antwort! Was ist mit Arno?«

Der Mann preßte die Muschel an seinen Mund, als er nun sprach: »Das wollte ich nur hören; ob du nach Arno fragst, Elisabeth.« Dann preßte er die Faust auf die Lippen und sagte kein Wort mehr.

Eine Weile hörte er die Stimme der Frau im Apparat. Sie rief seinen Namen und beschwor ihn, sich doch zu erklären. Dann fragte sie, ob er noch höre; dann begann sie, mit sich selbst zu sprechen. Noch einmal: Sein Name, und schließlich das Knacken der unterbrochenen Verbindung.

Viktorin Zeman hängte ein und kehrte langsam an seinen Schreibtisch zurück. Da saß er nun und sah dem Mond zu, der allmählich aufging.

Er kam wie ein feuriges Riesenrad, das sich gleichsam mit flammenden Schaufeln langsam über den Horizont emporarbeitete. Der schwere Hitzedunst des vergangenen Augusttages ließ ihn nicht wie das vertraute Gestirn, sondern wie einen fremden, aus dem Luftmeer tauchenden Kontinent erscheinen, der auf die Erde zuschwamm, um sich mit ihr zu vermählen.

Als Viktorin Zeman aufstand und sein Haus verließ, war die Nacht durch Wolkenschwaden und sich ballende Gewittermassen verfinstert. Der Fischer hatte richtig geraten, morgen würde es regnen. Kein Licht beunruhigte das samtene Schwarz, zu dem alle Farben des Tages brüderlich zusammengeflossen waren. Das leise Flüstern der Blätter begrüßte den Mann, der unter den Bäumen in der Wiese dahinging, pfadlos, schleifenden, schlürfenden Fußes, als tue es ihm wohl, das sanft sich biegende Gras unter seinen Sohlen zu fühlen. Etwas wie Friede und ein Gefühl von Freiheit erfüllten seine Brust. Er hatte alles hinter sich geworfen, was an ihm gehangen war. Er hatte alles gewonnen, was einer wie er zu gewinnen hatte. Er war angekommen, angekommen, wohin er immer schon unterwegs gewesen war.

In dieser Nacht fand der Wirt von Kukus keine Ruhe. Längst war der letzte Gast fort oder droben im Stockwerk zu Bett gegangen. Sogar der Pikkolo, der blasse Zwerg von vierzehn, hatte, nachdem er noch die Stube gekehrt und die Gläser gewaschen, Schluß gemacht. Die in rote und violette Lampions eingekleideten elektrischen Birnen waren bis auf eine abgedreht. Die Tageslosung war gesammelt und verrechnet, das Buch mit den Aufzeichnungen ins Pult geschoben. Längst schwieg auch der Rundfunk, und es war nichts um den Wirt als Öde und Leere und höchstens noch das tickende Getröpfel aus dem Wasserhahn.

Draußen in der Tenne stand der neue Tatra, den sich Wostuda im Hinblick auf das gute Geschäft gekauft hatte. Eben erst war der Wirt drüben gewesen, hatte die lackierte Flanke gestreichelt und die Figur auf der Haube mit zärtlichen Fingern angetippt.

Er war gestern zur Stadt gefahren, um die Frau des Doktors und ihren Buben zu holen: eine fesche, lustige Frau, eine gute Verbündete. Dennoch, die Erinnerung freute ihn nicht. Er hatte mit ihr geschwatzt, zuviel geschwatzt, wie ihm jetzt vorkam. Es kroch eine seltsame Kälte an seinen Beinen hoch, ein Gefühl, als striche jemand mit einem naßkalten Lumpen über seine nackten Schenkel. Er war übernächtig und sollte schlafen gehen.

Da lag er nun und wälzte sich hin und her. Der Satan sollte es holen, daß er nicht einzuschlafen vermochte. Im Schankraum stand eine angebrochene Flasche Kirsch. Kirsch machte ihn schläfrig. Er wollte gehen und trinken.

Er knipste das Licht an und öffnete den Schrank. Da fuhr er zusammen. Ein Mann stand vor ihm. Der Wirt erbleichte. Es war der Doktor.

»Was ist los?« fragte er. »Wie kommst du herein?«

Der Doktor kniff die Augen zusammen. Die Birne gab einen grellen Schein.

»Was tust du hier? Was willst du von mir?«

Der Doktor betrachtete den Mann im Hemd. »Du sollst mich in die Stadt fahren«, sagte er dann.

»Jetzt mitten in der Nacht?«

Der Doktor schwang sich, die Hände in den Taschen, auf den Schanktisch. »Du bist gestern schon einmal gefahren.«

»Ja – und?«

»Also kannst du wieder. – Los, los, beeil dich.«

Wostuda stolperte in seine Kammer. Man hörte ihn drinnen herumtappen. Dann kam er wieder hervor: »Du bist wohl verrückt geworden. Um *die* Zeit – ich soll morgen wieder an die Arbeit. Was denkst du denn?«

Zeman nahm eine Krone, lehnte sich zurück und warf sie in den Musikautomaten. Bei den ersten Klängen stürzte Wostuda herbei. »Willst du wohl. Das Haus ist voll von Leuten!« Er stellte den Kasten ab.

»Mach vorwärts«, sagte Zeman.

Wostuda hatte schon die Hose angezogen. Jetzt trat er in die Stiefel, er trug immer Stiefel, seit er motorisiert war. »Das aber sag ich dir: wenn an meinem neuen Wagen was passiert –«

»Du sollst nicht den Wagen nehmen. Das Motorrad. Du hast doch immer das Motorrad gefahren. Auch damals.« Zeman lachte.

»Was lachst du?«

Zeman starrte ihn an. »Bist du fertig?«

Wostuda zitterte. »Ich gehe nicht, ehe du mir sagst, was du in der Stadt willst. Ist was passiert? Oder hast du nur den Verstand verloren?«

Zeman wies auf den Musikautomaten. Er sagte: »Du bist mir eine Krone schuldig.« – »Haha«, sagte Wostuda mühsam.

»Gib sie mir. Damit zahle ich dich für die Fahrt heute nacht.«

»Hahaha«, meckerte Wostuda grell.

Sie gingen hinaus. In der Tenne drüben stand das Motorrad neben dem neuen Tatra. Es war zerschrammt und verdreckt. »Hast du getankt? – Dann los.«

Wostuda schob das Rad ins Freie. Seine Knie zitterten. »Höre«, begann er noch einmal. »Wenn du etwas vorhast, ich habe die Deine nicht angerührt. Nicht angerührt habe ich sie. Es war doch auch der Bub dabei. Du weißt doch, daß der Bub dabei war.«

»Beeil dich«, sagte Zeman.

Wostuda trat auf den Anlasser, er mußte vier- oder fünfmal treten, ehe der Motor durchzog. Unwillkürlich hatte er das Rad vom Hause weg gegen die Straße geschoben. Zeman wartete, bis er aufsitzen konnte. Der Wirt setzte sich immer noch zur Wehr. Er konnte es jetzt nicht mehr verbergen, daß seine Stimme bebte: »Zeman, du wirst kein Narr sein. Kein Narr wirst du sein. Es geht dir doch prima, was willst du mehr? Was warst du für ein armer Hund zuvor. Es steht nicht dafür – laß es dir sagen. Geschehen ist geschehen. Ist nicht schon alles gleich?«

»Ich weiß nicht, wovon du redest«, erwiderte Zeman.

Wostuda gab es auf. Sie fuhren los.

Das Rad belferte durch die Nacht, hügelauf, hügelab. Neben der Straße her, einmal näher, einmal ferner, aber in gleicher Richtung zog der Fluß seinen Lauf hinab. Die Straße schlang sich von Ortschaft zu Ortschaft, immer wieder grub sie sich auch in die Schluchten ein, die der Fluß gegraben hatte, lief ein Stück an seinen Ufern hin, spiegelte ihre

Rammsteine in seinen Wassern. Das Belfern des Rades scholl dumpf von Felsrippen und Brüchen, in denen das uralte, längst abgetragene Gebirge hier zu letzten Stümpfen abgeschliffen war. Das Belfern fegte über Böschungen und Hügelränder, durch schlafende Ortschaften, schütterte über baumlose Flächen dahin.

Drei Kilometer vor dem Weichbild der Stadt brach es jählings ab.

Da erreichte die Straße noch einmal den Wasserlauf. Auch hier war er gestaut, aber nicht zu einem von lebendiger Flut durchströmten, zwischen Fels und angeschwemmtem Sand gehöhlten Tumpf: hier war ein in Betonufer gefaßter Stausee, ein großes Viereck mit gemauerten Rändern, schwarz, tief und stumm.

Als sich das Rad ihm näherte, hob sich Zeman von seinem Sitz auf und schrie in Wostudas Ohren: »Hier –«

Wostuda zuckte zusammen und bremste jäh, das Rad kreischte auf und hielt am Rain. »Was ist *hier*?« fragte Wostuda. Er zitterte wie im Krampf.

»Hier sollst du mich absteigen lassen«, sagte Zeman und schwang sich vom Rad.

Wostuda duckte sich.

Zeman sagte: »Merk dir den Platz.« Dann: »Hier kannst du auch deine Rechnung begleichen.«

Er ging an Wostuda vorüber, die Straße weiter. Dort, wo der See zu Ende war, drehte er sich um.

Der andere hielt noch immer in der Mitte der Fahrbahn, das Rad unter sich. Zeman lachte und schwenkte wie grüßend die Hand.

Vor ihm tat sich der weite Talkessel auf, derselbe, in dem alle Wasserläufe dieser Landschaft zusammenströmen. Da lag die Stadt, undeutlich noch unter dem dunklen Himmel. Doch fern im Osten, den flachen Erdrand entlang, zog sich schon ein brandrot glimmender Faden, der sich rasch zu einem feurigen Spalt erweiterte. Da trat, sich gliedernd, die Gestalt der Stadt hervor. Man sah ihre Türme, die konischen Stifte der Schornsteine, das hochgestellte Viereck des Wolkenkratzers und endlich, wo der Himmel in einer Flußkrümmung aufspiegelte, die eirund hochgezogene, mit einem Kreuz gekrönte Kuppel des Gerichts.

Vierter Teil

Der Freigelassene

»Vertrauen Sie ihm. Er wird helfen.«

Leise klatschten die Sohlen des Freigelassenen auf dem Pflaster, als er durch die nächtlichen Straßen seinen Weg zum Bahnhof nahm. Doch er mußte nicht fürchten aufzufallen, weil seine Füße unbeschuht waren, es war Krieg, und die Stadt war verdunkelt. Nirgends brannte eine Laterne. Aus keinem Fenster fiel Licht, und wo sich wirklich um eine blauvermummte Ritze ein Rändchen Helligkeit sammelte, war ihm leicht auszuweichen. Dunkel summend lief die Menge die Häuserfronten entlang. Eines sah das andere nicht, erriet es nur am Schritt, an Stimme und Atem oder an Zeichen, grünlich milchigen Klexen, die an Röcke und Kleider geheftet waren. Sie schimmerten und waren in der Finsternis Signale denen, die einander begegneten.

Der Freigelassene hatte kein solches Signal, auch sein Schritt konnte niemanden warnen, er blieb unhörbar. Also hielt er sich am Rand der Menge, um nicht anzustoßen, blieb häufig stehen, wich zurück und wanderte weiter, wo eine Lücke sich auftat. Er hörte Reden und Lachen, einzelne Worte, ganze Sätze, Fragen und Antworten zwischen Unbekannten, neckende Rufe, Kichern, Schmeicheln. Dicht wehte der Atem der Menschen, der Duft ihrer Haare, der bittere oder zart durchsäuerte Geruch ihrer Kleider; der Freigelassene sog ihn ein wie den Brodem eines tropischen Gartens.

Seine Schritte waren vorsichtig, tastend. Er trug eine Last auf der linken Hüfte, einen Kasten aus Holz, scharfkantig und ungeschlacht, mit einem Gurt aus Stricken über seine rechte Schulter gehängt. Der Kasten enthielt alles, was er, der Mann, besaß. Außen, an den Schnürsenkeln baumelnd, hing ein Paar Schuhe von dem Kasten herab.

Er, Viktorin Zeman, nicht mehr Doktor, denn man hatte ihm, als er verurteilt wurde, den Doktorgrad und alle mit ihm erworbenen Rechte für Lebenszeit abgesprochen, war heute aus dem Zuchthaus Pankrac in Prag entlassen worden; vorzeitig entlassen durch den Gnadenakt eines Präsidenten, der nun freilich nicht mehr als Präsident eines freien Staates, sondern, wie die einen sagten, als Gefangener, wie die anderen behaupteten, als Mietling einer fremden Zwingmacht auf dem Hradschin amtierte; dennoch: er hatte ihn, Zeman, begnadigt, wohl hauptsächlich deshalb, weil der Kerker zu wenige wurden und man des Platzes bedurfte für neuen Zugang. Auch hatte sich Zeman im Zuchthaus gut geführt und hatte erklärt, arbeiten zu wollen, wenn er entlassen würde.

Die Jahre in Pankrac waren für ihn schlimme, aber nicht *nur* schlimme Jahre gewesen. Er hatte dort ein Handwerk gelernt. Auch war ihm die Entdeckung, daß er an dem Tod jener Jacubowska wirklich schuldlos gewesen, bei den Leitern und Wärtern der Anstalt zugute gekommen.

Für ungewiß hatte gegolten, wohin er entlassen werden sollte. War er als Tscheche anzusehen? Hatte er als Deutscher zu gelten? Die Grenze zwischen dem Gebiet des Protektorats und dem Reich lief mitten durch seinen Heimatort. Endlich erhielt Zeman einen Schein, der ihn zum Tschechen und zu einem Angehörigen des Protektorats machte.

Bei seiner Entlassung waren ihm seine alten Kleider und was er sonst nach Pankrac mitgebracht hatte, ordnungsgemäß wieder übergeben worden. Von dem Anzug waren die Nummern getrennt, die damals vor sieben Jahren in sie eingeheftet worden waren. Aus der Wäsche wurden die Merkzeichen des Zuchthauses gelöscht. Dafür sollte er die Brille, die er hier erhalten, zurücklassen. Es stellte sich heraus, daß sie, weil einseitig, für einen anderen Häftling wahrscheinlich unbrauchbar sein würde. Also ließ man sie ihm, nachdem er ihren Erhalt mit einer Unterschrift auf einem Blatt bestätigt hatte. Seine alten Schuhe waren durch das lange Lagern in von Dampfheizungsröhren überhitzten Kellern eingeschrumpft, dagegen seine Füße durch das täglich viele Stunden währende Stehen an den Klebe- und Falztischen platt und unförmig geworden. Als er sich hineinzwängen wollte, brannten die Schuhe ihn wie Feuer. Mühsam tat er ein paar Schritte in ihnen. Gleich hinter dem Tor nestelte er sie auf, zog sie ab und band sie an dem Kasten fest.

Noch nie war er durch eine verdunkelte Stadt gegangen. Er wunderte sich, wie behende die Menschen waren, wie sie gelernt hatten, sich darin zu bewegen. Gleich geblendeten Molchen auf dem Grund tiefer Tümpel aus Tinte schoben sich Autos und Trams durch die Schluchten der Gassen. Lemurisch blau bestrahlte Gestalten drängten sich in die Bahnen. Wo ein Kino war, wimmelte es aus und ein. Dann und wann glitt ein weißes Kleid schummrig-bläßlich vorüber, oder es setzten Beine in weißen Socken vorbei, oder es leuchtete vor einem saugend geschürzten Lippenpaar die Glutspitze einer Zigarette auf.

Zeman wußte sich unsichtbar, auch unhörbar auf seinen nackten Sohlen. Unwirklich schien er sich selbst, ein dunkler Fremdling von jenseits. Alles war leer in ihm, ausgeronnen, verkarstet.

Nachts ging sein Zug, das hatte er erfragt. Mühsam schleppte er sich mit seinem Kasten durch die Stadt. Die schlechte Kost hatte an seinen Kräften gezehrt, Schwindelgefühl überkam ihn. Er setzte seine Last auf einem Sockel ab; solche Sockel standen nun alle Straßen reihauf und -ab an die Häuser gelehnt, knie- bis mannshoch, aus Zement oder Stein. Zeman wußte nicht, welchen Zwecken die dienten. Weiße Pfeile waren an die Mauern gemalt und zeigten auf sie nieder. Geheimnisvoll schien ihm das, drohend anzusehen, auf Bedrohung hinweisend.

Als er wieder weiterging, kam er durch einen Park. Hier, erkannte er, hatte er einst gewohnt, im Konvikt bei den Patres. Aus den Fenstern dort drüben hatte er in die Anlagen hinabgeblickt, auf die Rondelle voll Blumen, auf die Treppen, Balustraden und Brunnen; auf dem runden Platz standen immer noch Bänke. Auf einer ließ er sich nieder. Es war Juni und warm, und der Duft des Jasmins quoll aus den dichten Stauden.

Zeman war nicht allein. Auf der Bank neben ihm flüsterten zwei Leute. Auf der anderen Seite: dasselbe. Küsse, Gemurmel, Gelächter. Das Dunkel ringsum war lebendig, bebte, schluchzte und rang, wogte auf und ab. Zeman saß wie gelähmt.

Da, mit einemmal, was geschah? ein leiser, warnender Pfiff. Das Dunkel hielt still, als verhoffte es. Gleich darauf Trappeln, Knacken, Sich-Flüchten. Alles wie leergefegt. Die Treppe herab, an den Rondellen vorbei kamen schwere, in Leder knarrende Schritte.

Zeman erschrak. Er stand auf, aber er wußte nicht wohin. Auch wäre er zu spät daran gewesen.

Ein kleiner zitternder Lichtkreis wanderte vor den Schritten her. Der Umriß eines Stahlhelms tauchte auf, irgend etwas glänzte, schwärzlichsilbern, eine Waffe. Sie kam auf ihn, Zeman, zu. Der Lichtkreis schweifte suchend, blieb auf ihm haften. Zwei-, dreimal tastete er seine Gestalt ab. Zeman griff nach seinen Papieren.

Eine behandschuhte Hand faßte danach. Unter dem Stahlhelm erschien ein Gesicht, ein junges Gesicht mit eckigen Wangen und einem Paar spröde geschlossener Lippen. Der Lichtkreis verengte sich auf dem Papier.

Zeman stand immer noch. Der Schein wurde ihm zurückgereicht. Die Waffen klirrten leise. Das Licht erlosch. Die Schritte entfernten sich. Immer noch stand Zeman auf den nackten Füßen und blickte in der Richtung, wo sich das harte Lederknarren verlor.

Eine Minute später war es wie vorher: es kicherte, huschte herbei, wiegte sich; hier ein quiekendes Flüstern, dort ein heiserer Schrei.

Am Morgen kam Zeman in Pernau an.

Wie zuvor lebte Leonhart Jerings Familie in ihrem soliden behaglichen Hause. Vier Kinder hatten sie, auch die alte Mutter war noch da. Leonhart stand schon das dritte Jahr im Felde, er hatte gleich nach Ausbruch des Krieges mit seinem Wagen einrükken müssen.

In die Brennerei war von Amts wegen ein fremder Verwalter eingesetzt worden, ein Mann, der den Besitzern nicht gut gesinnt war und mit dem sich Jerings auch bald überworfen hatten. Er wollte nämlich nicht nur über die Brennerei, sondern auch über die Obstkulturen und über die Imkerei verfügen, er behauptete, daß ihre Erträgnisse zur Gänze für den Betrieb verwendet werden müßten. Da die Brennerei für die Armee arbeitete, glaubten Jerings nicht wohl Einspruch erheben zu können. Aber sie fanden es schmerzlich, damit von heute auf morgen jede Unabhängigkeit eingebüßt zu haben. Zwar konnten sie aus den vom Staat für die Familien ausgeschütteten Geldern ohne weiteres leben und trösteten sich anfangs damit, daß der Zustand nicht lange dauern und der Krieg bald beendet sein würde; aber diese Hoffnungen erfüllten sich nicht, und sie begannen die Unfreiheit zu fühlen.

Elisabeth hatte nach der Geburt ihres vierten und letzten Kindes viel von ihrer Jugendlichkeit verloren. Ihr Haar war an den Schläfen leicht gelichtet, es war nicht häßlich anzusehen, dadurch trat ihre Stirn großräumiger hervor. Aber Furcht und Sorge um den Mann begannen ihre Züge zu prägen, die Lider zu kerben, die Linien zu schärfen, die sich von den Nüstern abwärts zu den Mundwinkeln zogen. Sie litt an Schlaflosigkeit und gewöhnte es sich an, halbe Nächte strickend und nähend in ihrem Zimmer zu verbringen. Jedesmal, wenn Leonhart auf Urlaub kam, lag sie ihm in den Ohren: Warum eben er beim Heer sein müsse, ein Mann von vierzig, wenn andere, jüngere, noch zu Hause seien. Vier Kinder hingen an ihm, was würde aus ihnen werden, wenn ihm, dem Vater, etwas zustoßen sollte? Anfangs gab Leonhart der Frau im stillen recht, später ermahnte er sie, doch die Augen aufzumachen, wo waren jene, die erst noch hatten bleiben dürfen? Außer Kranken, Halbblinden und Ganz-Untauglichen waren die meisten inzwischen eingerückt, standen unter den Waffen und hatten sich von den Ihren trennen müssen.

Zu den vier Kindern im Jeringschen Hause war bald nach Pussy Zemans Tod als fünftes der kleine Arno gekommen.

Die Nachricht von Pussys gewaltsamem Ende und Zemans neuerlicher Verhaftung hatte damals vor sieben Jahren wie eine Bombe eingeschlagen. Elisabeth war damals sofort nach Kukus gefahren und hatte den Jungen zu sich holen wollen. Er war aber bereits durch die Fürsorge abgeholt und in ein Waisenhaus gebracht worden. Auf ihr Verlangen wurde ihr bedeutet, daß erst eine Vormundschaft bestellt werden müsse, die dann zu gegebener Zeit über die Zukunft des Kindes beschließen könne. Der Vorgang zog sich monatelang hinaus. Elisabeth konnte vorerst nichts anderes erreichen, als daß sie Arno in seiner Anstalt besuchen durfte.

Es entsetzte sie, das Kind in einem grauen Kittel zwischen Degenerierten und Halbidioten den herzlosen Methoden des beamteten Pflegepersonals überantwortet zu sehen. Als sie, nach Hause zurückgekehrt, Leonhart diesen Zustand beschrieb, gab er ihr zuerst keine Antwort; doch er überraschte die Frau damit, daß er bald darauf selbst in die Kreisstadt fuhr, um sich nach Arno umzusehen. Gleich darauf leitete er selbst die Schritte ein, die nötig waren, um den Jungen aus der staatlichen Verwahrung holen zu dürfen. Und bald darauf konnten sie beide Arno Zeman zu sich nehmen.

Elisabeth war ihrem Mann sehr dankbar, daß er ihr geholfen hatte, eine Gewissenspflicht zu erfüllen, von der sie – wie sie glaubte – niemand hätte lossprechen können. Merkwürdigerweise schloß sich das Kind sehr bald mehr an Leonhart als an sie, seine Patin, an. Schon ein paar Wochen nach seinem Einstand im Jeringschen Hause lief es wie ein Hündchen hinter dem »Onkel« her. Wo er war, wollte der Knabe auch sein. Als Leonhart es ihm verbot, ihm in die Brennerei zu folgen, wartete der Junge geduldig vor dem Tor. In den Obstgärten und bei den Bienen vermochte sich der Mann seiner nicht gut zu entledigen. Er lernte in dem Kind einen Helfer sehen: unverdrossen trabte es hin und her, Geräte zu holen und wegzuräumen, und wo Leonhart selbst, wie er gern tat, zugriff, Nägel zu reichen, wo genagelt, Schläuche zu legen, wo gespritzt, Steine und Erde in kleinen Wägelchen zu karren, wo geschippt und gegraben wurde. »Soll ich das tun? Soll ich jenes tun?« hieß es und bald auch das nicht mehr: in stummem Einverständnis fügte sich Arno in den Arbeitsgang ein. In die Schule ging er ungern. Er lernte dort nur, was zu lernen unumgänglich notwendig war, und ließ keinen Zweifel daran, daß er Leonhart als seinen einzigen rechtmäßigen Lehrmeister betrachtete.

Die Jering-Kinder waren ganz anderer Art. Sie glichen der Mutter darin, daß sie schon bald lese- und bücherwütig wurden, daß sie eine Neigung zum städtischen Leben zeigten und sich mit dem Praktischen des Berufs ihres Vaters nicht gern einlassen wollten. Jering beklagte sich nicht darüber. Wenn seine Kinder studieren wollten, gut, sie sollten es, er selbst hatte nichts anderes gedacht. Aber unmerklich rückten sie ihm dadurch in die Ferne, nur der fremde Junge war ihm treulich gesellt.

Oft staunte Elisabeth bei sich selbst über die merkwürdigen Fügungen des Schicksals, wenn sie Leonhart und Arno aus den Gärten heimkehren sah, einträchtig, beide in derselben Arbeitskleidung, blauleinenen Anzügen. Ihre Kinder saßen indessen in der Stube hinter Heften und Büchern. War nicht schon Essenszeit, rumorten die beiden hinter dem Hause weiter. Leonhart hatte dort einen Schuppen für Gartengerät zu einer größeren festen Hütte erweitert. Dort bastelte er mit Arno, sie sägten, hämmerten und feilten, und Elisabeth hörte, wenn das Fenster offenstand, ihre heiteren Stimmen: Leonharts gutmütigen Baß, Arnos ein wenig mißtönende, zu frühem Stimmbruch neigende Kinderkehle.

Die Jahre vergingen. Nachdem Leonhart eingerückt war, erklärte der Junge, er wolle nach Deutschland, um sich später dort dienstverpflichten zu lassen. Leonhart und Elisabeth wendeten ein, er sei noch zu jung, sei noch schulpflichtig. Der Bub ließ nicht ab, und die Zieheltern wußten wohl, was ihn trieb. Sie hatten erfahren, daß mit einer vorzeitigen Entlassung Zemans zu rechnen sei. Der Junge scheute sich, seinem Vater zu begegnen. Also gaben Jerings nach: sie schickten Arno zu einer befreundeten Familie nach Bayern.

Von Viktorin Zeman war nach jenem letzten Akt seiner Verhaftung und Verurteilung im Hause Jering nicht mehr oft die Rede gewesen. Freilich: er war gegenwärtig in der Person seines Kindes, er drängte sich in Arnos Liebe und Anhänglichkeit Leonharts Bewußtsein auf. Nun ist es eines: ein Kind liebzugewinnen, ein Kind, das schutzlos, schuldlos und so demütig dienstbeflissen ist, wie Arno gegen Leonhart war. Ein anderes ist es, an den Vater zu denken, wenn er ein Mensch wie Zeman war.

Noch selten war Leonhart etwas in seinem Leben so unverständlich traurig vorgekommen wie Pussys Tod, so erbärmlich und feige wie

Zemans Tat: ein Mann, der seine Frau ersäufte wie eine Katze – indem er sie hinauslockte an den Fluß, an das Wehr und sie endlich in die Strömung stieß –. Nein. Zugegeben, Pussy war ein Geschöpf, das einen Mann zur Verzweiflung treiben konnte. Zugegeben auch, Zeman hatte sich selbst gestellt, war jeder Vermutung, daß Pussy das Opfer eines Unfalls sei, mit seinem Geständnis zuvorgekommen; zugegeben endlich, daß er in der darauffolgenden Verhandlung nicht den Versuch gemacht hatte, mildernde Umstände ins Treffen zu führen. »Ich habe sie töten wollen«, hatte Zeman ein um das andere Mal gesagt. »Ich wollte, daß sie nicht mehr lebte.« – »Ich habe es nicht mehr ertragen, daß sie noch lebte. Ich wollte sie wegschaffen aus der Welt.«

Warum nur? Warum? Konnte ein Mann einen feigeren und grausameren Ausweg wählen, als eine Frau, seine Frau, zu töten, weil er sie für nichtig hielt? Nein.

Er opferte sie. Er opferte ihr Leben, um sich selbst genug zu tun. Am anderen Tag wurde sie knapp unterhalb der Stelle aus dem Bach gezogen, ihre weiße Haut leuchtete von weitem aus dem Gebüsch, zwischen dessen Wurzeln sie angeschwemmt worden war; man hatte nicht einmal nach ihr suchen müssen. Zeman war schon nachts in die Stadt gefahren und hatte sich dem Gericht gestellt.

Leonhart erlaubte seiner Frau nicht, dem Begräbnis beizuwohnen. Er begriff nicht, daß sie immer noch versuchte, den Motiven einer Tat nachzugrübeln und sie vielleicht sogar zu verstehen, einer Tat, die für ihn, Leonhart Jering, alle Merkmale eines gemeinen Verbrechens trug.

Aber als der Krieg kam, geschah es ihm seltsamerweise, daß ihm jene Ereignisse und auch Zemans Tat dann und wann, aber immer öfter, in einem anderen Lichte erschienen. Das erstemal, als sie vor Warschau lagen und die Flugzeuge über ihre Köpfe hinwegzogen, die unter Rauchschwaden begrabene Stadt abermals zu bombardieren. Das zweitemal bei Montfaucon, als deutsche Artillerie die von flüchtenden französischen Truppen verstopfte Straße beschoß. Die Truppe spritzte auseinander in den Wald hinein. Als Leonhart später die Stelle betrat, lag auf der Straße kein einziger Mann; aber der Graben daneben war voll von Frauenleichen und verstümmelten Kindern. Den Anblick brachte er nicht mehr los.

Seither schob sich ihm dieses Bild, sooft er an Zeman dachte, in Zemans Bild hinein. Er wehrte sich zwar gegen diesen Vergleich, fragte sich selbst: Was hat das eine mit dem anderen zu schaffen? – Doch dann durchzuckte ihn der Gedanke: Die Welt beginnt die Züge jenes Menschen anzunehmen.

Anders erreichte es Elisabeth. Sie hatte, als das Sudentenland an das Reich angeschlossen wurde, arglos den Redensarten vertraut, mit denen damals allen Deutschen eine neue Ordnung in Frieden und Einheit versprochen wurde. Um ihrer Kinder willen erhoffte sie das Beste und mochte nichts anderes glauben. Wo ihr – und das geschah sehr bald – ungute Dinge zu Ohren kamen, schob sie die Schuld auf eigenmächtig handelnde Unterläufel und tröstete sich damit, daß Übergangszeiten nicht anders als unter augenblicklichen Einbußen an Recht und Freiheit bestanden werden könnten.

Als dann der Krieg kam, erlitt ihr guter Glaube einen Schock. Aber bald war sie wieder durch die ersten Erfolge geblendet: nun hieß es durchhalten und den Frieden erwarten; sie ahnte nicht, was in Wirklichkeit geschah.

Aber eines Tages erreichte sie die erste Kunde davon. Sie war krank geworden, eine Venenentzündung hatte sie unfähig gemacht, ihren Haushalt zu besorgen. Hilfe war nicht leicht zu finden. Da schrieb ihr eine Schwägerin aus Schlesien, sie werde ihr eine Frau schicken, Frau Pechl, sie sei zwar nicht sehr ordentlich, aber guten Willens, sie werde Elisabeth an die Hand gehen.

Elisabeth atmetete auf.

Eines Tages läutet es. Elisabeth schleppt sich an die Tür. Eine kleine hagere Person steht draußen. »Frau Pechl aus Breslau«, stellt sie sich vor und schießt schon in die Diele hinein, stellt ihre Tasche ab, reißt eine Gummischürze aus ihr hervor, hängt sie um und fragt: »Wo ist die Küche?«

»Hier!« sagt Elisabeth überrascht. Dann: »Sie sind Frau Pechl – sind eben angekommen? Das ist gut. Ich zeige Ihnen Ihr Zimmer.«

Doch die Kleine will nichts von einem Zimmer wissen. Sie ist an Elisabeth vorbei in die Küche und dort schon an das Abwaschschaff gestürzt, sie dreht die Leitung auf und hat schon begonnen, sich über das schmutzige Geschirr herzumachen.

»Aber – Frau Pechl! Ich bitte Sie! Das hat noch Zeit. Essen Sie doch erst einmal, trinken Sie zumindest einen Tee. Sie sind doch sicher seit früh unterwegs.«

»Macht nichts, tut nichts. Zum Essen bin ich nicht gekommen. Wo ist der Hader? Wo die Bürste, das Tuch? Gleich werde ich fertig sein.«

Elisabeth ließ sie kopfschüttelnd gewähren. Ihr war diese Art nicht angenehm, dieses Sich-über-die-Dinge-Stürzen, etwas Hastiges, ja Verrücktes schien mit der kleinen Person einzubrechen. Wie eine wildgewordene Ameise jagte sie durch das Haus.

Elisabeth zog sich in sich selbst zurück. Wenn sie auch in gesunden Tagen die Zügel des Hauswesens in festen Händen hielt, war sie der Mensch nicht, vom Krankenbett aus zu dirigieren. Mit einer gewissen Ängstlichkeit lauschte sie nach der fremden Person. In allen Räumen sauste diese hin und her, überall räumte und wischte sie, nicht eben ordentlich, wie schon die Schwägerin geschrieben und Elisabeth mißbilligend bemerkte, aber doch, daß alles vom Dachboden bis zum Keller umgedreht, gerückt, gewedelt worden war. Auch in das Schlafzimmer der Hausfrau brach sie ein: »Haben Sie gute Nachricht vom Gatten?« Dann, ohne eine Antwort abzuwarten: »Lang kann der Krieg nicht mehr dauern. Der Führer macht ein Ende. Mit Engländern, Franzosen, Jugoslawen, Juden – mit allen macht er ein Ende. Haben Sie schon gehört: die Juden kommen nach Polen, samt und sonders. Dort werden sie abgemacht.« – »Was nennen Sie denn: abgemacht?« fragte Elisabeth unruhig. – »Ach Gott, was werd ich denn schon so nennen? Sie schaufeln halt ihre Gräber selbst und dann tack tack tack, ein Maschinengewehr.«

Elisabeth erschrak. Sie hatte von solchen Dingen noch nie gehört, und es kam ihr unglaublich, unmöglich, ja verrückt vor, verrückt wie die ganze kleine Person, die sie ja auch nur mit Unbehagen bei sich duldete. »Aber nein, Frau Pechl, was Sie nicht denken.«

»Es ist so, es ist so«, plapperte die Weibsperson unbeirrt weiter, indem sie den Teppich zusammenklappte und die Stühle auf den Tisch schwang, »was glauben Sie, daß ich schon gesehen habe, ich? Und das ist noch gar nichts. In Litzmannstadt habe ich eine Schwester, die ist Köchin in einer Kantine;

nicht, daß Sie glauben, daß ich mich freue – man ist ein Christ, geht am Sonntag zur Messe. Aber mit den Juden kennen die Unsern einfach gar keinen Pardon. Männer, Weiber, Kinder, alle kommen in die Gruben.«

Elisabeth schwieg. Ein würgendes Gefühl stieg in ihr auf, Ekel und Zorn zugleich, Widerwillen gegen die schwatzhafte Ameise. »Unsinn«, sagte sie dann und kehrte sich zur Wand.

Frau Pechl fühlte sich nicht gekränkt. Sie machte rasch, was zu machen sie sich angeschickt hatte, und als sie damit fertig war, verließ sie die Hausfrau ebenso rasch trippelnden, überhastigen Schrittes, wie sie zu ihr hereingekommen war.

Elisabeth schickte Frau Pechl fort, sobald sie konnte. Die Person war ein Alb für sie gewesen. Elisabeth hatte, was ihr bei einem Dienstboten, bei einer Untergebenen noch nie geschehen war, die Frau beinahe gehaßt. Nun war sie fort, doch der Haken saß in Elisabeth fest.

Bald darauf fuhr sie nach Prag. Dazu war nun eine eigene Erlaubnis nötig. Unter allen möglichen Vorwänden erreichte sie es, daß ihr ein Passierschein in das Protektorat ausgestellt wurde.

Ihr war, als müßte sie hier Genaueres erfahren über das, was im Gange war. Aber sie wußte niemand, den sie fragen konnte. Sie ging in der Stadt umher: hier hatte sich viel verändert seit der Zeit ihres Studiums und ihrer letzten Besuche, aber immer noch nicht so viel wie in den Städten draußen in Deutschland. Dort herrschte seit langem Hunger, hier aß man noch gut. In einer Kavarna am Wenzelsplatz wurde immer noch Bohnenkaffee ausgeschenkt wie in Friedenszeiten. Alle Lokale waren abends von jungen Männern besetzt: ein ungewohnter Anblick. In Deutschland sah man nur noch alte Männer und Urlauber oder Soldaten, die in den Heimatgarnisonen auf neue Abberufung an die Front warteten. Von draußen wurden schwere Luftangriffe gemeldet. Hier war keine einzige Bombe gefallen.

Endlich ging Elisabeth auch in das Judenviertel. Es hatte sich früher von den anderen Vierteln der alten Stadt kaum unterschieden. Jetzt –. Woran lag es, daß Elisabeth etwas wie Grauen befiel, als sie es betrat? Lag es nur an den Geschäften, die hier – viel schlechter als in den übrigen Stadtteilen beschickt – wie verödet hinter schmutzigen Scheiben gähnten? Oder lag es an den Menschen, die schäbiger als anderswo gekleidet, durch die Gassen eilten? Es lag an ihren Gesichtern, die hohläugig, starr und gespannt und gleichsam von Schrecken zerstriemt waren.

Elisabeth suchte eine kleine Gasse auf. In einem der Häuser, hatte man ihr erzählt, sollte der junge Ehrlicher jetzt leben, in welchem, wußte sie nicht. Sie trat durch ein Haustor in einen Hinterhof: hier war alles stumm, öde und leer, die Fenster waren geschlossen, an vielen die Scheiben mit Papier verklebt, als fürchteten die, die hier wohnten, sogar das Tageslicht.

Elisabeth stand eine Weile unschlüssig da. Endlich klirrte weit oben eine Luke. Das Geschrei einer Gans drang aus ihr hervor.

Elisabeth erschrak, als hätte etwas ganz anderes als ein Tier da oben geschrien. Entsetzen überfiel sie, sie entfloh.

So kam der Juni des Jahres 1941 und der Termin, an dem Zeman entlassen werden sollte.

Es war ein Sonntagmorgen. Elisabeth stand früh auf, sie konnte nicht schlafen, seit es begonnen hatte hell zu werden. Sie wollte mit den Kindern einen Ausflug machen. Es tat ihnen sicher wohl, den Tag im Freien zu verbringen. Seit Wochen war es sommerlich heiß, der Himmel flimmerte jetzt schon von Dunst. Im Grünen liegen und in die Ferne schauen, das würde gut sein, Wohltat und Erholung.

Elisabeth nahm einen Korb vom Nagel und ging in den Keller hinab. Sie wollte Kartoffeln holen, sie sieden, ehe sie gingen. Das Brot war knapp, die Kartoffeln nährten auch, mochte ihr Geschmack schon ein wenig dumpfig und ihre Schalen unappetitlich schrumplig und schlaff sein.

Die Frau öffnete den Keller und kniete vor der Miete nieder. Da fuhr sie zusammen, erschrocken. Das Fenster über ihr hatte sich jäh verdunkelt. Sie blickte zurück, über ihre Schultern hinauf: da kauerte ein Mensch hinter dem Gitter, hielt die Stäbe umfaßt und spähte zu ihr herein.

Sie wußte, wer es war, ehe sie ihn recht erkannte. Er war auch kaum zu erkennen, obwohl das Licht über den borstigen Schädel schimmerte. In seinem Gesicht saß ein Brillengestell, es glich beim ersten Hinsehen einem Maulkorb aus Draht, so häßlich und grob mit den eisernen Bügeln, mit den Blenden aus Blech und dem schwärzlichen Glas vor dem einen, dem rechten Auge. Es war entsetzlich, daß man einem Menschen zumutete, so etwas zu tragen, sein Gesicht zu entstellen, zu entwürdigen. Elisabeth starrte auf das Gerät, als trüge der Mann, der da kam, immer noch das Zuchthaus vor seinem Kopf. Erst später sah sie auch, daß er barfuß war. Da hatte sie ihn schon hereingeholt und ihn – immer noch im Keller, in einem Nebenraum, einer längst aufgelassenen Küche – niedersitzen geheißen.

»Ich kann dich nicht hinaufführen. Du mußt nämlich wissen: meine Schwiegermutter lebt bei uns, und ich weiß nicht, wie sie –« Elisabeth blickte gequält zu Boden. »Du – du willst wohl erfahren, wie es Arno geht.«

»Das auch«, sagte Zeman. Seine Stimme war heiser, fremd, brüchig. Elisabeth erkannte sie nicht wieder.

»Arno geht es gut. Warte, ich bringe dir den Brief. Er will Tischler werden.«

»Ich bin inzwischen Schuster geworden«, versetzte Viktorin Zeman mit der Andeutung eines spöttischen Grinsens.

»Und – was willst du jetzt tun?«

»Oh, ich habe vorgesorgt. Ich will zu Tedé – nein, den kennst du nicht. Er hatte eine Flickschusterei in Kukus, er ist auch mal in Pankrac gewesen.« – »Ach so.« – »Ich schrieb ihm. Er schrieb mir wieder, ich könne kommen. Wir helfen einander. Die Leute, die in Pankrac waren, helfen einander fort.«

»Ja. Nun hole ich dir aber den Brief.«

Oben sah sie im Vorbeigehen in einem Spiegel, daß sie noch nicht einmal gekämmt war. Aber das tat wohl nichts bei einem Menschen wie Zeman, er schien geblendet wie ein Tier, das man zur Schlachtbank geführt und dann zu töten vergessen hat, noch liegt die Binde über seinen Augen. –

Zum Lesen mußte Zeman die Brille abnehmen. Dabei legte er die Hand über sein rechtes Lid, unter dem der Augapfel eingesunken und verunstaltet war: in einem Anfall von Raserei hatte ihn ein Mithäftling verletzt. Zemans Gesichtshaut war grau, ebenso sein Haar und seine Hände, alles wie mit grauem, kalkdurchmischtem Mehl bepudert. Er nickte einige Male beim Lesen des Briefes. Am Ende erschien wieder jenes klägliche Grinsen auf seinem Mund. »Ah, er schreibt gut, der Arno. Er schreibt gut.«

Damit verschwand das Gesicht wieder hinter dem Gestell.

»Dir und Leonhart sollte ich danken«, sagte er dann ziemlich mühselig, als habe er verlernt, menschliche Worte zu sprechen. »Euch beiden. – Wo ist er jetzt, dein Mann?«

»In Dänemark. Jetzt in Dänemark. Du weißt: Besatzung.« Zeman nickte. »Dort ist es still. Gott sei Dank. Still ist es jetzt an allen Fronten. Möge es so bleiben!«

Er nickte wieder. Dann mit verhohlener Stimme fragend: »Aber Rußland?«

»Rußland? Was meinst du damit? Mit Rußland haben wir doch einen Vertrag.«

Zeman senkte den Kopf. Er schwieg. »Wie alt sind deine Kinder?« fragte er dann.

Elisabeth antwortete.

»Arno wird vierzehn«, erinnerte er sich.

»Vierzehn«, bestätigte sie. »Und das wollte ich dir noch erzählen: er war mit Leonhart besonders gut Freund.«

»Ich weiß. Der Vormund hat es mir geschrieben. Du nicht. Du niemals, nicht ein einziges Wort.« Plötzlich begann er zu zittern. »Auch kein anderer (nur der Vormund, aber das gilt ja nicht), und niemand hat mich abgeholt, niemand. Damals, das erstemal, war wenigstens der Wostuda gekommen.«

»Ach Gott«, flüsterte Elisabeth.

»Der Wostuda –«, fuhr Zeman fort, »er hat sich mir in mancher Weise doch brüderlich gezeigt.«

Er war kurze Zeit nach Zemans zweiter Verhaftung mit seinem Rad, mit demselben, auf dem er ihn damals in die Stadt gefahren, verunglückt. Er war in dem Stausee ertrunken, war mit Vollgas über die Böschung gerast und war nicht wieder hochgekommen. Als man die Leiche barg, fand man alle Taschen des Ledermantels mit eisernem Werkzeug angefüllt. Es mußte ihn sofort auf Grund gezogen haben.

»Ach Gott«, sagte Elisabeth. »Dieser entsetzliche Mensch.«

Zeman tastete an seiner Brille herum. »Ich muß nun gehen«, murmelte er unruhig. Aber dann blieb er doch noch. Er fragte nach Leuten, die er gekannt hatte, nach der Gräfin im Schloß, nach dem Verwalter, auch nach Leonharts Brennerei.

»Ach, sie geht gut, geht noch immer. Sie arbeitet für das Heer. Anfangs sah alles anders aus, damals 1939. Wir freuten uns, als wir zu Deutschland kamen. Leonhart hoffte, nun werde alles anders werden. Er träumte wahrscheinlich davon, daß man ihm Gelegenheit geben werde, seine Obstkulturen auszuweiten, eine ganz große Imkerei aufzubauen, das wäre nach seinem Geschmack gewesen: züchten, probieren, verbessern. Er hatte viele Pläne – o ja. Statt dessen muß er sich irgendwo unbeliebt gemacht haben, sie zogen ihn als einen der ersten ein, gleich damals, als es in Polen losging. Jetzt sitzt er bald zweiundzwanzig Monate in Kasernen und Schreibstuben herum. Wir leben, die Kinder und ich, auch die alte Mutter, wenn wir nur wüßten, wozu? Es muß doch alles einmal einen Sinn bekommen. Dieser verfluchte Krieg!« Und nach einem kurzen Schweigen: »Du – du hast zuvor etwas über Rußland gesagt?!«

»Hab ich das? Nein. Und nun muß ich wirklich gehen. Horch, die Deinen sind droben schon auf.«

Elisabeth begleitete ihn durch die Hintertür in den Garten. »Ich kann nicht verlangen, daß du mich vorne hinausbringst«, sagte er. »Es ist besser so, wenn niemand mich sieht. Ich kann dann vielleicht auch wiederkommen. Wie ist das, Elisabeth? Hast du nicht Schuhe zum Flicken? Ich habe mir sagen lassen: wo Kinder sind, gibt es immer zerrissenes Schuhwerk. Ich kann es – kann es, du würdest zufrieden sein.«

»Später«, sagte Elisabeth. »Heute nicht.«

»Und wenn du mich sonst einmal brauchst, Elisabeth, es könnte doch sein. Bei Tedé in Kukus, hörst du, bin ich zu finden.«

Sie zeigte ihm den Pfad durch das alte Bachbett zur Au hinüber. Schon war der Weg verwachsen. Aus faulen Weidenstümpfen waren neue Schößlinge hervorgesprossen, Erlen, Goldruten, junger, rasch und wild wuchernder Aufschlag von allem, was der Wind versämt oder was in Wurzelsträngen zähe fortkriecht. Elisabeth brachte dem Mann noch ein Paar Schuhe nach, doch er lehnte sie ab: »Behalte sie. Ich werde mir bald neue gemacht haben.«

Mit den Schuhen in der Hand kehrte sie in den Garten zurück. Während sie das sauber geschorene Rasenstück umging und sich anschickte, die Terrasse zu ersteigen, hörte sie aus dem geöffneten Fenster einen fremden, aufrührerisch klingenden Fanfarenton. Gleich darauf sprach eine Stimme – das Wort Rußland scholl der Frau entgegen. Sie stürzte in das Haus.

Es dauerte lange Zeit, bis Elisabeth Viktorin Zeman wiedersah. Zwischen Klein-Pernau und Kukus, dem Teil von Kukus, in welchem Zeman wohnte, lief die Grenze. Es war nicht leicht herüber und hinüber zu gelangen, und wenn es auch Möglichkeiten für die Leute gab, die unmittelbar an der Grenze lebten, so waren sie doch enggezogen und nicht ohne Gefahr wahrzunehmen. Zeman hatte, wie er zu Elisabeth gesagt, sich in der Schusterei eines Mannes namens Tedé vermietet. Arbeit gab es genug, denn neue Schuhe waren rar und wurden immer rarer. Für jedes Paar mußte beim Amt eingereicht werden. Die Ämter waren geizig; dabei wurde alles waggonweise verschoben, hinterrücks auf den schwarzen Markt nach Prag gebracht. So saß Viktorin Zeman, der einstmalige Arzt, in dem dumpfen Gewölbe des Flickschusters, trieb Nägel und Stifte in morsche Sohlen, hielt zersplissene Oberteile unter die hackende Maschine. Auf dem schmutzstarrenden Boden zu seinen Füßen häuften sich die zerrissenen Schuhe, graue, braune, schwarze, ganz verblichene Veteranen mit krummgetretenen Hacken, aufgetrennten Nähten und zerstampften Brandsohlen. Es stank nach Leder, Schweiß und schlechter Schmiere, aber das Geld war nicht so wenig, das sie verdienten, er und Tedé und der andere Geselle.

Es kamen allerlei Leute in den Laden, Leute aus den Grenzgebieten und aus dem Inneren des Protektorats. Nicht alle kamen, um sich Schuhe flikken zu lassen.

Die Besucher saßen draußen im Vorraum auf den runden Stühlchen, die früher den Kunden beim Probieren gedient hatten. Dann ging das Palaver hin und her. Tedé und seine Frau zischten manchmal: »Ruhe! Schreit nicht so!« und »Es geht draußen wer vorbei.« Manchmal kamen sie in das Gewölbe herein, wo Zeman saß, oder zogen sich in die Küche zurück. Dann wurde aus Taschen und Säcken ausgepackt, die Zigarettenschachtel ging reihum. Aus hohlen Brotlaiben wurden die Speckseiten hervorgeholt, auch Gänsebraten gab es, Kuchen, strotzend von Rosinen; oder die Schusterin setzte einen Hafen auf die Herdplatte, nach einer Weile zog Kaffeeduft verräterisch durch das Haus.

Das alles, Speck, Kaffee und Geflügel, gab es längst in Geschäften nicht mehr. Wer offen danach fragte, wurde mit hämischem Achselzucken abgewiesen. Heimlichen Handel zu treiben, war verboten. Aber es war wie immer und überall, wo Beschneidung durch eine fremde Macht die Gier nach Genüssen schürt, wo sich an dieser Gier und echtem Mangel verdienen läßt: die schwersten Strafen schreckten nicht ab. Die Drohung mit dem Zuchthaus, ja mit dem Tode hatte keine Wirkung außer der, daß man das Verbotene vorsichtiger, doch um so leidenschaftlicher betrieb.

So war es hauptsächlich im Innern Böhmens. Die Ränder, die zu Deutschland gehörten, waren in dieser Hinsicht tote Zone.

Dort gab es viele, die sich an die Marken hielten. Lachend verständigten sich die Prasser über die Dummen. Die hungerten schon längst bei Kartoffeln und Brot. Wie denn auch nicht? Es geschah ihnen recht, denen drüben. Sie hatten ja nach der neuen Ordnung geschrien und sich Gott weiß was davon erhofft. Da hatten sie es nun, ließen die Zungen jetzt hängen. Am schlechtesten waren Frauen mit Kindern dran, deren Männer fort waren, die wußten sich nicht zu helfen.

Der Geselle Zeman hörte zu klopfen auf. Er blickte auf den Mann hinüber, der zuletzt geredet hatte: Lederrock, die hängende Zigarette im Mund neben dem blitzenden Goldzahn. Als der Bursche ging, rief ihn Zeman zurück: »Auf ein Wort, Vascha –«

Ein paar Tage später schellte der Mann im Lederrock an dem Tor des Jeringschen Hauses. Es war schon dunkel. Er hatte ein Paket auf die Schwelle gelegt. Sich selbst verbarg er im Gebüsch. Die Tür ging auf, im stumpfen Schein einer blauverhüllten Lampe erschien eine alte Frau. Sie stolperte über das Ding. Dann bückte sie sich danach, stieß einen Ruf aus: »Elisabeth, komm her und schau! Da liegt doch was.«

Der Lederrock raschelte durch das Gebüsch davon.

Im Monat darauf wiederholte sich der Vorgang. Das drittemal war es Zeman selbst, der das Paket brachte. Dieses Mal hatte Elisabeth das Tor geöffnet. Sie stand auf der Schwelle und rief hinaus: »Ist jemand da?«

Zeman verhielt sich still.

Die Frau gab nicht nach. »Es muß doch jemand hier sein«, fragte sie bittend ins Dunkel hinaus. »Ich möchte doch wissen, wer es ist –«

Nun tat Zeman einen Schritt aus seinem Versteck. Elisabeth eilte auf ihn zu. Im Finstern stieß sie an ihn.

»Ich bin es, Zeman.«

»Ah du! Du also! ich dachte nicht –«

Sie führte ihn die Stufen hinauf, nötigte ihn in das Haus hinein. »Zum drittenmal: Du, Viktorin. Ich habe überall herumgehorcht, gefragt, wer uns da helfen wolle. Du also? An dich habe ich nicht gedacht. Das heißt: o ja. Ich habe wohl gedacht, doch es kam mir so – unglaublich vor.«

»Bist du enttäuscht?«

»Nein.« Sie führte ihn in die Küche, dort war es warm. In den Zimmern war nicht geheizt, sie hatten Mangel auch darin.

»Bist du allein?«

»Ja. Das heißt: die Mutter schläft oben in ihrem Zimmer und die beiden Kleinen auch. Die Größeren sind fort, in den Schulungsabend gegangen.«

Elisabeth hatte das Paket vor sich auf den Tisch gelegt. Sie blickte Zeman an. »Es ist noch größer, noch schwerer als die anderen.«

»Es kommt ja Weihnachten«, versetzte er mit schmalem Mund.

»Oh – warum tust du das, Viktorin?«

Er lachte auf. »Aus Liebe.«

»Ach nein.« Dann fügte sie leise hinzu: »Du hilfst uns sehr.«

»Pack aus!« sagte er. »Du bist sicher schon voll Neugier.«

Sie nestelte an dem Strick.

»Hast du von Arno Nachricht?«

»Ja. Gute Nachricht. Er ist in einer Lehrstelle, zum Glück auf dem Land. Die Städte sind kein guter Aufenthalt jetzt in Deutschland.«

»Und dein Mann?«

Elisabeths Gesicht veränderte sich. Ein Ausdruck von Angst und Anspannung verbreitete sich über ihre Züge. »Im Osten«, flüsterte sie. »Jenseits des Don. Er darf ja nicht schreiben, wo. Aber wir haben unsere Absprachen. Ich vermute, bei Woronesch.«

Zeman blickte schweigend auf seine Füße hinab.

»Er war schon in Polen, in Frankreich, am Atlantik. Ich dächte, es wäre genug, endlich genug. Vier Jahre schon und noch kein Ende.«

»Und es steht nicht gut«, sagte Zeman. »Weißt du noch, Elisabeth, damals, als ich hier war, erwähnte ich Rußland.«

»Ich wollte es nicht glauben.«

»Du sagtest: Wir haben doch einen Vertrag.«

»Indessen hatte es schon begonnen.«

»Ja. Ich kam aus dem Zuchthaus und wußte mehr als du. Du lebst für dich allein wie in einem luftleeren Raum. Unsereiner hört viel. Es ist sonderbar, den Lauf der Weltgeschichte aus der Schusterperspektive zu betrachten.«

Indessen hatte Elisabeth die Verknotung des Pakets gelöst, das Papier auseinandergeschlagen. Sie rief: »Oh, Viktorin.«

Er sagte: »Es ist schon recht. Räum es weg. Ich weiß nicht, wann ich das nächstemal – es geschieht nicht ohne Gefahr, doch das braucht dich nicht zu kümmern, wirklich nicht. Schau auf dich und deine Leute und sei – sei auf der Hut.« Nach einer

Weile fügte er hinzu: »Ich glaube, du gehst jetzt in eine schwere Schule, Elisabeth.«

Sie kehrte sich nach ihm um: »Wie meinst du das?«

»Du und deinesgleichen«, fuhr er gedämpft fort, »in eine schwere Schule. Die Welt hat sich verändert. Vielleicht hat sie nur ihr Eigentliches hervorgekehrt. Ich weiß nicht, wie es dir vorkommt: was ringsum geschieht, das haben doch Leute wie du – oder dein Mann nie für möglich gehalten, oder? So, wie es jetzt ist, so war es früher doch nur in engen, dunklen Enklaven, in den Schlachthäusern vielleicht oder in den Spelunken oder – oder auch im Zuchthaus. Dort auch. O ja, dort auch. – Ich habe mir sagen lassen, sogar die Raubtiere achten auf freier Wildbahn gewisse Gesetze. Zum Beispiel: kein Löwe schlägt an der Tränke ein anderes Tier. Ich möchte wissen, welche Gesetze heute in der Welt geachtet werden. Keine. Es ist alles aus den Fugen geraten. Es muß schwer sein für einen Mann wie Leonhart, seine Frau – dich – allein zu lassen in dieser Zeit.«

Elisabeth nickte. Brennend stieg es in ihre Augen, sie kämpfte mit den Tränen.

Zeman schwieg eine Weile. Dann sagte er: »Weißt du, was mit dem jungen Ehrlicher geschehen ist?«

»Nichts Genaues. Er soll nicht transportfähig gewesen sein damals im März 39.«

»Dann weiß man ja genug«, versetzte Zeman düster. Er zündete sich eine Zigarette an. »Denkst du noch manchmal an – Pussy?«

Elisabeth erschrak. »Wie denn nicht?«

»Sie hätte vielleicht doch in diese Zeit gepaßt.«

»Ach.«

»O ja, doch! doch!« fuhr der Mann langsam, mit einem mühsam unterdrückten Beben in der Stimme fort. »Sie hatte diese sündhafte Unschuld, die heute nötig ist. Warum habe ich ihr nicht vergönnt, diese Zeit zu erleben?«

Elisabeth murmelte: »Laß –«

»Ich habe mir damals eine Weile eingebildet, dich zu lieben, Elisabeth. Hab dich mit ihr und sie mit dir verglichen. Das war ganz falsch. Ich habe mich damals auch manchmal gefragt, was ihr denn aneinander gefunden habt, ihr wart so verschieden. Jetzt weiß ich's genau. Du, Elisabeth, du hast Pussy nötig gehabt. Du hast sie gesucht. Sie war – deine Versuchung. Sie hat dich nicht gebraucht. Auch mich nicht. Niemanden, keinen Menschen, nur ein bißchen Spielzeug. Spielzeug: das sollte bunt sein, rosa und himmelblau. Ich war ihr viel zu erdig und schwer. Ich habe sie zerstört, weil ich ihre Heiterkeit nie begriffen habe. Sie wollte tanzen und ich –. Sie war selbst ein Spielzeug, mein Gott, ein liebes Spielzeug. Und was haben wir aus ihr machen wollen, du und ich: einen Menschen. Ha, einen Menschen. Und wußten selbst gar nicht, was der Mensch ist.«

Er hob sein Gesicht, es war von Qual ganz verzerrt. Er sagte: »Ich glaube, wir haben in dieser Hinsicht zugelernt. Ich im Zuchthaus und damals, zuvor, in Kukus, als –. Und du, Elisabeth? Du jetzt, zwar nur vom Hörensagen, immerhin –. Dein Mann ist schon näher dran. Er sitzt hinten am Don und muß auf Menschen schießen, die ihn nichts angehen, die ihm nichts getan haben. Eine gute Schule, zu lernen, was der Mensch ist. – Elisabeth. – Wir sind allein im Haus, so gut wie allein. Möchtest du nicht –? Ach nein. Wir haben eine andere Schule aneinander. Gib mir nur einmal deine Hand, einmal deine Hand, Elisabeth. So – so! Ach, was bist du für ein wehleidiges Weib!«

Er hatte ihre Linke erfaßt, ihr Gelenk umspannt, es schraubend gepreßt. Sie stieß einen jammernden Laut aus, da schleuderte er ihre Hand von sich, lachte sie breit und böse an und ging.

Weihnachten war vorüber, das neue Jahr vor der Tür, das vorletzte des Krieges. Elisabeth bereitete sich darauf vor, mit ihrer Schwiegermutter und den Kindern Silvester zu feiern. Sie hatte in einer alten verstaubten Flasche ein vergessenes Restchen Rum entdeckt, hatte aus schwarzem Mehl und Zuckersirup Plätzchen gebacken. Im Wohnzimmer stand der Tannenbaum, er sah festlich aus mit den vielen bunten Kugeln, die noch aus der Friedenszeit stammten, und mit den von den Kindern in den

Heimstunden gebastelten Strohsternen. Auf der Spitze steckte ein Türmchen aus flimmerndem Glas.

Elisabeths Kinder waren nun schon groß: das Mädchen Bärbel ein hübscher, langgliedriger Backfisch mit blonden Zöpfen, Wolf, noch größer als die Schwester, blond wie sie. Der dritte, Ludwig, war ein wenig kränklich, schielte und neigte zu ängstlichen Anwandlungen, das jüngste, Ditha, ein Mägdlein von fünf Jahren, war wieder lebhaft, kerngesund, ein munterer Racker. Die größeren saßen beisammen und unterhielten sich mit einem Würfelspiel, damit die Zeit bis zur Mitternacht verginge. Die kleine Ditha lag schon schlafend auf dem Sofa. Man hatte ihr versprechen müssen, sie zu wecken, damit auch sie die Neujahrsglocken aus dem Radio hören und auf Vaters glückliche Wiederkehr anstoßen dürfe. Die alte Jering saß neben dem Ofen und strickte an einem Strumpf. Das konnte sie blind, dazu bedurfte sie der Augen nicht. Von Zeit zu Zeit neigte sie den grauen, strähnig gestriegelten Kopf und nickte über der Arbeit ein. Elisabeth hatte sich die kleine Lampe auf dem Schreibtisch angedreht, sie saß dort und schrieb an Leonhart.

In diesem Augenblick klingelte das Telefon. Wolf und Bärbel sprangen empor. »Der Vater!«

»Ach nein, der Vater ist es wohl nicht.« Elisabeth ging hinaus in den Flur, nahm die Muschel aus den Gabelzinken. »Wer ist dort?«

»Frau Jering – Elisabeth Jering«, sagte eine fremde Stimme an ihrem Ohr. »Man läßt Ihnen sagen: Gehen Sie auf den Bahnhof hinaus. Jetzt und sogleich! Beeilen Sie sich.«

»Wer ist dort?« fragte Elisabeth.

»Beeilen Sie sich!« wiederholte die Stimme. Dann knackte die zerrissene Verbindung.

»Hallo! Hallo!« rief Elisabeth. Aber es war nur mehr das leere Rauschen und Sausen im Draht.

Sie legte die Muschel zurück, sie stand bestürzt. Wer hatte sie gerufen? In wessen Auftrag? Ein Scherz? O nein. Die Stimme hatte nicht nach Scherz geklungen. Sie griff sich den Mantel vom Haken.

Die Kinder standen in der Tür und lugten neugierig her. Die Mutter legte den Finger an den Mund. »Still. Weckt die Großmutter nicht. Ich bin gleich wieder da.«

»Es ist bald zwölf, Mutter«, ermahnte Bärbel.

»Nein, erst halb. Ich will mich beeilen.« Sie knüpfte sich das Wolltuch um den Kopf, knüpfte es doppelt. Abends hatte das Thermometer zehn Grad unter Null gezeigt.

Als sie hinaustrat, fegte ihr ein scharfer Ostwind entgegen. Mit leisem Zischen zog der Schnee über die Flächen hin. Es verschlug ihr den Atem, als sie die offene Straße erreichte. Sie preßte den Muff gegen das Gesicht, in sich zusammengekrümmt eilte sie dahin.

Die Nacht war mondhell. Mit dem Ausdruck der Wut wälzten sich Wolkenspiralen um das halbe Gestirn. Es sah aus, als führe es, ein plumper wankender Kahn, in Sturmesschnelle über das Firmament, als suche es selbst in den schwarzen Wirbeln zu scheitern. Elisabeth blickte nur kurz empor, dann eilte sie, leise ächzend, weiter.

Was hatte die Stimme befohlen: zum Bahnhof? Warum zum Bahnhof? Was ging dort vor, daß es sie angehen konnte? Leonhart? Nein. Ihr Vater? Nein. Plötzlich tauchte ihr das Gesicht des kleinen Ehrlicher vor den inneren Blick. Sie erinnerte sich: dort in dem Hof hinter St. Nikolaus zu Prag hatte eine Gans geschrien. Überall im Judenviertel fütterten sie jetzt Gänse in den Häusern, fütterten sie aus den Abfalltonnen der Tschechen, damit sie nicht ganz verhungerten, sie, die im Judenviertel.

Und was war das? Schrie es nicht eben wieder irgendwo jenseits des Hügels, von der Station herüber, die zwischen hohen Böschungen in einem Bahndurchstich lag. Dort – jetzt hörte sie es genau – stand ein Zug unter Dampf.

Elisabeth begann zu laufen. Laufend erreichte sie die Brücke, die den Durchstich vor der Station überquerte. Eben setzte sich der Zug in Bewegung, um unter der Brücke durchzufahren, zuerst die Lokomotive, alte Lastzugslokomotive, schwerfällig prustend, von Dampf und Funkenflug umflattert. Dann die Wagen, offene Güterwagen –. Aber – was war das? Lebendiges war auf ihnen, knäuelnde Menschenleiber, Trauben von Leibern, dicht ineinander verkrallt, hingemäht jetzt vom Fahrtwind des schneller werdenden Zuges, eins übers andre geworfen, niedergepreßt von der gräßlichen Kälte, die über sie wegschnitt wie eine Sichel, und es schrie draus hervor, die menschliche Masse schrie – schrie – schrie, und die Fahrt wurde schneller, immer noch schneller, kein Erbarmen, Wagen für Wagen ratterte unter die Brücke, drei, sechs, neun, immer noch, immer noch; endlich der letzte –.

Elisabeth stürzte hinüber ans andere Geländer der Brücke, sie starrte dem Todeszug nach, dieser Vision der Hölle, die jetzt in voller Fahrt Glied um Glied in der Landschaft verschwand. Wie eine Schleppe aus Qualm zog das Geschrei hinter ihr her und erstarb.

Weg. Weg wie ein Spuk, eingeschluckt in die Nacht, in den Tod dieser Nacht, in die von Licht und Schatten getigerte endlose Weite. Ferner Pfiff der Lokomotive. Stille sodann. Nur noch das Sirren im Wind, der gläsern schneidende Laut der fegenden Schneekristalle.

Elisabeths Hände fielen von dem Geländer. Sie wankte zurück. Mitten auf der Brücke fiel sie in die Knie und wimmerte lautlos in sich hinein.

Als sie endlich nach Hause kam, war die Stube leer. Die anderen waren schlafen gegangen. Ihr, Elisabeths, Glas stand noch gefüllt auf ihrem Platz. Die Lichter brannten, das große Deckenlicht, das kleine auf dem Schreibtisch. Auch im Rundfunkapparat leuchtete noch die Scheibe; auf leise gestellt, pulsten die letzten Takte der Schicksalssymphonie wie aus unendlichen Fernen hervor.

Elisabeth stellte die Musik ab, wie man eine Flamme mit der Hand ausschlägt. Dann sah sie sich um. Alles rings um sie her war verändert: Fremde, Wüste, Unterwelt. Sie erkannte es nicht mehr. Vielmehr: sie erkannte es wieder, aber zu Chiffren des Verderbens verwandelt.

Sie blickte auf die Wände: Bismarcks Bild. Leonharts Bild. Das Bild ihrer Eltern. Sie mit Leonhart als Paar. Goethe von Tischbein und Kalckreuths Garten und drüben – drüben der Weihnachtsbaum.

Später saß sie auf dem Sofa, dort, wo noch vor ein oder zwei Stunden die kleine Ditha gelegen hatte. Sie saß im Dunkeln in sich zusammengekrümmt, eine Streichholzschachtel in den Händen. Sie riß ein Hölzchen nach dem anderen an, immer wieder eines, immer wieder, wartete, bis es aufbrannte, sich verzehrte, ihre Fingerspitzen sengte. Dann ließ sie es fallen, es verlosch, und während es fiel, griff sie nach dem nächsten. In ihren starren Augen spiegelte die Flamme.

Das tägliche Leben ging weiter.

»Höre«, sagte Zeman, als er Elisabeth wieder traf, »du mußt mir versprechen, Pernau zu verlassen, sobald die Russen die Weichsel erreicht haben. Es kann nämlich sein, daß dann alles rasch zu Ende geht. Versprich mir also, Elisabeth, du gehst –«

»Aber wohin denn, um Gottes willen, auf die Straße?«

»Hast du Freunde in Deutschland?«

»O ja. Aber niemanden, der mir nahe genug stünde, daß ich ihm zumuten könnte, uns aufzunehmen. – Laß mich, Viktorin. Du hast Wahnideen.«

»Arno ist drüben.«

»Arno? Ein Kind!«

»Trotzdem. Ich werde ihm schreiben.«

Elisabeth wehrte sich. »Was soll das alles? Wofür? Wozu? Wenn das Ende kommt, werden wir schließlich auch noch zu sterben wissen.«

Zeman lachte barsch. »Das rede mir ein andrer ein. Vier Kinder! He! Willst du sie allein lassen? Und mitnehmen – mitnehmen, du, die nicht einmal ein Kaninchen schlachten kann.«

Das war richtig. Erst neulich hatte Viktorin Zeman einen fetten Hasen in das Jeringsche Haus geschickt. Niemand hatte das Tier töten wollen, auch Elisabeth nicht. Am Ende, als sie es doch versuchte, sich mit zusammengebissenen Zähnen dem Hasen näherte und das Messer zückte, war ihr das Tier zwischen den Beinen durchgegangen. Es war im Garten verschwunden, sie kriegten es nicht mehr. Elisabeth gestand dem Freund die Niederlage ein.

»Du wirst es noch lernen«, sagte er scheltend. »Noch geht es euch viel zu gut. Der fette Hase! Schade drum!« Plötzlich lachte er düster: »Wie heißt es doch: Ihr werdet sagen, Berge, fallet über uns, Hügel, bedecket uns, die letzten Dinge werden schlimmer als die ersten sein. – Worauf bezog sich die Prophetie?«

»Auf die Zerstörung Jerusalems durch Titus, glaube ich.«

»Siehst du. Damals lernten sie ihre eigenen Kinder braten. Und du – du kannst nicht mal ein Kaninchen killen –«

Die Russen erreichten die Weichsel, und die Verschwörung der Generale schlug fehl. Der Krieg dauerte immer noch. Er geriet sogar wieder ins Stocken. Die Russen hielten vor Warschau still, und der Feind im Westen ließ sich in die Ardennen zurückwerfen. Pausenlos gingen zwar die Angriffe auf die Städte nieder. Aber dort, in Pernau, im Norden Böhmens war es still, beinahe gemütlich. Von überallher strömten Flüchtlinge ein, Leute, die ihre Bleibe und ihre Habe verloren hatten und nach vielen Schrecken stillen Unterschlupf suchten. Kinder, ganze Schulen wurden in die Gegend gepumpt. In den leerstehenden Räumen der Jeringschen Brennerei hauste eine ganze Klasse aus Kassel mit ihren Lehrern. Pfarrhäuser wurden geräumt und zu Lazaretten gemacht. Abgelegene Herbergen und Ferienheime nahmen geheime Reichsämter auf. Immer öfter begegnete man Wagen mit Wimpeln und Flaggen hoher Beamter. Nachts heulten die Sirenen Alarm, Bomben aber fielen keine. Nur von hochgelegenen Punkten sah man weit im Norden das Flammenspiel der Angriffe zucken.

Wieder klopfte Zeman Elisabeth heraus. (Nur nachts konnte er sie besuchen, da es nach wie vor gefährlich war, die Grenze herüber und hinüber zu überqueren.) Er sah nun anders aus als damals, da er aus dem Zuchthaus gekommen war, nicht mehr so grau, auch nicht mehr so hager. Sogar die scheußliche Brille hatte er abgelegt und sie gegen eine andere ausgetauscht, die weniger einem Maulkorb glich, obwohl auch sie sein rechtes Auge verbarg, das zerstört war. »Guten Abend. Ich bin in Eile. Morgen um diese Zeit wird ein Lastwagen kommen. Du wirst aufladen lassen, soviel auf ihm Platz hat: Betten, Matratzen, Wäsche. Auch ein paar Möbelstücke. Das Allernotwendigste, versteht sich. Ich kann dir nicht versprechen, daß du die Dinge wiedersiehst, aber ich kann dir versprechen, daß du sie bitter nötig haben wirst in Pfaffling. Pfaffling, dort, wo Arno lebt. Ich habe ihm geschrieben und Geld geschickt. Er hat euch eine

Bleibe gefunden, zwei Kammern unterm Dach, aber daneben kann ausgebaut werden.«

»Aber – aber«, stammelte Elisabeth. »Ich verstehe nicht.«

»Nein, du verstehst nicht, hast nie so recht verstanden. Neulich ist das Staatsgrundgesetz der Zweiten Tschechoslowakischen Republik in Kaschau verkündet worden. Paragraph eins: Alle Deutschen werden ausgewiesen. Paragraph zwei: Ihr Eigentum verfällt dem Staat.«

»Du mein Gott, das können sie doch nicht tun.«

»Wer wird sie daran hindern? Die Russen? Oder gar die Juden, sofern welche übriggeblieben sind?«

»Siehst du«, fuhr er mitleidig fort, als er ihr Erblassen gewahrte, »ich habe diese Gelegenheit für dich ausgekundschaftet, die letzte vielleicht ihrer Art. Das Lastauto führt Kuriergepäck, es wird also nicht untersucht werden. Es wird das Zeug nach Pfaffling fahren. Du wirst mit den Kindern folgen, noch nicht morgen, auch nicht übermorgen. Kann sein, wir haben noch drei Wochen Zeit.«

»Aber unser Haus«, flüsterte Elisabeth. »Leonharts Haus, seine Gärten. Die Fabrik – alles.«

»Nichts«, sagte er leise und legte die Hand auf die ihre. »Aber das Leben, und das ist viel.« Er stand auf. »Morgen also. Überlege dir gut: Das Nötigste. Aber alles Nötigste. Sei klug.«

Elisabeth blieb allein, und wie damals, in jener Neujahrsnacht, saß sie lange Zeit untätig, wie gelähmt, wie erstarrt. Sie fühlte, was sie sollte, als eine schwere, zerrüttende Krankheit in ihrem Leib. Ihr Leben, jahrelange Bemühung, sie sollte das alles nun selbst zerstören, indem sie Hand anlegte zum ersten Abbau. Die erste Lade, die sie öffnete, um sie zu leeren, der erste Schrank, den sie aufsperrte, um aus ihm herauszureißen, wovon sie immer gedacht hatte, es gehörte zu einem unveränderlichen Bestand: es würde sein, als zöge sie den Eckstein aus einem Bau, alles mußte dann stürzen. Die alte Mutter dabei, die nichts verstand, immer noch auf Umkehr, Sieg, Wunderwaffen hoffte; die Kinder – oh. Sie fühlte sich ohnmächtig, elend, marklos, und etwas wie Empörung stieg in ihr empor. Dieser Zeman! Er bürdete ihr dieses noch auf...

Dennoch hatte sie am nächsten Abend alles bereit. Sich gegen die Mißtrauensblicke der alten Mutter verschanzend, ohne Gehör für die neugierigen Fragen der Kinder hatte sie Kisten und Koffer gepackt. Sie ging durch Boden und Keller, durch alle Räume des Hauses, sie maß und schätzte und überlegte genau. Da sie nicht wußte, wieviel Platz in dem Lastwagen war, schied sie das Dringlichste vom Dringlichen, sortierte, stapelte sorgfältig hintereinander.

Pünktlich um neun purrte das Auto heran. Zeman befahl, es hinter das Jeringsche Anwesen in das Feld hineinzufahren. Auf der Straße konnte nicht geladen werden. Schwer rumpelnd pflügte der Drei-Tonnen-Wagen die aufgeweichte Erde.

Die Männer warfen den Zaun um. Nun hatten sie freien Zugang. Zeman und zwei Lederjoppen stapften ins Haus.

Elisabeth stand vor Kälte und Erregung schlotternd zwischen den Büschen. Kisten und Möbel verschwanden hinter den Plachen. Zeman kletterte hinein und überwachte den Vorgang. »Hier ist noch Platz!« rief er. »Bringt noch was!«

Elisabeth eilte hinter den Lederjoppen her.

»Noch etwas!« scholl Zemans dumpfe Stimme aus dem Wageninnern.

»Fertig«, sagte die eine Lederjoppe. Elisabeth sah den Mann an. An seinen Fingern steckten Ringe. Aus dem offenen Hemd quoll, ein schwarzes Vlies, sein Brusthaar hervor. Elisabeth blickte nach Zeman. Er lächelte spöttisch. »Komm!« sagte er dann. »Sieh nach, ob die Straße frei ist.«

Er überwachte die Ausfahrt. Sie standen nebeneinander unter den kahlen Bäumen, als der Wagen abfuhr.

»Gehen wir hinein.«

Sie gingen. Hinten im Flur stand, verzerrten Gesichts, die alte Frau.

»Was hast du gemacht? Alles fortgegeben – Elisabeth, Elisabeth!«

»Ja, Mutter.«

»Aber warum? Wohin? Wer ist der Mensch da?«

»Es ist Zeman, Mutter.«

»Zeman?«

»Ja. Er – er will uns helfen.«

»Zeman – der?«

»Er hat uns schon oft geholfen, Mutter.«

»Du! du!« schrie die Alte und erhob fluchend die dürre Faust. »Von einem solchen läßt du dir helfen? Ich werde es Leonhart sagen, wenn er wiederkommt.«

»Ja, ja«, sagte Elisabeth. »Es ist schon gut. Geh jetzt nur schlafen.«

Sie brachte die Greisin in ihr Zimmer. »Aber wo, wo soll ich schlafen?« Weinend kroch sie unter die Decken. »Alles hast du mir weggenommen, alles. Auf Lumpen lieg ich. Auf Lumpen läßt du mich sterben. Ich werd es Leonhart sagen.«

»Das mußte nun auch noch sein«, sagte Elisabeth, als sie mit Zeman allein war. Sie sah erschöpft aus, abgekämpft, alt. Er streckte den Arm aus, als wollte er sie berühren, dann aber zog er ihn zurück. »Nun das Letzte –«, sagte er.

Er zog ein Notizbuch hervor und begann der Frau zu erklären, welche Gelegenheit er ausgemacht hatte, wann und wie sie reisen konnten, Elisabeth, die Kinder, die alte Frau. »Du willst sie mitnehmen, vermute ich –«

»Wen? die Mutter? Natürlich.« Dann aber, nach einem Augenblick stumpfen Stillschweigens: »Oh, ich weiß nicht – weiß nicht, ob das, was wir tun, nicht heller Irrsinn ist. Wir geben auf, ehe wir aufgeben müssen. Darf man das? Es wird vielleicht so schlimm nicht werden. Wir haben niemand etwas getan, niemand verklagt, niemand ins Unglück gebracht. Ich habe herumgehört bei unseren Bekannten. Alle bleiben. Die Gräfin, der Verwalter, Herold, der Bürgermeister sogar. Nur wir gehen, nur wir schaffen fort. Ich komme mir feig und fahnenflüchtig vor.«

»Warte es ab«, sagte Zeman. »Du denkst bald anders.«

»Und das Ärgste. Leonhart weiß von nichts. Wie, wenn er heimkommt, und er findet niemand –«

»Ich bleibe ja«, antwortete Viktorin.

Eine Woche darauf erhielt Elisabeth die letzte, entscheidende Nachricht, Nachricht über Ort und Stunde, wo und wann sie sich einfinden sollte, um samt den Ihren nach Deutschland zu fahren: eine Straßenkreuzung im Wald in der Morgendämmerung eines Märztages. Elisabeth zog mit den Kindern und der Mutter aus, jedes schwer beladen. Trotzdem versuchten die Kinder sogar zu singen. Ihnen war, was geschah, ein Abenteuer. Elisabeth hatte nicht das Herz, sie, als sie den Hügelrand hinter Pernau erreicht hatten, aufzufordern, sich noch einmal – zum letztenmal – nach dem Vaterhaus umzusehen. Sie erlaubte sich selbst nur einen raschen

Blick. Da lag es noch, was das Ihre gewesen. Sie wendete die Augen geradeaus.

Der Himmel war bewegt von Wind, Wolken, strahlenbündelweis hervorkämpfender Helle: ein Firmament voll Ereignis. Später, als die Sonne vortrat, lag ihr Licht wie blankgehämmert über dem feuchten Land.

An der Kreuzung warteten sie. Elisabeth setzte den Rucksack ab, setzte ihn vorsichtig auf den Boden zu ihren Füßen. Sie hatte zuletzt zwischen Wäsche, Vorrat und Schuhe noch ein Buch hineingestopft; sie nahm es mit, Leonharts erstes Geschenk, nahm es mit in das heimatlose Leben, nahm es als Pfand, als Zeichen eines Versprechens, das sie sich selbst gegeben hatte: das Buch vom Rosenhaus.

Ein paar Wochen danach war der Krieg zu Ende. In allen Sprachen und in betäubendem Fanfarenton wurde der Welt verkündet, daß die Tyrannis der Unmenschlichkeit gebrochen, das Otterngezücht in seiner Höhle zertreten, daß das glückliche Zeitalter neuer Freiheit und ewigen Friedens angebrochen sei. Nun galt es nur noch, die Deutschen zu strafen. Man hatte ihre Städte zerstört, ihren Staat zerschlagen, ihre Armee gefangen, ihre Anführer festgesetzt. Aber das war nicht genug. Es war noch eine andere Rechnung zu begleichen, eine Rechnung, über die man zwar nicht in offiziellen

Bulletins berichtete, eine Sache, die sich auch nicht für Wochenschauen und die Reportagen der Funkstationen eignete, eine Sache, die man eher hinter Vorhängen, Polstertüren und verstärkten Wänden abmachen konnte. Kaum glaublich, daß man ganze Landstriche hinter Vorhängen und Wänden verschwinden lassen kann, aber man kann es – konnte das schon immer – besonders wenn das Bewußtsein der Welt mit diesen Landstrichen augenblicklich nicht beschäftigt sein wollte. Europa hatte sein Blutbad überstanden, seine Wunden empfangen, das Maß der Leiden ausgekostet. Aber Böhmen? Das Land in Europas Mitte, das Herzstück des Erdteils? Hier waren keine Schlachten geschlagen, keine Städte zerstört worden. Böhmen war ruhig geblieben, ausgeklammert aus dem allgemeinen Unheil.

Zwar: Hier hatte die Zwingherrschaft gelastet wie anderswo. Aber man hatte sie nicht erst nach überstandenem Blutbad ertragen müssen – wie anderswo. Man hatte damals in jenem September vor sieben Jahren kampflos die Grenzen geräumt, war klug und nachgiebig gewesen und hatte den Verbündeten gehorcht, die dazu rieten, man hatte getrauert und geweint und das Grabmal des Unbekannten tschechischen Soldaten mit Blumen bedeckt, und man hatte gewartet –.

Auf das gewartet, was dann auch pünktlich eintraf: den Einmarsch unter dem stöbernden

Märzenschnee ein halbes Jahr danach. Auf dem Hradschin stieg die deutsche Flagge hoch. Grabesstille über dem Land. Die einen duckten sich und suchten Verständigung. Die anderen ballten die Fäuste und hofften auf die Zukunft. Einig waren sich alle: Aufstand ist Selbstmord. Wir warten weiter.

Dann: drei vier Männer, vom Ausland geschickt, mit Fallschirmen abgesetzt, um den perfekten Mörder abzutun. Die Kugeln trafen ihn aus dem Hinterhalt. Dann: ein eingeäschertes Dorf und Peletons gegen ein Häuflein Bauern. Dann: wieder Grabesruhe über dem Land – bis fünf Minuten vor der Stunde Null. Die Russen stehen vor Prag, die Amerikaner in Eger und Pilsen. Jetzt wird der Freiheitskampf proklamiert; und plötzlich schäumt die Wut und überbrüllt die Scham, daß man sich hatte alles gefallen lassen von diesen – diesen Deutschen! Sie schienen so unüberwindlich, sie waren's nicht! He – hei! wer wirft den ersten Stein? – Da prasselt es schon aus tausend Fäusten.

Das war das eine. Und das andere: daß sich Erinnerungen regten, Erinnerungen an längst Vergangenes, dennoch Unvergessenes: Pogrom! Pogrom!

Schon immer war das Fremde verhaßt gewesen. Es war mit den Fürsten, mit den Städten, mit dem Bergbau ins Land gekommen, das Undurchschaubar-Andersartige, das sich einnistete, breitmachte: Die Deutschen und die Juden, die Juden und die

Deutschen gehörten zusammen, waren eins. Nun hatten die Deutschen die Juden geschlagen, man hatte dem zugesehen mit Grausen, doch auch in dem Gefühl, daß hier ein Bruder den Bruder schlug – man stand als Dritter dabei und sah zu: Dieses Blut kommt nicht über uns!

Doch als es geschehen und die Ghettos ausgemordet waren und die Welt von Pol zu Pol von den deutschen Untaten widerhallte, erhob sich im Tschechen ein röhrendes Rachegelüst. War es der alte Trieb zum Pogrom? Auch. War es der Trieb, die eigene allzu kluge Klugheit zu rächen? Auch. War es ein Empfinden, ein dumpfes Empfinden, daß Schuld nicht ungesühnt bleiben dürfe und zuletzt die Schuld dessen, der so lange Ordnung und Gesetz vertreten und Verantwortung getragen hatte? Auch.

Das Land zerschlug sein eigenes Gesicht. Es ist nicht wiederhergestellt. Es ist nicht wiederherzustellen.

Aber da und dort, immer, gräbt sich das Menschenantlitz aus der Verschüttung hervor.

Leonhart Jering war zuletzt an der Westfront gestanden. Bei Bingen war seine Truppe über den Rhein zurückgedrückt worden; war, vor den Amerikanern her, quer durch Deutschland marschiert. Nun lag ihnen der Eckpfeiler Böhmens im Rücken. Schon war Berlin zum größten Teil erobert, Hitlers

Tod bekanntgegeben. Die Truppe begann sich aufzulösen. An allen Ecken bröckelte sie ab. Die meisten Offiziere waren froh: je weniger Mann sie bei sich hatten, für desto weniger trugen sie Verantwortung. Um so leichter konnten auch sie den letzten Schritt tun.

Dieser mußte und sollte ja wieder in das Eigene zurückführen. Sofern nicht noch eine verirrte Granate über ihnen krepierte, sofern nicht noch ein Jabo ihnen mit seinen Salven den Leib entzweisägte, mußte dieser Schritt doch getan werden. Es war Sache des Geschmacks und Temperaments und vor allem der Gelegenheit, wann einer diesen Schritt für sich setzte. Pflicht und Gehorsam schieden als Begriffe aus. Dann und wann tauchte noch ein Amokläufer auf, drohte, fuchtelte mit den Waffen, schrie von Kriegsgericht und Erhängenlassen. Man wich ihm aus, stellte sich taub und tot. Wahrscheinlich schmiß ein solcher im nächsten Wald die Knarre selbst weg.

Leonhart Jering schaute um sich, auf seinesgleichen. Wie kamen die andern zurecht? Manche kamen nicht zurecht und erschossen sich. Manche ersäuften sich – in Fraß, Suff und Orgien. Manche taten, was sie jahrelang nicht getan hatten, schlichen sich in eine Kirche, heulten ihr Elend aus und entdeckten, nachdem sie ihre Tränen getrocknet und ihre Nerven beruhigt hatten, daß sie gläubige Christen geworden und im Grunde immer schon gewesen seien. Die anderen liefen nur, um nach Hause zu kommen.

Die Post, die Leonhart Jering zuletzt von Pernau erhalten hatte, stammte aus den letzten Februartagen. Endlos war der Brief auf dem Weg gewesen: er war von Wasser durchweicht, von Feuer angerußt, der Stempel: »Durch Feindeinwirkung beschädigt« daraufgedruckt. Der Zustand des Briefes fiel Jering schwer auf die Seele. Je öfter er das Blatt ansah, desto mehr kam ihm vor, es sei ein ihm geheimnisvoll gegebenes Zeichen für den Zustand, in dem sich die Seinen befanden. Er trug den Brief in der Rocktasche und fühlte ihn wie einen sich beständig verstärkenden Druck auf der Brust. Er beneidete jeden Mann, der schon den Mut gehabt hatte, sich heimwärts abzusetzen. Er, der Hauptmann, glaubte, immer noch eine Stunde bleiben und ausharren zu müssen. Endlich fand er sich mit einem Halbdutzend Leuten allein. Nun entließ er auch diese; riß Winkel und Streifen von seiner Uniform, zog eine Windbluse über den Rock, tauschte bei einem Bauern einen Kraftwagen gegen ein Rad. Längst hatte er sich auf den Karten seinen Weg ausgetüftelt. Nachts fuhr er los, über Feldwege, Raine, von seinem Kompaß und dem Stand der Sterne beraten. Bald lenkte er abwärts nach Böhmen hinein.

Er fuhr, solange er konnte, Dann warf er sein Rad in ein Feld und ging zu Fuß weiter. Scharen abrüstender Soldaten kamen ihm entgegen. »Wohin gehst du, Kamerad? Nach Osten? Doch nicht nach Osten?«

»Meine Leute sind dort. Ich muß.«

»Laß sie. Denen hilfst du nicht mehr.«

»Ich muß, ich muß.«

Gerüchte wurden ihm zugetragen; Augenzeugenberichte, denen Glauben zu schenken er kaum den Mut fand. Immer derselbe Refrain: »Sei nicht verrückt, kehr um!«

Nach nur Minuten währenden Rasten riß sich Leonhart Jering los. Das Herz stieß ihm qualvoll in der Brust. Elisabeth, die Kinder, die alte Mutter, alles, wofür zu leben jemals Sinn gehabt hatte, wofür übriggeblieben zu sein je Sinn haben würde. O Elisabeth, o Kinder, Kinder!

Am letzten Tag verließ er jeden Weg. Von einer Vogelscheuche hatte er sich einen Hut gestohlen, aus einer Ackerfurche sich eine Haue geholt. So schlich er weiter, jede Sekunde gewärtig, angerufen zu werden. Dann wollte er sagen, er sei Tscheche, Bauer, Häusler, Knecht, irgend etwas.

Mittags sah er die Türme von Kukus. Zwei Stunden später stand er auf dem Hügel über Pernau.

Er hatte vor, sich erst bei Einbruch der Dunkelheit hinunterzustehlen. Doch als er das Dorf vor sich liegen sah, sein Dorf, sein Haus, litt es ihn nicht mehr. Mit großen Sprüngen rannte er zur Au hinab.

Der Zaun neben dem Haus lag umgeworfen. Leonhart hielt inne. Was war da geschehen? Angst tobte in seiner Brust. Hinter den Bäumen, die dicht mit rötlich schwellenden Knospen besetzt waren, stand das Haus: hell und weiß mit blanken, blitzenden Fenstern, still, ein Geheimnis. Leonhart erreichte den Weg, trat in das Beet, das diesen vom Hause schied. Er wollte in das Innere spähen, dann zur Hintertür –.

Da geschah es. In der Werkhütte hinten knarrte die Tür, ein Mann sprang heraus, auf Leonhart zu. Er faßte ihn am Arm, riß ihn zurück, stieß, ja prügelte ihn vor sich her in die Hütte. »Was machen Sie da? In Dreiteufelsnamen – sind Sie verrückt geworden? Da hinein! Hab's mir doch gleich gedacht –« Er keuchte.

»Hab's mir doch gleich gedacht –« Die Tür der Hütte war hinter ihnen zugefallen, sie beide standen im Finstern, im Beinahe-Finstern. Der Fremde nahm die Brille vom Gesicht. War das nicht Zeman?

Leonhart starrte ihn an. Dann sagte er, seine Stimme war, als würde er gewürgt: »Wo ist meine Frau?«

»Hab's mir gedacht«, wiederholte der andere zum drittenmal, indem er hinter sich zuriegelte, »daß Sie das sind. Ich habe Sie schon oben am Waldrand gesehen. Aber ich hätte nicht geglaubt, daß Sie solch ein Narr sind. Mitten am hellen Tag – hier herein!«

»Wo ist meine Frau?« stammelte Leonhart.

Er konnte fast nichts sehen in diesem Licht, das so spärlich durch die mit Ölpapier beklebten Scheiben sickerte. Die Luft war dick, von Staub gesättigt. Er glaubte, ersticken zu müssen. »Wissen Sie, was mit Elisabeth und den Kindern ist?«

»Die – die sind fort. Seien Sie froh, daß sie fort sind. In das Haus können Sie nicht. Der neue Bürgermeister hat es besetzt. Ich habe Mühe gehabt, ihm einzureden, ich hätte ein Recht auf die Baracke. Gehen Sie jetzt dort hinein und halten Sie sich ruhig – kein Mensch darf wissen, daß Sie hier sind.«

Leonhart schluckte und blickte um sich. »Aber – aber –«, murmelte er.

»Hoffentlich hat niemand Sie gesehen. Sonst ergeht es Ihnen wie –. Und mir ergeht es nicht viel besser. Sie Narr, wie konnten Sie denn auch am hellen Tag –«

»Wo ist Elisabeth?« fragte Leonhart wieder.

»In Deutschland. Auch Ihre Kinder und Ihre Mutter. Alle sechs. Sie sind bei Arno in Pfaffling. Jetzt sind nur Sie noch übrig. Gehen Sie schon da hinein, wie oft soll ich Sie denn noch darum bitten?«

Zeman hatte Leonhart in den hintersten Winkel des winkeligen und mit allerlei Gerät vollgestopften Raumes gedrängt. Zwei alte Werkzeugschränke waren übers Eck so gegeneinandergeschoben, daß zwischen ihnen ein schmaler Spalt klaffte. Der Spalt war oben mit Drahtrollen verhängt. Drinnen stand eine Kiste, auf der ein Mann, wenn er sich dünn machte, eben kauern konnte. Zeman hatte dieses Versteck offenbar schon vorbereitet. Kaum war Leonhart drinnen, stellte Zeman einen Satz Weidenkörbe davor, so saß Leonhart wie in einem Käfig. Er kam sich vor wie in eine Falle gegangen. Er hätte sich zur Wehr setzen, hätte jenen beiseite drängen sollen. Was hatte sich Zeman hier so aufzuspielen? Seit wann wohnte er hier, schaltete in der Hütte, als wäre sie sein eigen? Wenn nun alles, was Zeman sagte, eine faule Ausrede war, eine List, um ihn zu fangen, auszuliefern, zu verderben? Unwillkürlich griff Leonhart nach seiner Waffe. Aber er hatte sie samt dem Koppel weggeworfen, in die Eger versenkt.

»Haben Sie Hunger?« fragte nun Zeman flüsternd zu ihm hin.

»Nein.«

Das war nicht wahr. Leonhart war wie ausgehöhlt, aber er konnte doch nicht von diesem –.

»Wer hat Elisabeth nach Deutschland gebracht?«

Zeman gab keine Antwort. Er ging umher, war anscheinend beschäftigt. Leonhart spähte nach ihm. Hinter den Weidenkörben sah er ihn in Bewegung. Jetzt kam er an den Spalt, reichte ihm etwas zu. »Hier haben Sie trotzdem etwas zum Essen. Und hier: eine Flasche Tee. Ich werde jetzt weggehen.

Rauchen dürfen Sie nicht. Bleiben Sie drinnen. Auf keinen Fall dürfen Sie ins Freie. Sonst sehen Sie Ihre Leute nicht wieder, dafür stehe ich Ihnen gut. Wenn Sie den Kübel brauchen, hier ist er –« Er berührte ein blechern klingendes Gefäß. »Sie sehen, ich habe für alles gesorgt.« Er ging zur Tür. Von dort kehrte er noch einmal zurück. »Jetzt sind Sie auch einmal eingesperrt, Sie – verfluchter Tugendbold.«

Er öffnete. Die Angeln schrien. Ein paar Sekunden kam von außen helles, erlösendes Licht. Dann fiel die Tür wieder zu. Leonhart hörte den Bart des Schlüssels kreischen. Zemans Schritte entfernten sich.

Kaum war Leonhart allein, zwängte er sich aus seinem Winkel hervor. Alles in ihm empörte sich gegen seine Lage: eingesperrt sein auf eigenem Grund und Boden, in dieses Versteck eingepfercht, das ihm, Leonhart, lächerlich schien. Er schaute sich um. Seine Augen hatten sich nun an die Dämmerung gewöhnt, es war manches verändert in dem ihm so wohlbekannten Raum. Zeman schien hier zu wohnen: ein Matratzenlager auf Kisten, Kleider an Nägel gehängt, eine Waschschüssel, ein Glas. Und hier eine Gelegenheit zum Kochen – er hatte sich hier richtig eingenistet. Wozu? War er nicht Schuster irgendwo, dieser Mörder-Arzt?

Was hatte er gesagt: Elisabeth bei Arno? War das zu glauben? Was tat sie dort? Wovon lebte sie und wo?

Wie, wenn alles gelogen war, Elisabeth drüben im Hause? Leonhart schob das Gesicht an die Fensterscheibe. Wieder begann das Herz in ihm zu toben. Vor seinen Blicken flimmerte es schwarz. Er mußte sich festhalten, sich niedersetzen. Die Knie wankten ihm.

Noch hielt er das Brot, das ihm Zeman gereicht hatte, in der Hand. Er blickte darauf nieder. Das Wasser schoß ihm unter der Zunge zusammen. Er biß hinein: zwei Scheiben dick mit Butter beschmiert, dazwischen ein Flöz Wurst. Nach ein paar Sekunden war es verschlungen.

Nun saß er und versuchte zu überlegen. Wie, wenn Zeman ihn hatte fangen wollen, um ihn anderen auszuliefern? War nicht Kopfgeld gesetzt auf Deutsche? Tausend Kronen, hatte ein Soldat ihm gesagt. Tausend Kronen, leicht verdient. Oh, er wollte seine Haut nicht so billig verkaufen. Er sprang auf und blickte sich um. Eine Waffe? Nichts war da als ein großes Brotmesser und ein mit Stahlzähnen bezinkter Rechen. Besser als nichts. Vielleicht in einem der Schränke ein Beil? Leonhart lief hin, wollte eben öffnen.

Da hörte er Schritte wieder draußen im Kies. Zeman? Mit Erleichterung nahm Leonhart wahr, daß es Schritte eines einzelnen Mannes waren.

Sie näherten sich nicht, kamen nicht in sein Blickfeld. Da – endlich. Es war Zeman. Er begann in einem der Beete zu harken.

Gleich darauf öffnete sich die Hintertür des Jeringschen Hauses. Ein fremder Mensch kam daraus hervor. Fremd? Irgendwoher mußte Leonhart ihn kennen. Er erinnerte sich: das war der Schimek, ein Häuselmann aus Groß-Pernau, ein übel beleumundetes Subjekt. Er schlurfte in Pantoffeln aus seinem, Jerings, Hause hervor. Er war hemdsärmelig, mit Hosenträgern. Und die Hose stand offen, war ihm zu eng, es sah unflätig aus. Leonhart kniff die Lider zusammen: die Hose war seine Hose, auch das Hemd. Auch die Pantoffeln. Ah –.

Schimek näherte sich Zeman, blieb neben ihm stehen und schaute ihm zu, wie er harkte. Schimek hatte die Daumen in die Hosenträger gehängt, so stand er da, den Bauch vorgeschoben, und redete leutselig auf den anderen ein.

Nach einer Weile schrie er etwas zum Haus hin. Eine Frauensperson erschien und verschwand wieder. Gleich darauf schleppte sie einen Stuhl herbei. Einen der tiefen Lehnstühle aus der guten Stube. Sie setzte ihn in den Kies neben Schimek hin. Er bückte sich und ließ sein Hinterteil darin verschwinden. Behaglich streckte er die Beine.

Zeman sandte rasch einen sichernden Blick nach der Hütte zurück.

An diesem Blick erkannte Leonhart die Gefährlichkeit seiner Lage. So leise er konnte, schob er sich vom Fenster zurück. Nun wußte er: Zeman brauchte er nicht zu fürchten, sonst aber alles und alle. Er zog sich nach rückwärts an die Wand zurück. In sein Versteck zu kriechen wagte er nicht mehr, es hätte dabei Lärm geben können, und Schimek war nahe.

Schimek redete, Zeman antwortete geduldig. Er harkte noch immer. Die Sonne brannte auf seinen Rücken. Schimek wanderte mit seinem Lehnstuhl dem Schatten nach. Jetzt saß er im Schatten der Hütte, nahe, ganz nah.

Leonhart war in Schweiß gebadet. Dabei lächerte es ihn, den Kerl draußen reden zu hören, wie er sich aufblies! Dieser sollte nun Bürgermeister von Pernau sein: er hatte sich früher mit Fallenlegen und Rattenfang beschäftigt. Jetzt wohnte er im Jeringschen Haus.

Schließlich hatte er von dem Palaver genug. Er stand auf, streckte sich, gähnte und grunzte eine unanständige Redensart. Damit schien er seinen Aufenthalt im Garten beendet zu haben. Er schlurfte zum Haus zurück. »Nazdar, Zemanek.«

Zeman harkte noch eine Weile fort. Endlich lehnte er die Haue weg und kam herein.

»Jering!« flüsterte er von der Tür her.

Leonhart rührte sich nicht.

»Sie sind doch da –?«

Leonhart antwortete mit vor Scham erstickter Stimme. »Ja, ich bin –«

Zeman kam herein. »Gut, daß Sie ruhig waren. Haben Sie ihn gehört, den Schimek? Der ist einer von den Scharfen.«

»Ist der jetzt Bürgermeister?«

»Ja. Und Kommissar.«

»Und Herold?« Ihn hatten die Deutschen als Bürgermeister eingesetzt.

»Herold? Gehängt.«

»Gehängt? Was hat er denn getan?«

»Getan? Nichts. Er hat ihnen die Waffen abgeliefert.«

»Er war doch schon siebzig.«

»Das hat doch die nicht gestört.«

»Und der Verwalter?« – »Welcher – der vom Schloß? Den haben sie vorgestern in den Wald hinaufgeführt. Er war schon vorher ganz blutig geschlagen. Dort haben sie ihn dann fertig gemacht.«

»Und die Irma, seine Tochter?«

»Die hat sich den Hals durchschnitten.«

Leonhart schwieg eine Weile. Dann fragte er: »Und die Gräfin?«

»Die hat sich vor den Zug geworfen.«

»Der junge Graf?«

»Den haben sie nach Theresienstadt gebracht.«

Nun blieb es still. Eine Fliege summste gegen das Ölpapier.

Dann fragte Leonhart wieder: »Wann ist Elisabeth fort?«

»Oh, das ist schon länger her. Sie sind gut angekommen. Ich habe einen Brief. Auch einen Brief für Sie. Den hätte ich fast vergessen.«

Zeman reichte Leonhart einen Zettel.

»Ich kann nicht lesen.«

Zeman griff nach dem Schalter und machte Licht an. Dann drehte er wieder ab. »Es ist besser so. Wenn sie Licht sehen, werden sie neugierig. – Ich wohne seit März hier. Ich habe es Elisabeth versprochen. Sie quälte mich damit: einmal werden Sie kommen. Nun, sie hat es erraten. Sie haben Glück gehabt, daß ich – nun müssen Sie noch einmal Glück haben. Morgen. Morgen bringe ich Sie hinüber.«

»Hinüber?« fragte Leonhart. »Wo ist das: hinüber?«

»Nach dem Westen«, sagte Zeman, »in das Gebiet, wo die Amerikaner sind. Dort können Sie auch gefangen werden. Wenn Sie Unglück haben, verhungern Sie in einem Lager. Aber das ist unwahrscheinlich. Wahrscheinlich ist, daß Sie durchkommen und Ihre Familie finden. Sie wollen doch zurück zu Ihren Leuten?«

»Natürlich«, sagte Leonhart.

»Natürlich«, wiederholte Zeman böse. »Sie sind ja glücklich verheiratet, nicht? Vier Kinder, alles in Butter. Nur, daß der Krieg verlorenging, ist 'n bißchen bitter. Ein Haar in der Suppe, das läßt sich herausfischen. Dann geht alles wieder klar.«

Leonhart schwieg. Dann fragte er: »Was haben Sie dagegen?«

»Ich?« Zeman drehte sich nach ihm um, er hatte ihm den Rücken zugewendet. Mit drohender Stimme fragte er: »Was ich dagegen habe, wollen Sie wissen? Am liebsten schlüge ich Ihnen in die Fresse.«

Leonhart faßte nach dem Messer.

»Am liebsten ginge ich, wahrhaftiger Gott, und holte ein paar Leute herbei. Man wartet auf Sie, Jering. Ihr Strick ist schon geseift.«

»So gehen Sie doch!« sagte Leonhart.

»Aber Ihre Frau –« Zeman drehte sich wieder weg, er machte sich auf dem Tisch etwas zu schaffen, seine Hände mußten, danach zu urteilen, wie das Werkzeug unter seinen Griffen klirrte, zittern. »Ihrer Frau wegen werde ich darauf verzichten. Ich könnte sie mir zwar ganz gut als Witwe vorstellen. Aber – was hätte ich davon? Ich habe nie etwas mit ihr gehabt, verstehen Sie, nie. Obwohl es mir vielleicht nicht zu schwer gefallen wäre, sie dahin zu bringen. – Ich sage Ihnen das nicht, damit Sie sie damit piesacken, wenn Sie heimkommen sollten, Sie –. Aber man muß ja nicht eben alles anstellen, was anzustellen man Talent hätte. Man kann ja auch einmal verzichten, nicht wahr? Einmal – das nennt man dann sittliche Freiheit.« Er lachte.

Noch einmal kam er auf Leonhart zu. »Ich habe etwas gehabt in meinem Leben, daran mir wirklich gelegen war: meinen Beruf. Ich hab ihn verloren. – Sieben Jahre als Zuchthäusler, vier Jahre jetzt als Schuster gelebt, das verändert den Menschen. Es ist auch was gar zu Verschiedenes, ob einer zu einem kommt und sagt: Herr Doktor, mir tut das Herz weh! – oder: Da, Zeman, flick die alten Babutschen. Sie gehören zwar ohnehin auf den Mist, aber du kannst die Ludern noch zusammennageln. – Sie, Jering, Sie haben auch einmal einen Beruf gehabt. Sie haben ihn weggeworfen. Jetzt – jetzt werden Sie auch versuchen müssen, die Brosamen zusammenzuklauben. Ihr Deutschen, ihr Deutschen! Es war schon Zeit, daß ihr mal eins auf die Schnauze bekommen habt. Ob die Welt davon nun besser wird –? Sie ist ja wahrscheinlich überhaupt nicht darauf angelegt, besser zu werden.«

Nach einer Weile fügte er mit veränderter Stimme hinzu: »Das will ich nicht vergessen, Ihnen noch zu sagen. Wenn Sie mit Arno reden: er soll drüben bleiben. Hier –« Er schüttelte den Kopf. »Nein.«

Noch vierundzwanzig Stunden blieb Leonhart Jering in der Werkzeughütte bei Zeman. Sie redeten nicht mehr viel. Sie schliefen, aßen, an Lebensmitteln schien kein Mangel zu sein. Zeman ging öfters weg. Jedesmal verschloß er die Hütte. Leonhart sah Schimek noch ein paarmal im Garten, ihn und ein paar andere Kerle, an die er sich dunkel erinnerte. Nachts gab es Radau, Musik, Geschrei,

Gelächter. Leonhart hörte auch russisch reden. Als Zeman wiederkam, war auch er angetrunken. Er hatte eine Pistole bei sich.

»Die stecke ich morgen ein«, sagte er. »Wenn alle Stricke reißen, schieße ich. Ich kann dann immer sagen, ich habe gedacht, auf einen Deutschen zu schießen. Der Mensch ist heute wenig wert.«

Am Abend des zweiten Tages warteten sie die Dunkelheit ab. Sie hatten ein letztes Mal gegessen, das Schuhwerk nachgesehen und geschmiert, Brot und Konserven in einen Sack gepackt. Viel durften sie nicht mitnehmen, mußten beweglich bleiben für den Fall, daß sie verfolgt würden. Zeman prüfte die Pistole. Er hatte sie frisch geölt und geladen.

Er machte einen Rundgang durch Haus und Garten. Dann kam er und öffnete dem andern die Tür: »Jetzt!«

Die frische Süße der Nacht strömte Leonhart entgegen. Er trat über die Schwelle, es duftete wunderbar, ein leiser Regen fiel, fiel durch die jungbelaubten Zweige und zwischen diesen zur Erde nieder.

Die Apfelbäume waren aufgeblüht, die alten, die Vater Jering schon gesetzt, die jungen, die Leonhart hatte pflanzen lassen: an einzelnen sah man die obersten Äste hell und zart beschäumt, an anderen hatten sich die Blütenbüschel schon zu dichten Baldachinen verschränkt.

Der Mann blickte nach den Fenstern des Hauses, seines Hauses, es zog ihn hin, übermächtig. Er wollte eine der Staffeln betreten, wenigstens die Mauer berühren –.

Da aber fiel ihm etwas anderes ein: hier, vor der Hintertür, Jahre war es her, hatte ein Mensch gestanden, eine Frau, ängstlich zusammenschreckend, von dem grellen Licht geblendet, das jäh auf sie niederschlug, unsicher trippelnd wie eine ertappte Diebin. Sie hatte Einlaß begehrt damals von ihm, Leonhart Jering, Einlaß, Hilfe, Beistand. Er aber hatte sie weggewiesen, weg von sich und den Seinen, in die trostlose Nacht. Nun war sie tot, allen Lebendigen weit voraus in die äußerste Dunkelheit gegangen, in die äußerste Ferne, wo niemand mehr sie rief. Aber kam sie nicht von dorther auf ihn, Leonhart Jering, zu? »Gehen wir!« hörte er Viktorin Zemans Stimme neben sich. »Es ist höchste Zeit.«

Drei Tage brauchten die Männer für den Weg bis zur Grenze. Sie mußten versuchen, in den Wäldern zu bleiben, mußten alle Ortschaften umgehen, allen belebten Gebieten ausweichen. Sie verloren Stunden, einen einzigen Übergang zu finden, sei es, daß sie einen Wasserlauf, sei es, daß sie einen Bahndamm oder eine Straße querten. Einmal sagte Leonhart: »Hier bin ich neulich vorbeigekommen.« Knurrte Zeman: »Da hätten Sie wohl umkehren und uns die Mühe sparen können.«

Leonhart erkannte, daß sich die Lage in den beiden Tagen gefährlich verschärft hatte. Die Russen waren noch weiter vorgestoßen, die Kapitulation war verkündet worden. Nun konnten sie ihre Truppen ausbreiten und das Land durchkämmen lassen. Man sah sie in endlosen Kolonnen heranziehen, überall tauchten ihre Uniformen auf. Doch was noch schlimmer war: nicht nur sie, auch Zivilisten, selbst Weiber und Kinder hatten die Flüchtlinge zu scheuen. Bei den Tschechen war die anfängliche Unsicherheit ganz gewichen. Die Jagd auf die verhaßten Mitbürger war in vollem Gange. Aus dem Innern des Landes, aus den Städten schwärmten sie hervor, durchstreiften Wälder, Felder, Dörfer, Weiler, kehrten in einzeln gelegene Gehöfte ein.

Am dritten Abend hatten die beiden Flüchtlinge jenseits eines flach gebuckelten Ackers den First eines Bauernhauses erblickt. Plötzlich hörten sie Motorenlärm, er hielt vor dem Haus drüben an. Ein paar Stimmen schrien durcheinander. Dann brüllte ein einzelner Mann. Eine Salve krachte, endlich schrie eine Frau lang und fürchterlich. Leonhart sprang auf und wollte hin. Zeman hielt ihn fest. »Du nicht! du nicht! laß mich!«

Er ging. Es währte nicht lange, da kam er wieder. Sein Gesicht war verzerrt, von Schweiß bedeckt, grau. Er warf sich neben Leonhart ins Gebüsch. »Zu spät. Die Schweine!« Plötzlich krümmte er sich, würgte und erbrach sich.

Auf Ellenbogen und Knien krochen sie in den Wald zurück.

Endlich waren sie nicht mehr fern von der Grenze. Jetzt wagten sie sich wieder auf die offene Straße. Es war am Nachmittag des achten Mai, des Tages, der in der Welt zur Siegesfeier bestimmt worden war. In unhörbaren Wellen durchströmten den Äther Dankeshymnen, Siegesfanfaren, Gebete und Lobpreisungen.

Selbst von den Kirchtürmen des geschlagenen Landes erhoben die Glocken ihre erzenen Stimmen und stammelten etwas wie einen verworrenen Dank über die Ruinenfelder der zerstörten Ortschaften, über geborstene Mauern und verkohltes Dachgestühl zum Himmel empor.

Die Obstbäume blühten nun auch hier in den hochgelegenen Tälern, auf den Flächen und Hügeln, die sich zur Randscholle Böhmens aufheben. Bis an den Horizont reichten die weißen und rosenfarbenen Zeltlager, sie hauchten von Duft und summten von goldenem Bienenton. Zeman und Leonhart gingen einen Feldweg entlang, sie wollten sich selbigen Abend trennen.

Plötzlich kam von einem einzelstehenden Gehöft eine junge Frau auf sie zugelaufen. Sie rief und winkte von weitem, aus ihren Gebärden sprach Verzweiflung. Die Männer blieben stehen. Sie stieß zuerst auf Leonhart. »Helfen Sie! Helfen Sie! Den Vater hat der Stier gestoßen.«

»Wo ist er?«

»Drüben, dort! Er liegt noch im Hof.«

Zeman kam heran.

Die Frau bettelte: »Holen Sie Hilfe, mein Vater stirbt.«

Leonhart sagte: »Hier ist ein Arzt. Er wird helfen.«

Nun liefen sie alle drei zu dem Gehöft hinüber.

Vor dem Haus lag ein Mann, ein älterer Mensch mit, wie seine Tochter gesagt hatte, blutig aufgerissener Brust. Er bewegte stöhnend den Kopf, krümmte sich auf dem Pflaster.

Leonhart und Viktorin faßten ihn an. Sie trugen ihn ins Haus, die Tochter hielt ihnen die Türen. Sie legten ihn auf ein Bett, warfen die rotkarierten Kissen heraus, gleich färbte sich das Laken dunkel von Blut.

Zeman rief, man solle ein Feuer anmachen und einen Kessel mit Wasser aufsetzen.

Die junge Frau stürzte an den Herd. Sie schluchzte, zitterte, biß den Zipfel ihres Kopftuchs zwischen den Zähnen. Erschreckte Kindergesichter blickten hinter Tischen und Stühlen hervor.

Leonhart ging der Frau zur Hand. Er schnitzte Späne und reichte sie ihr zu. »Seien Sie ruhig«, sagte er. »Sie hörten doch: mein Kamerad ist Arzt, er wird helfen, vertrauen Sie ihm.«

Hinter der geöffneten Tür stand Zeman über das Bett des Bauern gebeugt. Er hörte Leonharts Worte. Da hielt er inne und richtete sich auf.

Er lauschte hinüber, lauschte Leonharts Worten nach: *»... ist Arzt, wird helfen, vertrauen Sie* *ihm ...«* Das war es, worauf er gewartet hatte, Jahre um Jahre, endlose Zeit: Freispruch, Friedenswort, das die Ketten löste, das ihm das Leben wiedergab.

Die Last fiel, die auf seinen Schultern gelegen hatte, das Kainsmal schmolz von seiner Stirn, er war gerufen, von dem Feind gerufen, den er, Viktorin Zeman, gerettet hatte. Er durfte hoffen, neu zu beginnen.

Eine Stunde später – es begann schon zu dämmern – mahnte er Leonhart selbst zum Abschied, zum Aufbruch. Noch einmal besprachen die Männer den Weg, der über die Grenze und in die Freiheit führte. Zeman begleitete Jering bis an das Hoftor. Dort reichten sie einander die Hände.

Der Doktor blickte dem anderen nach, wie er den Hügel hinunter und die flache Mulde hinauswanderte, die sich westwärts hinabzog. Etliche Male blieb Jering stehen und winkte. Dann verschwand er hinter einem Baumschopf. Zeman kehrte zu seinem Kranken zurück. Es ging ihm besser, die Blutung war gestillt, der Schock schien überstanden. Zeman fühlte den Puls, dann legte er das Ohr an des alten Bauern Brust, er hörte den Herzschlag unter dem Rippenbogen, stark und unbeirrt, eines Menschen Herz – zum erstenmal wieder ihm anvertraut: geheimnisvoll pulsendes, herrlich siegreiches gottgeschaffenes Leben, und es war ein Wunder wie eh und je.

Nachwort

Das Motiv dieses Romans begleitete mich Jahrzehnte: Der Kriminalfall, der ihm zugrunde liegt, ereignete sich in Nordböhmen in den späten Zwanzigerjahren und erregte damals großes Aufsehen. Ein Landarzt wurde unter dem Verdacht, ein gemeines Verbrechen begangen zu haben, verhaftet und nach einiger Zeit nur deshalb freigelassen, da die Indizien, die gegen ihn sprachen, für eine Anklage nicht ausreichten. Der Verdacht blieb weiterhin bestehen. Die Bevölkerung der Gegend mied die Ordination ihres Arztes. Er hatte schon vorher in bescheidensten Verhältnissen gelebt, jetzt schien er der Not preisgegeben. Da stellte sich ein anderer Patientenkreis ein, Badegäste aus den nahen Kurorten, Neugierige, die sich die Begegnung mit dem auf anrüchige Weise berühmt gewordenen Mann nicht entgehen lassen wollten. Die Zeitungen berichteten, vor seinem Haus stünden die Autos in Reihen ... Später stellte sich die Unschuld des Mannes heraus. Über seine weiteren Schicksale erfuhr ich nichts mehr.

So jung ich damals war, begann ich die innere Lage eines solchen Menschen zu durchdenken. Ich sagte mir, daß Erfahrungen solcher Art Menschenverachtung und Haß in dem zeitigen müßten, den sie betrafen, ja, daß sich – in einer unausbleiblichen

Gegenbewegung – mörderische Erbitterung in ihm zusammenballen würde, die unter unglücklichen Umständen in Gewalttat ausschlagen könnte.

So nahm die Gestalt Viktorin Zemans in mir ersten Umriß an. Jahrelang beschäftigte ich mich mit ihr. Endlich begann ich die Geschichte niederzuschreiben. Doch auch jetzt zögerte ich, in medias res zu gehen. Mir widerstand die Darstellung des nackten Kriminalfalles. Indessen hatte sich mir die Figur mit vielen anderen Motiven aufgeladen: seine Herkunft, seine Jugend, sein Werdegang verdichteten sich zu novellistischen Episoden. In ihnen umkreiste ich den Punkt der Katastrophe, den ich immer noch aussparte. Auch die Gegenwelt stellte sich dar, die hellere und scheinbar heile Welt derer, in denen sich die dunkle Existenz Viktorin Zemans als beunruhigender Schatten spiegelte. Ich ließ auch sein Opfer auftreten, die kleine Elbin Pussy. So vorbereitet, konnte sich endlich die Katastrophe vollziehen.

Aber die Lösung? Der Aufstieg nach dem Sturz? Ich war mir klar, daß auch er noch zu leisten war. Doch wie würde es mir gelingen, diese Lebenskurve wiederanzuheben? Ein ganzes Jahr ließ ich das Manuskript liegen. Als ich es wieder vornahm, stellte sich die Lösung wie von selbst ein. Zwei Elemente traten in ihr zusammen.

Erstens: Alles, was ich bis dahin geschrieben hatte, war die Abwandlung eines einzigen Motivs:

Eros als Gefahr und Bedrohung der Person; alle Spielarten menschlicher Neigungen, Sohnes-, Bruder-, Gattenliebe, selbst Mitleid und Kameradschaft als Quelle unheilschwangerer Entwicklungen. So weit war ich bisher gegangen. Welche Verhaltensweise hatte ich noch aufzubieten, um Zemans Gestalt wiederherzustellen? Blieb nur die Wohltat, die dem Feind erwiesen wird, die Feindesliebe. In ihr allein sublimiert sich Eros ohne Rest.

Zweitens bot mir das Zeit-Element, die geschichtliche Situation ein probates Hilfsmittel, den Tiefpunkt der Zemanschen Lebenskurve zu heben. Weil sich die Zeitumstände (Zweiter Weltkrieg und sein Ende) rings um Zeman senkten, stieg seine Gestalt gleichsam von selbst. »Die Welt begann sein Gesicht anzunehmen«: dieses düstere Gesicht des Gescheiterten. Er war nicht mehr so dunkel, weil er nicht mehr allein in der Finsternis stand, weil sich auch die helle heile Welt verschattete.

Ein Licht in dieser Finsternis leuchtet stark: eine Tat der *Feindesliebe* in einer zerstörten und verrohten Welt, so schien mir, mußte starke Strahlungskraft haben: die Lösung war gefunden. Zeman hatte den Teufelskreis der Frustration durchbrochen.

Soviel über die erste Niederschrift, über die erste Fassung. Sie erschien im Jahre 1957. Seither sind fünf Jahre vergangen. Als Autor nimmt man seine Bücher oft lange nicht mehr vor. Geschieht es dann doch, ist man in einen anderen Stand getreten. Man blickt freier auf die epische Landschaft, die man sich erst auf mühsamen Wegen erwandert hat, auf Wegen, die manchmal auch Umwege waren. So erging es mir auch, als ich mir die Lebenslandschaft Viktorin Zemans von neuem betrachtete. Ich habe für diese Ausgabe etliche Umwege begradigt, etliche allzu persönliche Reminiszenzen beseitigt. Alles übrige blieb, wie es war.

Linz im März 1962

In der gleichen augenfreundlichen Schrift
bei dtv erschienen:

Viele schöne Tage

Ein Lesebuch

Zusammengestellt von Helga Dick
und Lutz-W. Wolff
ISBN 3-423-**25126**-3

Vierzehn ungewöhnliche Erzählungen von Madison Smartt Bell, Heimito von Doderer, Barbara Frischmuth, Peter Härtling, Marlen Haushofer, Franz Hohler, Hanna Johansen, Marie Luise Kaschnitz, Roland Koch, Siegfried Lenz, Margriet de Moor, Isabella Nadolny, Herbert Rosendorfer und Christa Wolf.

In der gleichen augenfreundlichen Schrift
bei dtv erschienen:

Lach doch wieder!

Geschichten, Anekdoten,
Gedichte und Witze

Zusammengestellt von
Helga Dick und Lutz-W. Wolff

ISBN 3-423-**25137**-9

Lachen und Weinen gehören zusammen, und ein bißchen Galgenhumor ist allemal besser als Selbstmitleid und Verzweiflung. Es geht uns besser, wenn wir zu den Dingen und zu uns selbst etwas Distanz haben, das zeigen Peter Bamm, Erma Bombeck, Ilse Gräfin von Bredow, Art Buchwald, Sinasi Dikmen, Trude Egger, Lisa Fitz, Axel Hacke, Ursula Haucke, Johann Peter Hebel, Elke Heidenreich, Inge Helm, Irmgard Keun, Siegfried Lenz, Christian Morgenstern, Christine Nöstlinger, Alexander Roda Roda, Herbert Rosendorfer, Eugen Roth, Hans Scheibner, Michail Sostschenko, Phyllis Theroux, Ludwig Thoma und Kurt Tucholsky.